SWB Krimi

ACHIM TACKE

Der Salamimörder

KRIMI

SWB

Verlag

Bibliografische Information der Deutschen Nationalbibliothek
Die Deutsche Nationalbibliothek verzeichnet diese Publikation in der Deutschen Nationalbibliografie; detaillierte bibliografische Daten sind im Internet über http://dnb.d-nb.de abrufbar.

1. Auflage 2014

ISBN 978-3-944264-31-8

Gaisburgstraße 4 B, 70182 Stuttgart
Printed in Germany

Umschlag und Umschlagillustration:
Caspar Michael Kusmierz / www.caspars-illustrationen.de
Lektorat: Catrin Stankov, Bernau
Satz: Julia Karl / www.juka-satzschmie.de

Druck und Bindung: E. Kurz + Co., Druck und Medientechnik GmbH, Stuttgart, www.e-kurz.de
Dieses Buch wurde auf chlor- und säurefreiem Papier gedruckt.

www.swb-verlag.de

Die Handlung und die handelnden
Personen sind frei erfunden.
Jede Ähnlichkeit mit lebenden oder bereits
verstorbenen Personen ist zufällig.

1. Tag

Montag, 4. Juni

»Da ist Blut dran!« Oma Hedwig stand vor Kommissar Tammo Poppinga und fuchtelte mit einer Salami vor seinem Gesicht. »Hier, die dunklen Flecken. Das ist Blut!«

»Warum soll das Blut sein?«

»So 'ne Wurst hat immer Blut!«, beharrte Oma Hedwig.

»Na bitte!«

»Aber nicht an der Pelle! An der Pelle hat Blut nix verloren!«

Tammo sah kurz auf die dunklen Flecken, aber seine Gedanken waren längst woanders. Schon wieder, dachte er. Oma Hedwig kam nun schon seit vier Monaten regelmäßig in die Wache, um Anzeige zu erstatten. Parksünder, vermeintliche Hühnerdiebe, sogar Schutzgeldzahlungen eines Kioskbesitzers wollte sie beobachtet haben. Ihr Potpourri wurde immer größer und auch waghalsiger. Die Kollegen in der Vareler Wache hatten des lieben Friedens willen immer brav eine Anzeige gegen Unbekannt aufgenommen und damit eine zufriedene Oma Hedwig wieder heim geschickt. Blut an einer Salami war kein wirklicher Tatbestand und würde eine Anzeige gegen Unbekannt schwierig gestalten.

»Vielleicht hatte der Schlachter Blut an den Händen. Kommt ja bei Schlachtern öfter vor«, versuchte Tammo den Fall zu relativieren.

»An der Pelle hat Blut nix zu suchen – auch nicht beim Schlachter!«, beharrte Oma Hedwig. »Blut an einer Salamihaut ist einfach nur ekelig! Da kenn ich mich aus!«

»Kann man das Blut nicht einfach wegwischen oder abwaschen?«

Oma Hedwig fuchtelte mit der Wurst noch bedrohlicher. Die Salami schien hart wie ein Knüppel. »Kommt gar nicht in Frage! Blut an einer Salami – wo kommen wir denn da hin? Außerdem: Sie wollen mich anstiften, Spuren eines Verbrechens zu beseitigen?«

»Was denn für ein Verbrechen?«

»Wo Blut ist, hat es ein Verbrechen gegeben.«

Tammo verdrehte die Augen. Typisch Oma Hedwig. In Windeseile schuf sie aus einem Regenwurm einen feuerspeienden Lindwurm. Tammo gab noch nicht auf.

»Damit wäre jedes tote Schwein ein Verbrechen.«

Oma Hedwig dachte einen Moment nach, dann hatte sie ihre Spur wieder. Ihre Nase, die gerade über den Tresen der Wache ragte, wurde noch spitzer. »Da sind doch Keime dran. In Blut sind Keime. Millionen!«

»Die Wurst ist doch geräuchert worden. Vielleicht sind die Keime jetzt alle futsch.«

Oma Hedwig rückte ihren grauen Filzhut zurecht, was das Wurstfuchteln kurzfristig unterbrach. »Das Blut ist nicht geräuchert.« Sie hielt die Salami dicht an ihre Nase. »So was riech ich! Das ist frisches, geronnenes Blut und so was ist Schweinkram.«

Das Telefon auf Tammos Schreibtisch klingelte. »Einen Moment!«, sagte er zu Oma Hedwig und sah sich um, ob nicht einer seiner Kollegen den Fall übernehmen konnte. Die grinsten ihn nur an. Er hatte keine Chance.

»Poppinga!«, meldete er sich und ließ Oma Hedwig nicht aus den Augen. Es war sein Kollege Onno, der gerade auf Streife war.

»Diesmal ist wieder eine Stute geklaut worden.«

»Wo?«

»Auf dem Hof von Dölling, Ausfahrt Rallenbüschen.«

»Ich komme.«

Tammo ging auf Oma Hedwig zu. »Ich muss weg. Lass die Salami einfach hier. Wir werden dann sehen, was wir damit machen können.«

Oma Hedwig war entsetzt. Sie sah Tammo feindselig an. »Meine Salami hier lassen?«, empörte sie sich weiter und umklammerte ihre Salami wie eine kostbare Beute. Dann hatte sie sich wieder gefangen. »Ihr fresst die doch nur auf!«

»Wo hast du die Wurst eigentlich gekauft?« Tammo war schon an der Tür.

Oma Hedwig verstaute wutschnaubend die Salami in ihrer Tasche und schob sich an Tammo vorbei. »Ihr seid doch alle doof!«

14 Minuten später war Tammo auf dem Hof von Ulf Dölling. In den letzten vier Monaten waren insgesamt 17 Pferde von den Höfen in der Region gestohlen worden. Ausschließlich Zuchtstuten. Bis jetzt gab es keine Spur, aber jede Menge Mutmaßungen. Kollege Onno Wilms stand mit Ulf Dölling auf dem Hof. Beide schienen nicht recht zu wissen, was sie machen sollten.

»Das waren doch wieder die Polen«, begann Ulf Dölling und steckte dabei seine Hände in den Overall.

»Welche Polen?«, fragte Tammo.

»Na die Polen. Wissen doch alle.« Es war heiß. Auf der Glatze von Ulf Dölling glitzerten dicke Schweißperlen. Tammo kannte Ulf Dölling, aber heute sah er ihn zum ersten Mal ohne das gewohnte Käppi von John Deere.

»Wann hast du die Stute zum letzten Mal gesehen?« Tammo hatte die beiden Männer erreicht.

»Gestern. Gestern Abend! Ich hab sie in den Stall gebracht.«

»Und wann hast du bemerkt, dass sie weg war?«

»Vorhin!«

»Was heißt vorhin?«

»Na, so vor einer Stunde.«

Tammo sah automatisch auf seine Uhr. Sie war immer noch kaputt und das seit gut vier Wochen. Also schaute er zur Sonne. Es musste so gegen 11 Uhr sein – mehr oder weniger.

»Ziemlich spät – oder?«

»Ich renn doch nicht den ganzen Tag um meine Stute herum.« Ulf Dölling war beleidigt. Tammo sah sich um. Vom Wohnhaus aus war der Stall nicht einsehbar und gut 100 Meter entfernt. Hinter dem Stall gab es einen gepflasterten Feldweg. Das wusste er.

»Hast du nichts gehört?«

»Was soll ich denn gehört haben?«

»Eine Stute transportiert man doch nicht mit einer Schubkarre vom Hof.«

»Ich hab nichts gehört!«

Tammo ging in Richtung Stall. Kollege Onno Wilms folgte ihm.

»Die Videoüberwachung in der Wache ist einfacher,

auch wenn ich sie nicht mag.« Onno saß sonst in der Wache und überwachte per Video die Straßen. Als alter Sozialdemokrat hielt er seine Arbeit für einen Schritt in den Überwachungsstaat. Dementsprechend gelaunt war er meistens. Heute sah es anders aus.

»17 Pferde sind geklaut worden und wir haben nicht einmal den Schimmer einer Spur. Ist doch peinlich!«

»Hast du gestern Abend auf den Videos noch etwas entdeckt?«, fragte Tammo, während er zum Feldweg ging.

»Nichts! Die kennen sich genau aus.«

»Es kann doch nicht sein, dass laufend Pferde verschwinden, ohne dass es jemand bemerkt hat.« Tammo sah über die Weiden und Felder. Gut 200 Meter weiter lag ein kleines Wäldchen. »Sie haben die Stute bis ans Wäldchen geführt und dann erst verladen«, mutmaßte er. Ulf Dölling schlurfte jetzt auch auf die beiden Polizisten zu. Seine Glatze färbte sich gefährlich rot.

»Was war denn deine Stute wert?«, wollte Tammo wissen.

»So um die 12.000 €.«

»Versichert?«

»Klar!«

»Du solltest dein Käppi aufsetzen.«

Ulf Dölling strich über seine Glatze und nickte.

»Ich schätze Kleintransporter.« Onno gähnte.

»Kleintransporter?«

»Kleintransporter. Fällt kaum auf. Ein Viehanhänger fällt eher auf.«

»Wer klaut denn Pferde?« Tammo dachte an den wilden Westen, bekam ihn aber nicht nach Friesland.

»Für die Wurst?«, fiel Onno ein.

Tammo schüttelte den Kopf. »Das waren alles ausgesuchte Zuchtpferde. Da steckt was anderes dahinter.«

»Ich brauch was Schriftliches von euch für die Versicherung!« Ulf Dölling hatte sein Taschentuch an den vier Ecken verknotet und über seine Glatze gezogen.

»Wie alt war die Stute?«, fragte Tammo.

»Elf Jahre!«

»Im Moment können wir hier nichts mehr machen!« Onno und er verließen den Hof. Tammo fuhr mit seinem Wagen nach Dangast. Er stellte ihn am Hafen ab und ging Richtung Deich. Frische Luft und ein klarer Blick erschienen ihm jetzt genau das Richtige. 17 Pferde von neun Höfen waren gestohlen worden. Vor vier Monaten verschwanden in einer Nacht gleich sieben Pferde von drei Höfen. Dann gab es eine Pause von fast zwei Monaten. Die Diebe waren mit Bedacht vorgegangen. Es schien, dass sie immer die Pferde von den Höfen weggeführt hatten, bevor sie sie verluden. Es gab nicht einmal Wagenspuren in der weiteren Umgebung. Der Schaden belief sich mittlerweile auf über 200.000 Euro und der öffentliche Druck nahm zu. Tammo setzte sich auf eine Bank auf dem Deich. Der Jadebusen füllte sich gerade mit Wasser. Die in der Sonne flirrenden Schlickbänke wurden umspült und schnell vom Wasser in Besitz genommen. Am Strand unterhalb des alten Kurhauses spielten Kinder. Jetzt spürte auch Tammo, wie die Sonne auf seinem blonden Haar brannte. Wilhelm Büsing fiel ihm ein. Wilhelm Büsing war über 70 Jahre alt und der Vorsitzende der friesischen Pferdezüchter.

Knack, und der Absatz war ab. Swantje Bilger, Hauptkommissarin aus Oldenburg, war auf Shoppingtour. Nur mit Mühe konnte sie das Gleichgewicht und die Plastiktüten halten. 280 Euro hatte sie für die Pumps bezahlt und jetzt hielt der blöde Absatz nicht einmal 14 Tage. Sie hatte sich ein Wochenende in Paris gegönnt und sich dort die Schuhe gekauft. Reklamation also zwecklos. Sie verstaute den Absatz in einer der Plastiktüten und versuchte möglichst nicht zu humpeln. Es sah trotzdem irgendwie seltsam aus, wie sie im Spiegelbild in den Schaufensterscheiben sehen konnte. Gab es noch einen Schuster in der Innenstadt? Ihr Handy klingelte. Onkel Heini aus Dangast rief an. Swantje stellte die Plastiktüten zu ihren Füßen ab.

»Jagst du gerade Mörder oder kannst du mich besuchen?«

Hatte sie ihm erzählt, dass sie Urlaub hat? Jede Woche telefonierten sie miteinander, sie wusste aber nicht mehr, was sie ihm beim letzten Telefonat erzählt hatte.

»Ich habe Urlaub!«

»Fein, dann kannst du mich ja besuchen!«

Die Idee fand Swantje gar nicht so schlecht. Nach dem Einkaufschaos könnte sie etwas Landruhe ganz gut vertragen. Außerdem genoss sie die Stunden mit Onkel Heini. Ein Hund kam schnüffelnd auf ihre Plastiktüten zu. Bloß nicht, dachte sie. »Husch, husch!«, rief sie.

»Wie soll ich denn das verstehen?«, fragte Onkel Heini verwirrt.

»Ein Hund will meinen Einkauf vollpinkeln!«

»Ich glaube, etwas Ruhe tut dir gut.«

Der Hund knurrte Swantje an. Sie knurrte zurück.

»Was macht man mit einem geklauten Pferd?« Tammo saß mit einer Tasse Tee in Wilhelm Büsings Wohnzimmer. Pferdebilder zierten die Wände.

»Man verkauft es weiter.« Wilhelm Büsing hatte sich ein Gläschen Korn eingegossen.

»Ich denke, es gibt Pferdepässe.«

»Och je!«

»Die bringen nichts?«

Wilhelm Büsing starrte in sein Glas und zuckte mit den Achseln. »Wer dran glaubt!«

»Wo und wie bekomme ich die Pferde verkauft?«

»Genauso, wie du ein geklautes Auto verkaufst. Du brauchst neue Papiere, was bei Pferden nicht so schwierig ist, und möglichst schon Käufer, damit du die Tiere nicht lange zwischenlagern musst.«

»Wo sitzen die Kunden?«

»Überall. Deutsche Pferde sind gefragt.«

Tammo war noch nicht zufrieden. »Mal angenommen, jemand kauft ein geklautes Pferd. Das Pferd macht dann irgendwann Karriere im Sport. Der alte Besitzer erkennt doch dann sein Pferd sofort wieder.«

Wilhelm lächelte. »Die Wahrscheinlichkeit ist relativ gering, wenn das Pferd nicht gerade hier in der Region verkauft wurde. Andererseits würde jeder ehemalige Besitzer überlegen, ob er seine Entdeckung anzeigen würde.«

»Versteh ich nicht.«

»Wenn das Pferd gut versichert war! Ich würde mir das genau überlegen. Bringt wahrscheinlich mit der Versicherung, mit der Polizei und weiß der Teufel noch mit wem jede Menge Ärger. Die Versicherungsprämie hast du doch schon in der Tasche. Was willst du mehr?« Wilhelm goss sich noch ein Glas Korn ein. »Und außerdem – es sind Zuchtstuten, die geklaut wurden. Die machen im Sport keine Karriere mehr.«

»Um die richtigen Pferde zu finden, braucht man doch jemanden, der sich hier auskennt.«

»Nicht unbedingt. Die Pferde stehen im Sommer auf der Weide. Wenn du dich als Tourist verkleidest, fällst du nicht auf und kannst dir in aller Ruhe die Tiere aussuchen.«

»Wieso verkleidest?«

»Touristen verkleiden sich immer, damit man sie erkennt. Da musst du mal drauf achten. Die sehen immer bunt aus. Der Freizeitmensch ist an sich geschmacklos.«

Tammos Handy klingelte. Es war Onno, der mittlerweile wieder auf der Wache war.

»Wir haben gerade Oma Hedwig verhaftet.«

»Ich komme!«

Oma Hedwig saß niedergeschlagen auf der Holzbank in der Wache. Neben ihr Gudrun Gross, die Metzgersfrau aus Langendamm. Tammo kam in die Wache und sah zuerst das ungleiche Paar, dann zu Onno.

»Was ist denn passiert?«

Onno grinste Tammo an. »Oma Hedwig wollte die Salami umtauschen!«

»Deshalb muss man sie doch nicht verhaften.«

»Im Prinzip hast du recht.«

Gudrum Gross stand auf. Sie war mindestens 1.75 Meter groß und geballte Weiblichkeit. Ihre braunen Augen lagen auf hohen Wangenknochen. Ihr Gesicht eben mit einer hohen, geraden Stirn. Die blonden Haare trug sie jetzt offen. Fast bedrohlich baute sie sich vor Tammo auf.

»Dass Oma Hedwig einmal pro Woche bei mir eine Salami klaut, geht ja noch in Ordnung. Dass sie die geklaute Wurst dann auch noch umtauschen will, geht eindeutig zu weit.«

»Wer sagt denn, dass ich die Wurst klaue?«, kreischte jetzt Oma Hedwig los und sprang auch auf. Sie kam in Fahrt.

»Das ist keine Salami, das ist eine Blutwurst! Eine Wurst des Verbrechens.«

»Bisher hat dir meine Salami immer geschmeckt!« Frau Gross schob ihren mächtigen Busen nach vorne. Er drohte Oma Hedwig zu erdrücken. »Wenn ich dich noch einmal beim Klauen erwische, häng ich dich ins Kühlhaus!«

Tammo zweifelte nicht an ihren Worten. »Ihr setzt euch beide wieder hin, dann nehmen wir ein Protokoll auf.« Tammo nahm hinter seinen Schreibtisch Platz. Er stützte seine Hände auf die Tischplatte, um Autorität zu signalisieren. »Bitte der Reihe nach.«

»Ich habe die Salami nicht geklaut! Ich, ich, wie soll ich sagen. Ich habe eine Kostprobe mit nach Hause genommen.« Oma Hedwig sah Tammo an, um abzuschätzen, ob er ihr glaubte.

»Kostprobe?« Gudrun Gross lachte auf. »Die klaut! Das ist feinste Biosalami, 500 Gramm und über ein halbes Jahr luftgetrocknet! Von wegen Kostprobe!«

»Mit Blut dran! Schweinkram!«

»Wo ist die Wurst jetzt?« Tammo war der Verzweiflung nahe.

Onno hielt das knüppelharte Beweisstück hoch.

»Und du, Gudrun, willst jetzt Oma Hedwig anzeigen?« Tammo schaltete seinen Computer an.

Es entstand eine Pause. Die beiden Frauen starrten sich gegenseitig an. Hühnerkampf oder Friedenspfeife? Gudrun Gross sackte etwas in sich zusammen. Ihre Blicke suchten einen festen Punkt, fanden aber keinen.

»Eigentlich nicht.«

»Und was heißt das?« Tammo verstand nicht.

»Oma Hedwig ist ja irgendwie eine alte Kundin …«

»Ich hab schon bei deinem Opa eingekauft. Da hast du noch in die Windeln geschissen!«, mischte sich Oma Hedwig ein.

»Sie klaut ja nicht nur, sie kauft ja auch. Mir reicht eine Verwarnung!«

»Und die Wurst?« Oma Hedwig blieb standhaft.

»Steck dir die Salami an den Hut! Beim nächsten Mal gibt es eine Anzeige!« Gudrun Gross sah die alte Frau an. Sie lächelte müde.

Oma Hedwig bekam wieder Oberhand. Sie drehte sich jetzt ganz zu Gudrun Gross um. Ihre Stimme wurde leise. »Du als Fachkraft, als Wurstfachverkäuferin …«

»Schlachtermeisterin bitte!«

»… was meinst du. Kann ich das Blut einfach wegwischen oder stecken da Keime drin?«

»Zieh doch die Pelle ab.«

»Kann ich machen. Ich frage mich nur …«, Oma Hedwig stand auf. Gudrun Gross auch. Sie gingen Richtung Tür. »Ich frage mich nur, ob das Blut nicht durch die Pelle gesickert ist und die Salami jetzt von innen verseucht.«

»So was hab ich noch nie erlebt. Ich glaube nicht, dass Blut durch die Pelle sickern kann. Sonst wäre …«

Sie hatten die Wache verlassen. Tammo reichte es für heute. Es war Zeit, Feierabend zu machen. Im Dorfkrug in Dangast hielt er an. Ein Bier sollte ihn entspannen. Gunnar Klöver, der Gerichtsmediziner, saß mit Schorsch, dem pensionierten Lehrer und gefragten Schwarzarbeiter, vor der Theke. Gisela stand mit Ralf, dem Gastwirt, am Zapfhahn.

»Was macht der internationale Pferdehandel?«, wollte Gunnar wissen.

»Werden eigentlich auch Bienen geklaut?« Tammo setzte sich und hatte damit ein Thema angeschnitten, von dem er eigentlich nichts wissen wollte. Gunnar, der Hobbyimker, wurde grundsätzlich.

»Jede Menge. Mir sind allein aus der Küstenregion mindestens 20 Fälle bekannt, wo hervorragende Stämme geklaut wurden. Vorzugsweise im Frühjahr. Du verstehst – im Frühjahr.«

Schorsch ging pinkeln. Gunnar ließ sich nicht bremsen.

»Im Frühjahr. Die Saison beginnt und schwups sind die Stöcke geklaut. Der Verlust geht in die Tausende – vom ideellen Wert rede ich ja gar nicht!« Tat er aber trotzdem. »Kannst du dir vorstellen, was ein Bienenstock für einen Imker bedeutet? Da steckt jahrelange Arbeit – und Liebe drin.«

Die Tür zum Dorfkrug ging auf. Tammo wollte gerade den ersten Schluck Bier trinken, als er sah, was er nicht sehen wollte: Seine Kollegin Swantje kam in Begleitung von Onkel Heini herein.

»Onkel Heini wollte unbedingt hier her!«, entschuldigte sie sich. Tammo trank sein Bier in einem Zug. Onkel Heini zog den Barhocker neben Tammo hervor und deutete Swantje an sich zu setzen.

»Gib mal eine Runde!«, forderte er Gisela auf. Schorsch kam von der Toilette zurück und sah Onkel Heini und Swantje. Vergnügt lächelte er.

»Na, Tammo. Neue, spannende Fälle in der friesischen Weite?«, fragte Swantje.

»Nee!«

»Kann man so nicht sagen«, begann Gunnar, »es werden laufend Pferde geklaut. Ein ganz schwieriger Fall.«

»Und überhaupt keine Spur!«, ergänzte Schorsch.

»Wer klaut denn Pferde? Gerade jetzt!« Onkel Heini sah Tammo erwartungsvoll an.

»Das wüsste ich auch gerne!« Tammo überlegte, ob er nicht besser gehen sollte. Gisela stellte das nächste Bier vor Tammo.

»Die Preise für Pferde sind doch völlig im Keller«, Onkel Heini ließ nicht locker.

»Wieso im Keller?«, fragte Tammo genervt.

»Wirtschaftskrise. Viel Pferd, wenig Nachfrage. Ein Züchter kann froh sein, wenn er die Kosten herausbekommt.«

»Bei den Bienen sieht es ähnlich aus«, wusste Gunnar zu berichten.

»Nicht schon wieder Bienen!«, unterbrach ihn Tammo barsch. »Und die Gäule interessieren mich heute Abend auch nicht mehr.«

»Wenn ich dir irgendwie helfen kann …« Swantje sah Tammo mit großen, blauen Augen an.

Er sprang auf. »Ich brauch keine Hilfe!«, brüllte er. »Ich brauch meine Ruhe! Keine Pferde, keine Blutwürste! Nur meine RUHE!« Alle starrten Tammo verständnislos an. Gunnar löste sich zuerst aus der Starre.

»Was denn für eine Blutwurst? Sollte ich da nicht einmal draufschauen?«

Swantje war am frühen Nachmittag in Oldenburg aufgebrochen. Bevor sie nach Dangast fuhr, ging sie noch einmal ins Präsidium. Es war kaum zu glauben, aber sie hatte alle Fälle abgearbeitet und die aktuellen an zwei Kollegen übergeben. Der Urlaub konnte beginnen. Vor vier Wochen war sie noch überzeugt, dass sie nach Italien, in die Toskana fahren wolle. Als sie im Reisebüro stand, rief Staatsanwalt Henning Papstein an. Er teilte ihr mit, dass ihr Ex-Freund zur Fahndung ausgeschrieben sei. Damit war die Toskana passé und die Vergangenheit unangenehme Gegenwart. Vier Verhöre musste Swantje über sich ergehen lassen. Zuhause kramte sie alles hervor, was sie an diese Liaison erinnerte. Natürlich gab es Spuren, Indizien und Hinweise, dass ihr Ex ein Anlagebetrüger war. Natürlich war ihr schon damals, als sie mit ihm zusammen war, aufgefallen, dass da so einiges nicht zusammenpasste. Und natürlich hatte die rosarote Brille der Liebe so dicke Gläser, dass jede Realität hormonell überdeckt wurde.

Nach zwei Wochen fand man ihn in einer Szenekneipe in Stuttgart. Bei seiner Verhaftung bat er darum, Püppi, so nannte er Swantje, sprechen zu dürfen. Püppi weigerte sich. Sie betrieb Spurenbeseitigung in ihrer Wohnung. Den Ausflug nach Paris sah sie als innere Hygienetour.

Onkel Heini sah mit seinen 74 Jahren gut aus. Dass er damals, als sie mit Tammo in dem Fall »Friesenmafia« ermittelte, im Krankenhaus lag, sah man ihm nicht mehr an.

Swantje bezog ihr Zimmer im ersten Stock, wo sie schon als Kind untergebracht wurde. Der Raum roch noch immer wie damals. Swantje streichelte mit der Hand über das hölzerne Bettgestell. Sie hörte die Tiere im Stall, als sie an das Fenster trat.

»Wie geht es Xanthippe, deiner Kampfsau?«, rief sie über den Flur.

»Die ferkelt bald wieder. Hatte ich dir eigentlich erzählt, dass ihr Großvater ein Wildschweineber war? Das erklärt auch ihr Temperament.«

Einen Polizeiwagen hatte Xanthippe damals auseinandergenommen. Swantje lächelte.

»Wir gehen gleich in den Dorfkrug!«, rief Onkel Heini von unten.

»Och nö!«

»Och doch!«

2. Tag

Dienstag, 5. Juni

Hatte da nicht ein Pferd gewiehert? Tammo schlug die Augen auf. Es war stockdunkel. Drei Minuten später stand er angezogen vor seinem Dienstwagen. Er schaute auf seine Uhr. Sie war noch immer kaputt. Er horchte in die Nacht. Hatte da wirklich ein Pferd gewiehert? Was bedeutete ein wieherndes Pferd in der Nacht? Warum wiehert ein Pferd in der Nacht? Während Tammo in seinen Wagen stieg, überlegte er, wo das nächste Pferd in seiner Nachbarschaft stand. Ortsausgang Dangast, fiel ihm ein. Geschätzte 400 Meter entfernt. Er ließ die Seitenscheibe hinunter und hielt den Finger in den Wind. Der kam von Südwest. Damit war es theoretisch möglich, dass ein Pferdegewieher in seinem Haus zu hören war – glaubte er jedenfalls und fuhr los. Die Dorfbeleuchtung war erloschen. Tammo sah auf die Uhr in seinem Armaturenbrett. Es war kurz nach drei. Langsam fuhr er zum Dorfausgang. Immer wieder lauschte er. Außer dem leichten Wind in den Bäumen war nichts zu hören. Er bog hinter dem Nationalparkhaus links ab. Tammo hielt an. Er stellte den Motor ab. Jetzt war es deutlicher. Irgendwo wieherte ein Pferd. Sehr weit weg konnte es nicht sein. Vorsichtshalber ließ er den Wagen stehen. Seine Augen hatten sich schnell an das spärliche Mondlicht gewöhnt. Immer wieder blieb er stehen und lauschte. Pferdegewieher und dann das Muhen einiger Kühe. Hatten die Ganoven ihren Betriebszweig erweitert? Als er die Lichtkegel eines Autos, eines LKW vermutete er, sah, begann er zu schleichen. Tammo hielt sich für einen guten, wenn nicht sogar professionellen Schleicher. Als Kind hatte er Winnetou gespielt und das Schleichen für eine indianische Tugend gehalten. Über Jahre schlich er durch ganz Dangast. Das Stallgebäude war weitläufig von einer Hecke umgeben, die das Licht des Autos immer wieder brach. Tammo wurde noch vorsichtiger. An der Hecke kniete er nieder und schob einige Zweige beiseite. Ein LKW stand am Stall. Was hinter dem Wagen geschah, konnte er nicht ausmachen. Langsam kroch er weiter. Es war wie ein Stromschlag, so zuckte sein Körper zusammen.

»Was machst du denn hier?« Keine zwei Meter entfernt saß Swantje in der Hecke. Von der gestylten Großstadtfrau war nichts zu erkennen. Wild standen die Haare von Swantjes Kopf ab. Sie trug eine Jeans und ein T-Shirt. Tammos Kreislauf hing im Wortsinn in seinen Knien. Der Schreck ließ ihn noch immer zittern.

»Was machst du hier?«, echote Tammo.

»Onkel Heini hat ein Pferd gehört! Ich bin dann gleich raus – wegen der Pferdediebe!«

»Das ist mein Fall! UND DAS DA IST MEIN PFERD!«, zischte Tammo wütend.

»Wenn das dein Pferd ist, warum hocken wir dann hier im nassen Gras? Du kannst doch ganz einfach hingehen und fragen, was sie mit deinem Pferd dort veranstalten.«

»Warum soll ich denn plötzlich ein Pferd haben?«

»Weil du ›mein Pferd‹ gesagt hast!«

»Es ist mein Fall. Und es bleibt mein Fall!«

»Ohne jede Spur bisher!«

»Mach dass du weg kommst!«

»Ich kann dir helfen!«

»Ich brauche deine Hilfe nicht. Viehdiebe fange ich alleine.«

Tammo griff an seine Hüfte, wo im Allgemeinen seine Pistole hing. Sie war nicht da. Konnte sie auch nicht, weil sie in seiner Schreibtischschublade in der Wache lag.

»Willst du sie jetzt verhaften?«, fragte Swantje mit ironischem Unterton. »Du kannst ihnen ja mit einem Stock drohen.«

»Hast du deine Pistole dabei?«

»Ich bin im Urlaub! Im Urlaub trage ich grundsätzlich keine Waffe. Bei dir kann das natürlich – das vermute ich sogar – ganz anders sein«, zischte sie spitz zurück.

»Moin. Es wird hier nicht in die Hecke gepisst!«

Tammo sah zuerst nur die sechs Hosenbeine in Gummistiefeln, dann die drei Männer, die dazugehörten. Sie hatten während ihres Disputs nicht mitbekommen, dass die Männer sie entdeckt hatten.

»Polizei!«, stammelte Tammo und stand auf.

»Und was macht ihr in meiner Hecke?« Es war Justus Börner, der Bauer, der zu dem Stall gehörte. Die beiden anderen Männer kannte Tammo nicht.

»Was macht ihr hier?«, wollte Tammo wissen und versuchte Haltung anzunehmen.

»Blöde Frage. Seht ihr doch.«

»Mitten in der Nacht Vieh verladen – unter Umständen sogar Pferde! Ist doch verdächtig!« Jetzt war auch Swantje aufgestanden.

»Wann ich meine Rinder verlade, ist wohl meine Geschichte.« Justus Börner hatte die Arme vor seiner Brust verschränkt.

»Und das Pferd?«

»Gustaf? Was soll mit Gustaf sein?«

Swantje beugte sich wissend zu Justus Börner. »Es wiehert. Nervöses Wiehern würde ich sagen!«

»Gustaf hat in seinem Leben noch nie nervös gewiehert. Entspricht nicht seinem Temperament.«

»Warum wiehert ein Pferd, wenn Kühe abtransportiert werden?« Swantjes Stimme wurde immer spitzer.

»Rinder! Keine Kühe! Aber fragen sie doch Gustaf, warum er wiehert. Wenn Sie wollen, bring ich ihn gleich auf die Wache!«

»Komm jetzt!« Tammo zerrte Swantje am Ärmel und zog sie Richtung Straße.

»Typisch. Du gibst immer klein bei.«

»Ich gebe nicht klein bei, ich weiß, wann wir auf einer falschen Fährte sind. Es ist eine falsche Fährte.«

Swantje schnaubte. Widerwillig ließ sie sich von Tammo wegziehen. Die Männer um Justus Börner grinsten breit.

»Anfänger!«, fauchte Swantje. »Stell dir vor, die wären tatsächlich die Pferdediebe gewesen. Keine Pistole, kein Einsatzkommando, noch nicht einmal ein Auto!«

Tammo blieb stehen.

»Wie ich meine Fälle löse, ist und bleibt meine Angelegenheit. Leg dich in deinem Urlaub an den Strand, schmier dich mit Sonnenöl ein, aber lass mich in Ruhe!«

»Fälle lösen? Welche Fälle löst du denn? Du hast ja nicht einmal eine Spur.«

Tammo tänzelte von einem Bein auf das andere. Sollte er Swantje in die Brennnesseln schubsen? Sie hatte eine Jeans und ein T-Shirt an. Keine Bremse für Brennnesseln.

»Weißt du, was ich jetzt gerne machen würde?«

»Klar! Mich umbringen!«

Tammo machte eine große Geste. »Wegen dir geh ich doch nicht in den Knast! Du bist und bleibst eine arrogante Ziege. Wo du auftauchst, bricht Chaos aus.« Tammo lief wie ein aufgescheuchter Hund um Swantje. »Als ich dich das erste Mal sah, wusste ich gleich, dass du mir nur Schwierigkeiten machen würdest. Und was soll ich dir sagen – ich hatte recht!«

Tammo konnte nicht sehen, dass Tränen in Swantjes Augen standen. Er drehte sich um und ging zu seinem Wagen. Als er zu Hause ankam, ging die Sonne auf. Es würde ein heißer Tag werden.

Sie hatte, seit sie wieder in Oldenburg war, schon fast vergessen, wie gemein Tammo sein konnte, der blöde Stinkstiefel. Warum war sie überhaupt aufgestanden? Onkel Heini hatte sie gerufen. Der wollte auch mit. Das konnte sie verhindern. Sie hatte sich schnell angezogen, war der Richtung gefolgt, die ihr Onkel Heini angedeutet hatte. Was gingen sie die blöden, geklauten Pferde an? Was hatte sie mit diesen Bauernlümmeln zu schaffen? Nie wieder würde sie sich in die Angelegenheiten dieser Urmenschen mischen. Sie ging zurück zum Hof. Schlafen konnte sie nicht mehr.

»Wir haben einen Toten!« Es war Onno Wilms, der Tammo anrief.

»Wer und wo?«

»Sönke Bender auf seinem Hof.«

»Ich fahre hin!«

Es war kurz nach acht Uhr. Tammo hatte versucht noch einmal zu schlafen, aber er war durch das Zusammentreffen mit Swantje zu aufgewühlt. Und jetzt noch ein Toter. Bitte lass es ein natürlicher Todesfall sein, bat er. Bei Mord war die Wahrscheinlichkeit hoch, dass die Oldenburger ihm wieder Swantje zur Seite stellen würden. Sie, die computergeile Hauptkommissarin – er, der Kommissar aus der Provinz. Tammo schüttelte es.

Gunnar Klöver, der Gerichtsmediziner, war schon vor Ort. Neben der Haustür stand Gisela – bleich und zitternd. Tammo wandte sich Gunnar zu.

»Und?«, fragte Tammo. Die Leiche von Sönke Bender lag im Flur des Wohnhauses. Das Gesicht war blutüberströmt.

»Erschlagen, vermute ich.«

»Scheiße!« Tammo sah sich um. Gisela stand plötzlich neben ihm.

»Was machst du hier?«

»Ich mache ihm doch dreimal die Woche den Haushalt.« Sie war kaum zu verstehen.

»Gisela hat ihn gefunden«, ergänzte Gunnar.

»Wann war das?«

»Vor einer Stunde vielleicht.« Giselas Zittern wurde stärker. Tammo sah sich um. Neben dem Haus stand eine Bank.

»Setz dich. Ein Kollege wird dich gleich nach Hause fahren.«

Tammo kehrte ins Haus zurück. Eine Brieftasche lag auf der Garderobe. Er zog Gummihandschuhe an und nahm die Brieftasche. Geld und Papiere fand er. Nichts deutete auf einen Raub hin. Nichts war durchwühlt. Jedes Zimmer nahm Tammo in Augenschein. Der Täter war gekommen, hatte geklingelt und zugeschlagen. Blindwütig, nach den Verletzungen zu schließen. Dann war er wieder verschwunden.

»Kannst du etwas zum Todeszeitpunkt sagen?«

»Mindestens vor 48 Stunden.«

»Hast du die Tatwaffe gefunden?«

Gunnar schüttelte den Kopf. Über Stirn und Kopfdecke des Opfers zogen sich breite Blutspuren. Ähnliche Verletzungen machten Gummiknüppel. Tammo dachte plötzlich an die Salami von Oma Hedwig. Erst kam ihm der Gedanke absurd vor, aber gewisse Zusammenhänge ergaben sich durch die Spuren und das Blut, das an der Salami klebte. Eine Salami mit Blutspritzer. Die Wunden hatten etwa die Breite einer Salami. Sönke Bender war Biobauer und belieferte Gudrun Gross mit Fleischrindern und Schweinen. Es wurde sogar gemunkelt, dass die beiden etwas miteinander hatten. Man, wer immer das auch war, hatte die beiden in Oldenburg gesehen. Seither hatte das Gerücht an Farbe und Mutmaßungen gewonnen.

»Kann man mit einer Salami einen Menschen erschlagen?«, fragte Tammo.

Gunnar sah in fragend an. »Wie kommst du denn darauf?«

»Nur so eine Idee.«

Gunnar sah sich die Verletzungen auf der Stirn und auf der Kopfhaut von Sönke Bender noch einmal an. Mit dem Zeigefinger fuhr er langsam über die Stellen, dann schnupperte er daran.

»Etwas Fett und vielleicht ein kleiner Hauch von Wurstware. Sicher bin ich mir nicht.«

»Wer und vor allem warum erschlägt jemand einen anderen mit einer Salami?«

»Er muss wie ein Verrückter auf Sönke eingedroschen haben. Das sind mindestens 20 Schläge!«

»Wir sehen uns auf der Wache.«

Tammo lief zu seinem Wagen. Mit Vollgas raste er vom Hof des Ermordeten. Sieben Minuten später stand er vor dem Haus von Oma Hedwig. Er klingelte. Niemand öffnete. Er lief in den Garten und fand Oma Hedwig bei ihren Erdbeeren. Ihr Dackel Günter pisste gerade gegen einen Apfelbaum. Als er Tammo sah, schoss er bellend auf ihn zu.

»Wo ist die Salami?«

»Günter, sei still! Was willst du?«

Günter war nicht still. Er freute sich und das laut. Tammo beugte sich zu ihm hinunter und streichelte seinen Kopf. Es wurde ruhiger.

»Wo ist die Salami?«

»Will Gudrun mich doch anzeigen?«

»Nein, will sie nicht!«

»Da hätte sie auch schlechte Karten.«

»Sie will dich doch nicht anzeigen. Ich brauch die Salami!«

»Da hättest du gestern Abend kommen müssen.«

»Du hast sie aufgegessen?«

»Ich nicht. Günter. Er hat sie vom Tisch geklaut. Günter ist in Wurstfragen unberechenbar.«

Tammo sah Günter an, der sich auf den Rücken gelegt hatte und auf Streicheleinheiten wartete. »Günter, so geht das nicht.« Tammo war deprimiert. Ein wichtiges Beweisstück steckte irgendwo in Günters Darm und wurde gerade zersetzt. Damit schwand die Wahrscheinlichkeit, den Fall möglichst schnell zu lösen. 24 Stunden, schätzte er, blieben ihm, bevor Swantje mit dem Mord betraut wurde.

Sein Handy klingelte. Es war Gunnar. »Swantje ist gerade hier auf dem Hof von Sönke Bender angekommen. Sie will wissen, warum du nicht am Tatort bist!«

Es war wie eine Explosion, so schoss das Blut in Tammos Kopf. Er japste nach Luft, unfähig Worte zu finden. Er starrte nur sein Handy an, hörte Gunnar, der »Hallo, hallo« rief und die Verbindung dann unterbrach.

»Ist was?«, fragte Oma Hedwig. Tammo wankte, musste sich an einer Bohnenstange festklammern, damit der Boden unter seinen Füßen ihn nicht verschlang. Minuten stand er da, unfähig auch nur einen Gedanken zu fassen.

»Hier, trink!« Oma Hedwig hielt ihm eine Tasse Tee unter die Nase. Er schlürfte sie aus. Allmählich kehrten die Lebensgeister zurück.

»Weibergeschichten?«, mutmaßte Oma Hedwig.

Tammo sah sie blöde an.

»Ich war vier mal verheiratet. Alles Weicheier. Vier Pleiten hintereinander. Entweder sind sie abgehauen oder gestorben.«

Swantje hatte nicht geschlafen. Irgendwann ging sie zum Lebensmittelladen von Jochen Pieper, um Frühstück für sich und Onkel Heini zu kaufen.

»Soll umgebracht worden sein, sagt man!«, hörte sie Jochen Pieper sagen. Der Kaufmann sortierte gerade Obst ein.

»Weiß man schon, wer es war?«, wollte eine ältere Dame wissen.

»Die sind noch am Tatort.«

Swantje ahnte etwas, verdrängte es aber gleich wieder. Sie ging zum Hof zurück. Dangast machte einen eigenartigen Eindruck. Es schien, dass die wenigen Menschen, die auf der Straße waren, es eilig hatten, was so gar nicht nach Dangast passte. Ihr Verdacht kehrte zurück.

Ihr Handy klingelte.

»Hallo?«

»Swantje Bilger? Hier ist Staatsanwalt Henning Papstein. Ich muss Sie leider aus Ihrem Urlaub zurück beordern. Einige Kollegen, wie soll ich sagen, haben sich einen Virus gefangen. Wir haben einen Fall – Mord. Üble Geschichte. Wir brauchen Sie!«

»Moment, Moment, wo, was, wer?«

»Ein Mord in Dangast!« Der Staatsanwalt konnte nicht sehen, dass Swantje sofort hellwach war.

»Wo?« Sie hatte verstanden, wollte es aber nicht glauben.

»In Dangast, ein Bauer!«

»NEEEE! Das mach ich nicht!« Ihr Atem ging stoßweise.

»Machen Sie keine Geschichten! In Dangast kennen Sie sich doch hervorragend aus. Den letzten Fall – Sie sind doch fast schon eine Einheimische!«

Swantje war sprachlos. Sie japste nur noch. Der Staatsanwalt gab ihr die Daten, dann legte er auf. Auch wenn es dringend erschien, sie stieg erst einmal in die Dusche. Als das Wasser auf ihren Körper prasselte, beschloss sie den Kampf aufzunehmen – und zwar nach ihren Spielregeln!

Tammo brauchte eine frische Brise Nordseeluft und möglichst niemanden in seiner Nähe. Er fuhr zum Deich hinter dem Dangaster Hafen. Wer hatte Swantje informiert? Wer hasste ihn derart, um sich eine solche Gemeinheit einfallen zu lassen? Im Jadebusen herrschte Ebbe. Die Schlickbänke glitzerten in der sengenden Sonne. Von der frischen Nordseebrise, die er sich erhofft hatte, war nichts zu spüren. Im Gegenteil: Die Sonne brannte in seinem Gesicht. Er spürte, wie sich seine Haut spannte. In seinen Gedanken kam er allmählich über Swantje zur Salami zurück.

Die Schlachterei von Gudrun Gross war gut besucht. Grillfleisch wurde verlangt. Die meisten Kunden waren Männer. Um kein unnötiges Aufsehen zu erregen, wartete Tammo, bis er an der Reihe war. Es war lange her, als er das letzte Mal in der Schlachterei war. Vier bis fünf Jahre, schätzte Tammo. Der Verkaufsraum hatte sich verändert. Die gelben Fliesen von einst wurden durch Travertin ersetzt. Die Deko der Waren machte Appetit. Die Schlachterei erinnerte Tammo irgendwie an einen italienischen Feinkostladen.

»Ist Frau Gross zu sprechen?« Tammo hielt seinen Dienstausweis wie seine Stimme möglichst bedeckt.

»In der Wurstküche!«, antwortete die Verkäuferin und deutete ihm an, ihr zu folgen. Gudrun Gross stand an einer Wurstmaschine und machte Bratwürste. Berge an Bratwürsten. Sie schaute nur einen Moment auf.

»Grillsaison und zwei Mitarbeiter krank.«

»Kanntest du Sönke Bender?«

Die Maschine stoppte im selben Moment.

»Wieso kanntest?«

»Wir haben Herrn Bender tot aufgefunden!«

Gudrun Gross erstarrte. Nicht einmal ihre Augenlider zuckten. Nur mit der rechten Hand hielt sie sich am Edelstahltisch fest. »Tot?«

»Wir müssen von einem Gewaltverbrechen ausgehen. Sollen wir uns nicht besser setzen?«

Tammo reichte ihr die Hand. Sie gingen in den Mitarbeiterraum. Gudrun Gross setzte sich an den Tisch mit der Wachsdecke.

»Gewaltverbrechen? Warum? Sönke hat niemandem etwas getan!«

»Wann hast du Sönke das letzte Mal gesehen?«

Gudrun Gross stand zweifelsfrei unter Schock. Sie weinte, ohne das Gesicht zu verziehen. Mit ihren großen braunen Augen starrte sie Tammo an wie ein getroffenes Reh.

»Vor zwei Tagen. Wir haben uns für heute Abend verabredet.«

»Hattet ihr ein Verhältnis?«

Sie strich mit der Hand über die Wachsdecke. Ihr Kopf schaukelte etwas. Ihr Blick war teilnahmslos.

»Verhältnis? Wir haben uns geliebt.« Jetzt brach sie mit einem fast geschrienen Schluchzer zusammen. Tammo rückte zu ihr und nahm sie vorsichtig in seine Arme. Bald spürte er die Tränen auf seinem Hemd.

»Was ist hier denn los?«

Tammo brauchte sich nicht umzudrehen, um die Stimme zu erkennen. Es war Swantjes. Gudrun Gross hob den Kopf für einen kurzen Moment und schluchzte um so lauter. Ein neuer Schwall Tränen ergoss sich über Tammos Hemd.

»Ach du Scheiße!«, hörte er Swantje sagen, dann kam sie zu den beiden. »Es tut mir leid, aber ich wusste ja nicht …«

»Kannst du nicht mal die Klappe halten?«

Swantje wusste nicht recht, was sie machen sollte. Schließlich entschied sie sich: »Ich warte draußen.«

Tammo schwieg bis er hörte, dass die Tür der Wurstküche zu war. »Ich muss dir noch ein paar Fragen stellen, aber das kann warten. Soll ich Gunnar rufen, damit er dir etwas zur Beruhigung gibt?«

Sie nickte und sah Tammo mit verweinten Augen an. »Bist du sicher, dass es Sönke ist?«

»Ganz sicher!« Tammo zog sein Handy aus der Tasche und wählte Gunnars Nummer.

Er hatte schon die Schlachterei verlassen, kehrte aber noch einmal zurück. Die luftgetrockneten Salami lagen auf einem Markttisch zwischen der Theke und dem Schaufenster. Hier hatte also Oma Hedwig ihr Diebesgut geklaut. Tammo sah sich die Würste näher an. Vielleicht war hier eine Spur zu finden. Er rief die SpuSi in Oldenburg an.

»Wo bleibst du?« Swantje war sichtlich genervt, als sie die Tür zur Schlachterei aufriss.

»Ich bewache die Salami!«

»Du bewachst was?«

»Die Salami. Die könnten wichtige Beweisstücke sein.«

»Spinnst du jetzt vollkommen?« Swantje meinte es nicht als Frage, sondern verstand es als Tatsache.

Tammo lächelte. Er fühlte, dass er ihr einen kleinen Schritt voraus war. »Oma Hedwig hat hier eine Salami geklaut, auf der Blut war. Falls die Salami hier mit den anderen gelegen hat, müssten auch Blutpartikel auf den anderen Würsten zu finden sein.«

»Will sagen«, jetzt verstand Swantje, »dass der Täter nach der Tat die Salami hierher zurückgebracht hat.«

»Genau!«

Swantje suchte nach einer Logik, fand aber keine. »Ist doch doof!«, war ihre Erkenntnis.

»Nicht unbedingt. Welcher Täter kann schon davon ausgehen, dass mit einer hohen Wahrscheinlichkeit seine Tatwaffe aufgegessen wird und damit für immer – jedenfalls in gewisser Weise – verschwindet.«

»Könnt ihr Friesen nicht mal völlig normal Menschen umbringen? Ist ja ekelig!«

45 Minuten später kam die SpuSi.

»Und jetzt?«, wollte Swantje wissen.

»Wir fahren noch einmal zum Hof von Sönke Bender! Vielleicht finden wir Hinweise in seinen Unterlagen.«

Sie schwiegen eine Weile, während sie von Langendamm Richtung Dangast fuhren.

»Wer hat dir von dem Mord erzählt?«, begann Tammo.

»Ich habe im Dorfladen von Piepers Frühstück für Onkel Heini und mich eingekauft. Mehr brauch ich ja wohl nicht sagen.«

Brauchte sie nicht. Die »Dorfzeitung« war immer noch die Schnellste.

»Und du hast dann gleich in Oldenburg angerufen und deinen Urlaub beendet.«

»Von wegen! Ich kann mir schönere Katastrophen vorstellen, als mit dir zu arbeiten. Oldenburg hat mich angerufen.«

»Du hast Urlaub. Du hättest nein sagen können!«

»Habe ich – mehrmals!«

»... aber der lieben Karriere wegen ...«

»Karriere mit dir? Jetzt werde nicht seltsam! Da ist es leichter einen Schimpansen vom Baum zu schütteln! Etliche Kollegen haben sich einen Virus gefangen.«

Wie kam sie denn jetzt auf einen Schimpansen auf einem Baum, fragte sich Tammo und überlegte, ob dieses Bild etwas mit ihm zu tun hatte. Und weil er gerade über sich und Swantje nachdachte, fiel ihm ein, dass er nichts zu schreiben bei sich hatte.

»Ich hoffe, du hast endlich einen Block und einen Stift bei dir?«

Sie konnte Gedanken lesen. Sie war eindeutig eine Hexe.

Sie erreichten den Hof von Sönke Bender. Die Tür war versiegelt. Tammo durchschnitt das Siegel und öffnete die Tür. Systematisch gingen sie durch die Räume. Sönke schien ein ordentlicher Mensch gewesen zu sein.

»Lebte er alleine?«, wollte Swantje wissen.

»Es war ein Drama mit seinen Eltern. Er wollte schon vor 15 Jahren auf Bio umstellen. Daraufhin hat ihn sein Vater enterbt. Sönke hat daraufhin in Witzenhausen Landwirtschaft studiert und ist dann ins Wendland gezogen. Nach dem Tod der Eltern hat er den Hof – er stand zur Versteigerung – wieder gekauft.«

»Kann man im Wendland so viel Geld verdienen, dass man sich davon einen Hof kaufen kann?«

»Er hat einen Biohandel aufgebaut. Damit hat er das Geld verdient. Sagt man jedenfalls.«

Tammo und Swantje hatten das Büro erreicht. Tammo sah sich die Aktenordner an. Swante setzte sich an den Computer. Sie versuchte als Passwort »Gudrun« – funktionierte aber nicht. »Wendland« auch nicht.

»Er scheint immer noch Teilhaber an dem Biohandel zu sein – also gewesen zu sein.« Tammo blätterte weiter in dem Ordner. »Und es scheint, dass er von einer großen Supermarktkette ein lukratives Angebot bekommen hat.«

Swantje stand auf und ging zu Tammo. Sie sah ihm über die Schulter. »Wir sollten die Unterlagen mit auf die Wache nehmen. Den Computer auch.«

Sie gingen auf den Hof, während sie auf Onno und die anderen warteten, um die Unterlagen abzuholen.

»Führte er den Hof ganz alleine?«, wollte Swantje wissen, während sie zum Stall gingen.

»Gisela kommt dreimal die Woche, um den Haushalt zu machen.«

»Was war Sönke Bender für ein Typ?«

»Nett, unauffällig. Er hat sein Ding gemacht. Als er damals ging, hat sich ein Teil auf seine Seite geschlagen. Der größte Teil stand aber auf Seiten seines Vaters. Einen Biohof aufzumachen hielten die meisten für absurd.«

»Hatte er Freunde?«

Tammo zuckte mit den Schultern. »Er spielte in einer anderen Liga als ich. Gudrun weiß bestimmt mehr.«

Der Stall war leer. Die Tiere waren auf der Weide und damit vorläufig versorgt.

»Und jetzt?«, fragte Swantje.

Tammo sah auf seine Uhr. Sie war noch immer kaputt. Es musste so gegen 17 Uhr sein. »Block und Schreiber kaufen und dann in den Dorfkrug.«

»Das Bier der Erkenntnis trinken?«

»Gerüchte sammeln.«

Sie fuhren zum Dorfladen in Dangast. Als Jochen Pieper, der Besitzer des Ladens, Tammo mit einem kleinen Block und einem Stift in Begleitung von Swantje sah, lächelte er.

»Ich habe da ein günstiges Angebot: 10 Blocks und fünf Stifte für 5.98 €.«

»Ein Block reicht!« Tammo ging zur Kasse.

»... und der reicht wahrscheinlich für die nächsten 15 Jahre!«, ergänzte Swantje noch. Es war noch Zeit, bis der Dorfkrug öffnete. Swantje blinzelte in die Sonne, als sie den Laden verließen. »Sollen wir zum Wasser hinunter gehen?«

Die Luft war weich und warm, trotzdem leuchtete der Himmel in einem tiefen Blau. Ein seltsames, aber bewegendes Bild zu dieser Jahreszeit.

Tammo hatte keine bessere Idee, was nicht bedeutete, dass er sie deshalb gut fand.

»Was macht eigentlich dein Ex, der dich Püppi nannte?«

Eigenartigerweise verstand Swantje die Frage nicht als Angriff, obwohl sie Tammo so meinte.

»Er sitzt im Knast!«

Tammo nickte. Für ihn waren Broker und Kriminalität ein logischer Zusammenhang.

»Vor einem Monat haben sie sein Büro hochgenommen. Anlagebetrug in mindestens 400 Fällen.«

»Hast du deshalb Ärger bekommen?«

Erst jetzt sah ihn Swantje an. Ihre Augen waren traurig. Sie schüttelte nur den Kopf. Zwei Schritte später fand sie ihre Sprache wieder. »Als wir zusammen waren, hatte ich schon einen Verdacht ...«

»Du hast ihn in die Pfanne gehauen?« Tammo war entsetzt.

»Ich habe einige sachdienliche Hinweise gegeben – mehr nicht!«

Tammo blieb stehen. »Sachdienliche Hinweise? Er ist ein Arsch, aber du warst mit ihm zusammen! Du musst ihn doch mal – aus welchen Gründen auch immer – geliebt haben?«

Swantje ging weiter. Tammo blieb nichts anderes übrig, als ihr zu folgen. Swantje sah auf das Wasser.

»Genau das war es. Er hat eine Riesenshow abgezogen. Er zieht immer eine Riesenshow ab.« Sie drehte sich zu Tammo um. »Ich bin Polizistin!«

»Und wie viel gekränkte Eitelkeit war dabei?«

»Ich habe mich nur an Gesetz und Ordnung gehalten!«

»Und ihn damit platt gemacht!«

»Genau!«

»Dich möchte ich nicht zur Freundin haben.« Tammo ging weiter. Swantje zog ihn am Ärmel.

»Wie hättest du reagiert? Mal ehrlich?«

Tammo schwieg und dachte nach. Swantje ließ nicht locker.

»Stell dir vor, du hast eine Freundin, die dich betrügt. Bald stellst du fest, dass sie auch kriminelle Geschäfte macht. Du findest Unterlagen und Beweise. Du brauchst sie nicht einmal zu suchen. Sie sind da. Was machst du?«

Tammo kratzte sich den Kopf. »Er hat dich betrogen?«

Sie drehte sich zur Seite. Sie schämte sich.

»Er hatte nachweislich vier Verhältnisse – schön über die Republik verteilt.«

»Sportlich!«

»Dämlich! Überall die blöde, gleiche Show. Entwürdigend.«

»Aber anscheinend erfolgreich!«

Sie hatten das Ufer des Jadebusens erreicht.

»Und genau das werfe ich mir vor. Blind – ich war eine Zeit völlig blind – und doof!«

»Gehört vielleicht zur Liebe dazu.«

Swantje hatte die ganze Zeit auf den glitzernden Jadebusen geschaut. Sie drehte sich zu Tammo um.

»Und bei dir? Was macht dein Liebesleben?«

»Ich glaube der Dorfkrug macht jetzt auf.«

Als sie den Dorfkrug erreichten, schloss Ralf die Tür gerade auf.

»So früh?«, sagte er und zeigte damit deutlich, dass es ihm nicht passte. Swantje und Tammo gingen trotzdem hinein.

»Bier?«, wollte Ralf wissen. Tammo und Swantje sahen sich an. »Wasser!«, sagten beide.

»Ihr geht in eine Kneipe um Wasser zu trinken? Ich habe doch keine Pferdetränke!« Ralf schüttelte den Kopf und goss zwei Gläser ein.

»Wie gut kanntest du Sönke Bender?«, fragte Tammo.

»Er hatte Ärger mit seinen Eltern. Das Biogedöns ist auch nicht gerade der Renner hier in der Gegend.«

»Hatte er Feinde?«

»Keine, die ich kenne. Er hat sein Ding gemacht.«

»Und Gudrun Gross?«

Ralf lehnte sich gegen die Theke. »Oje, die hatte doch von klein auf die Arschkarte. Einziges Kind und dann in einer Schlachterei mit Tradition. Ihr Alter hat sie solange bearbeitet, bis sie Fleischerin geworden ist.«

»Sie ist weggegangen!«, merkte Tammo an und sah dabei misstrauisch das Glas Wasser an.

»Es soll einen Riesenkrach damals gegeben haben. Der alte Gross hatte einen Schlachter als Mann für sie ausgesucht. Da ist Gudrun endlich auf die Barrikaden gegangen. Sie hatte ihren Meister gemacht und wollte dann endlich studieren.«

»Sie hat das Abitur?«, fragte Swantje.

»Die Gudrun war immer schlau. Mit die Beste der Klasse. Davon wollte ihr Alter aber nichts wissen. Schlachterin mit Schlachtermeister als Mann und basta.«

Tammo spürte Swantjes Blick. Er zog den Notizblock und den Stift aus seiner Tasche und machte Notizen.

»In einer Nacht- und Nebelaktion ist sie dann abgehauen«, fuhr Ralf fort.

»Und dann?«

»Keine Ahnung. Sie war weg. Irgendwann war sie dann wieder da.«

»Und wie ist das Verhältnis heute zu ihren Eltern?«, fragte Swantje.

»Man hört nichts mehr. Wollt ihr nicht doch lieber ein Bier?«

Die Tür ging auf. Gisela, Schorsch und Gunnar kamen.

»Ich habe an zwei anderen Salami Blutspuren gefunden. Blut von Sönke Bender.« Gunnar setzte sich neben Swantje.

Gisela ging hinter die Theke. Schorsch bestellte eine Runde, ohne auf die beiden Wassergläser vor Tammo und Swantje zu achten.

»Ich hab mal nachgedacht«, begann Schorsch, »da kauft oder klaut einer eine Salami, haut damit jemanden tot und bringt die Salami zurück in den Laden. Der muss doch einen Knall haben.«

»Daran haben wir auch schon gedacht.« Tammo sah, wie Gisela Bier zapfte.

»Ich nehme ein Glas trocknen Weisswein! Habt ihr noch den Vermentino?«, bestellte Swantje.

»Ein Bier«, fügte Tammo schnell hinzu. »Hatte oder hat Gudrun Gross Feinde?«

»Alle Veganer und Vegetarier der Republik und dem Rest der Welt!«, kommentierte Gunnar die Frage.

»Die Männer sind hinter ihr her. Hübsche, erfolgreiche Frau. Es gibt keine Schlachterei in der Nähe, wo so viele Männer einkaufen – und dann noch Bio!!«

»Was haben eigentlich ihre Eltern gesagt, als sie den Laden auf Bio umgestellt hat?«

Schorsch sah in die Runde. »Ich hab nichts gehört. Ihr?« Alle schüttelten die Köpfe. Tammo legte den Notizblock beiseite und trank genüsslich von seinem Bier. Swantje bekam ihr Weinglas.

»Weiß jemand von euch, was Gudrun Gross in den Jahren, als sie weg war, gemacht hat?«

»Sie hat studiert!«, meldete sich Gunnar. »Wirtschaft, soviel ich weiß.«

»Sie war über 10 Jahre weg. Solange studiert doch niemand!«, warf Tammo ein.

»Och, da kenn ich andere Fälle!«, sagte Schorsch und schaute dabei Gunnar an.

3. Tag

Mittwoch, 6. Juni

Tammo hatte beim Skat verloren. Tammo verlor fast immer beim Skat. Gestern Abend hatte er aber gegen Swantje im Skat verloren, das wurmte. Gunnar war auf die Idee gekommen Skat zu spielen. Alle wunderten sich, als Swantje meinte, dass sie gerne mitspielen würde. Hauptkommissarin Swantje Bilger, die Frau aus der Stadt mit Austauscherfahrung im Polizeidienst in New York und Paris, spielte Skat. Das konnte doch nichts werden. Erst in der letzten Runde erwähnte sie nebenbei, dass sie das Skatspielen bei Onkel Heini schon als Kind gelernt hatte. Alle hatten gegen Swantje verloren und in ihren Gesichtern stand geschrieben, dass sie alle ihr Verhältnis zu Onkel Heini grundlegend überdachten.

Swantje hatte ausgesprochen gute Laune. Sie war in der Nacht zu Fuß zum Hof von Onkel Heini zurückgekehrt. Mal pfiff sie vor sich hin, mal kicherte sie hemmungslos. Die Gesichter ihrer Mitspieler wurden im Laufe des Abends immer länger. Gesprochen wurde kaum noch. Gunnar entwickelte einen unglaublichen Ehrgeiz, was ihm aber nichts nutzte. Sie war es, die das Spiel bestimmte – so sollte es auch bei diesem Fall sein.

Sie hatte gut geschlafen, stand früh auf und half Onkel Heini die Tiere zu füttern. Xanthippe, die Kampfsau, war ihre Herausforderung. Swantje zog sich Gummistiefel an, bewaffnete sich mit einer Forke und öffnete die Stalltür.

»Wag es nicht, sonst gibt's was auf die Nase!« Xanthippe senkte den Kopf. Swantje wagte den nächsten Schritt. Xanthippe grunzte. Swantje senkte den Forkenstiel und streckte die Hand aus. Xanthippe schnupperte.

»So, jetzt mach ich hier sauber!« Swantje griff die Forke und begann auszumisten. Xanthippe ließ sie keinen Moment aus den Augen. Immerhin hatte die Sau über 200 Kilo Kampfgewicht. Xanthippe betrachtete alles mit einer gewissen distanzierten Neugier. Zehn Minuten später war der Stall ausgemistet. Das neue Stroh warf Swantje über die Stallwand. Na bitte! Jetzt konnte sie beruhigt und stolz unter die Dusche gehen.

Tammo hatte versprochen, Swantje um 8 Uhr bei Onkel Heini abzuholen. Tammo wollte gerade zu seiner Uhr greifen, besann sich aber darauf, dass auch sein Radiowecker eine Uhr hatte. Es war kurz vor 7 Uhr. Er stand auf und ging ins Bad.

Pünktlich um 8 Uhr stand er auf Onkel Heinis Hof. Genauso pünktlich kam Swantje heraus. Swantje trug ihre frisch gewaschenen Haare offen. Über der beigen Bluse trug sie eine leichte Sommerjacke, unter der sich das Holster mit der Pistole verbarg. Die Jeans und die Stiefeletten sorgten für Bewegungsfreiheit. Tammo hatte in der Nacht noch seine Schuhe geputzt und die Waschmaschine in Gang gesetzt. Zu seinem Entsetzen hatte er festgestellt, dass er kein frisches Hemd mehr hatte. Nachdem er die feuchten Hemden aus der Maschine gezogen hatte, griff er zum Föhn und trocknete damit eines davon. Eine Stunde verbrachte er in der Nacht noch am Bügeleisen.

»Was machen wir zuerst?«

»Wir sollten mit Gudrun sprechen.«

Swantje war einverstanden. Sie fuhren nach Langendamm.

»Wo ist Frau Gross?«, fragte Tammo eine der Angestellten. Sie fanden Gudrun Gross in der Küche neben der Schlachterei. Sie hatte einen Pott Kaffee in ihrer Hand.

»Möchtet ihr auch einen?« Beide nickten.

»Wann und wie hast du Sönke Bender kennengelernt?«, begann Tammo.

»Wir fühlten und dachten auf der gleichen Ebene. Hört sich vielleicht schwülstig an, war aber so. Sönke hatte einen Biohandel im Wendland aufgebaut. Ich wollte auch in die Bioschiene.« Sie blieb einen Moment stehen. »Es hat bei uns beiden gleich gefunkt. Ich kannte Sönke natürlich von früher. Als Kinder haben wir schon zusammen gespielt, uns dann aber aus den Augen verloren.«

»Was haben Ihre Eltern dazu gesagt?«, fragte Swantje.

Gudrun stellte zwei Tassen auf den Küchentisch und goss Kaffee hinein. »Sie haben anfangs getobt. Ich habe ihnen die Bilanzen der letzten Jahre, wo sie den Laden führten, vorgehalten. Jährlich ein Minus von 12 – 15 %. Da muss man kein von Thünen sein, um zu wissen, dass das Ende in sichtbare Nähe kommt. Meine Mutter hat das verstanden – mein Vater nicht. Er hält sich zum Glück seither aus dem Geschäft raus.«

»Und mit Bio willst du jetzt die große Wende schaffen?«, zweifelte Tammo.

Gudrun lächelte sanft. »Biofleisch und vor allem Biowurst für den Großhandel. Da ist noch Zukunft drin. Jeder Skandal bringt uns mehr Kunden. Das haben auch der Großhandel und die Discounter kapiert.«

»Sie haben studiert?«, fragte Swantje.

»Betriebswirtschaft.«

»Und danach?«

»Ich habe in Süddeutschland einige Jahre einen Fleischkonzern mit geleitet. Im Management.«

»Und dann kommst du nach Langendamm zurück?«, mischte sich Tammo mit all seinen Zweifeln daran ein.

»Geld verdienen ist gut. Leute über den Tisch ziehen ist etwas anderes.«

»Was meinst du damit?«

»Das ist Industrie und die hat ihre eigenen Gesetze. Alles ist genau genormt, das Vieh auch und der Schlachttakt vorgegeben. Und die Bauern? Die hängen am Tropf der Großen.« Gudrun stand auf und sah aus dem Fenster. »Was mich aber am meisten gestört hat, war die unglaubliche Arroganz in der Chefetage.«

»Schlachten ist schlachten!«, meinte Swantje.

Gudrun drehte sich abrupt um. Sie zischte Swantje an. »Sie sollten nicht über etwas reden, wovon Sie keine Ahnung haben!«

Swantje glotzte Gudrun an. Nervöse, rote Flecke bildeten sich auf Swantjes Hals. Ihre Augenbraue zuckte unkontrolliert auf und ab. »Sie wollen doch nicht etwa behaupten, dass Sie die Tiere totstreicheln!«

»Ich weiß, wir Schlachter sind die bösen Mörder – herzlos und gemein!«

»Mord ist mein Geschäft!«, zischte Swantje zurück. »Ich bin Hauptkommissarin bei der Mordkommission.«

Jetzt kam Gudrun noch mehr in Fahrt. »Gerade dann sollten Sie nicht einen solchen Mist reden!«

»Schlachten – so oder so – hat immer einen tödlichen Ausgang. Sie wollen mir doch nicht erzählen, dass alle die Bösen sind und nur Sie sind ... sind ... sind die heilige Johanna der Schlachthöfe!«

»Blöde Gans!« Gudrun ging auf Swantje zu. Ihr wallender Busen entwickelte sich zu einem Bollwerk.

»Tammo, sie hat blöde Gans zu mir gesagt! Das wird Konsequenzen haben! TAMMO!«

»Ist doch irgendwie ein Reizthema. Das sollten wir nicht zu hoch hängen.«

»Beamtenbeleidigung kann man nicht zu hoch hängen.«

»Warum eigentlich nicht?« Gudrun stand jetzt etwa eineinhalb Meter vor Swantje und hatte ihre Arme in die Hüften gestemmt. »Ihr Beamten seid auch nur Pupser!«

»Das notiere ich mir!«

Tammo schlug mit der flachen Hand auf den Tisch. »Es reicht!«, brüllte er.

Die beiden Frauen zuckten zusammen und erstarrten. Tammo räusperte sich.

»Bist du gegangen oder bist du gegangen worden?«

Gudrun brauchte einen Moment, um sich zu fangen. »Ich habe gekündigt. Die beste Entscheidung meines Lebens.«

»Kannst du dir vorstellen, dass es ein Motiv gibt, warum man Sönke umbrachte?«

»Ein Motiv, das mit mir zu tun hat?«

»Möglicherweise!«

Gudrun setzte sich wieder an den Küchentisch. Sie starrte eine Weile in ihre Tasse. »Darüber muss ich nachdenken. Kommt heute Abend wieder.«

Tammo und Swantje wollten schon gehen, da blieb Tammo noch einmal stehen. »Wir haben gehört, dass dein Vater vor Jahren einen Bräutigam für dich ausgeguckt hat. Was ist aus ihm geworden?«

»Franz?« Gudrun lächelte. »Er ist vierfacher Vater, verheiratet und noch immer in unserem Betrieb.«

»Und deine Eltern?«

»Meine Mutter hilft ab und zu, wenn viel zu tun ist. Mein Vater hat ein Segelboot im Hafen. Er hat sich aus der Schlachterei zurückgezogen.«

»Wie heißt Franz mit vollem Namen?« Tammo wunderte sich, dass er diesen Franz nicht kannte.

»Franz Klötzer. Er wohnt in Rastede.«

»Ist er im Betrieb?«

»Du verdächtigst doch wohl nicht Franz?«

»Wir verdächtigen niemanden, müssen aber Fragen stellen.«

»Franz ist seit vier Tagen krank. Darmgrippe. Da ist irgendein blöder Virus unterwegs.«

»Und sein voller Name?«

»Franz Klötzer!«

»Danke!«

»Du hast ja überhaupt keine Autorität in diesem Nest. Wir können uns doch nicht einfach beleidigen lassen!« Swantje saß völlig aufgebracht neben Tammo im Auto.

»Wenn ich mich über jeden Spruch so aufregen würde wie du, säße halb Dangast hinter Gittern.«

»Genau das ist es. Wir werden allmählich zu Deppen der Nation. Außerdem finde ich es völlig falsch, dass du so intensiven Kontakt zu den Einwohnern hast.«

»Ich wohne hier!« Tammo startete den Wagen.

»Na und? Es kann doch nicht angehen, dass in einer Kneipe die Fälle, die wir ermitteln, offen diskutiert werden. Es gibt eine Wache mit Verhörzimmer!«

Tammo war gerade angefahren, trat aber wieder hart auf die Bremse. »Von welchem Planeten kommst du? Wenn wir hier jemanden befragen, dann weiß es ganz Dangast und umzu in weniger als zehn Minuten. Dagegen ist jede CIA Beschattung ein Laienspiel. Der Dorfkrug ist sozusagen der Archimedische Punkt, die Redaktion des Wissens und der Gerüchte. Und genau da müssen wir hinhören!« Tammo fuhr wieder an.

»Habt ihr schon mal vom Internet, Google oder facebook gehört? So wird heute recherchiert, da passiert das wahre Leben – und macht nicht laufend betrunken. Wo fahren wir eigentlich hin?«

»Nach Rastede zu Franz Klötzer.«

20 Minuten später waren sie in Rastede. Das Reihenhäuschen aus den 60er Jahren von Franz Klötzer lag in einer Seitenstraße am Ortsausgang. Etwas heruntergekommen, war Tammos erster Eindruck. Ein blonder Junge von fünf bis sechs Jahren öffnete die Tür.

»Moin!«, begrüßte ihn Tammo. »Ist dein Vater zu Hause?«

»Papa!«, brüllte der Junge und lief ins Haus zurück. Tammo und Swantje sahen in den Flur. Diverse Kinderschuhe standen an der linken Wand. Der Spiegel gegenüber war fast taub. Etwas mehr Frischluft hätte dem Raum auch nicht geschadet. Ein leicht säuerlicher Geruch strömte ihnen entgegen. Irgendwo lief ein Fernseher. Franz Klötzer kam aus dem hinteren Raum. Ein großer, durchtrainierter Mann mit dunkelblondem Haar. Die Darmgrippe hatte vor allem seinem Gesicht zugesetzt. Die Haut war aschgrau und seine Augen lagen in tiefen Höhlen. Die letzte Haarwäsche lag in weiter Vergangenheit.

»Und?«, fragte er.

Tammo und Swantje stellten sich vor.

»Kommen Sie rein!« Franz Klötzer ging Richtung Wohnzimmer vor. Tammos und Swantjes erster Eindruck wurde eindrucksvoll bestätigt. Das Wohnzimmer schien von einem Wirbelsturm heimgesucht zu sein. Die beiden Kommissare suchten einen freien Sitzplatz. Franz Klötzer wischte diverses Spielzeug vom Sofa und bot ihnen Platz an.

»'Schuldigung, es geht mir beschissen!«

Wie wahr, wie wahr, dachte Tammo. Swantje blieb stehen. »Kannten Sie Sönke Bender?«

»Klar, der hat jede Woche ein paar Ochsen und Schweine zum Schlachten gebracht.«

»Kannten Sie ihn näher?«, wollte Tammo wissen.

Franz Klötzer wurde spürbar unruhig. Seine Augen flackerten nervös. »Nee!«

»Wie würden Sie Sönke Bender beschreiben?« Swantje sah dabei kurz zu Tammo.

Franz Klötzer kratzte sein ungewaschenes Haar. »Arschloch. Arrogantes Arschloch. Jo, so würde ich sagen!«

»Und wie kommen Sie darauf?«

Diese Frage schien sich Franz Klötzer noch nie selber gestellt zu haben. Schweißperlen bildeten sich auf seiner Stirn, während er versuchte Gedanken zu bilden.

»Ihr haltet uns Schlachter für doof?« Er machte eine kleine Pause. »Rothaarig, dick und doof.« Dabei sah er eindringlich Swantje und Tammo an. Als keine sichtbare Reaktion kam, fuhr er fort.

»Sind wir aber nicht. Ich habe den alten Gross gefragt. Der sagt auch, dass der Sönke ein Blödmann ist. Bio – ist doch Schwachsinn. Totes Fleisch ist totes Fleisch. War immer so.« Swantje sah, als sei sie gerade erwischt worden, betreten auf ihre Finger.

»Und was hat Herr Gross noch gesagt?«

»Viel. Ich erinnere nicht alles. Fragen Sie ihn doch selbst.«

»Wo waren Sie vorgestern Nacht?« Tammo stand auf.

»Auf dem Klo. Die meiste Zeit war ich auf dem Klo.«

Swantje und Tammo standen auf. Beide fühlten sich in dem Chaos unwohl. An der Haustür drehte sich Tammo noch einmal zu Franz Klötzer um. »Wo ist denn Ihre Frau?«

»Weg!«

»Wie weg?«

»Abgehauen.«

»Wann ist Ihre Frau abgehauen?«

»Vor vier Wochen. Hat mich mit den Kindern sitzen gelassen.«

Swantje sah in die Küche. Ein heilloses Durcheinander. Sie ging hinein. Auf der Anrichte und auf dem Tisch türmten sich Lebensmittelreste. Mit dem Finger fuhr sie über die Tischplatte. Fett. Einige Eierschalen klebten fest. Sie versuchte sie mit dem Fingernagel zu lösen. Ekelig, dachte Swantje. Sie hörte Tammo im Nebenraum.

»Und aus welchem Grund ist sie abgehauen?«

»Sie wollte immer die große Welt kennenlernen.« Er sah Tammo hilfesuchend an. »Geht mit einem Schlachter ja nicht wirklich.«

»Aber das wusste sie doch vorher.«

»Hab ich ja auch gesagt.« Wieder kratzte er seinen Kopf. »Der Typ, mit dem sie abgehauen ist, fährt Reisebusse. Da hat sie jetzt ihre große Welt.«

»Sollten wir nicht das Sozialamt benachrichtigen?«, fragte Swantje Tammo, als sie in den Wagen stiegen. »Die Kinder verwahrlosen doch in einem solchen Umfeld.« Sie rieb ihre Finger aneinander, um das Fett darauf loszuwerden. Unter ihren Fingernägeln klebten Eierschalenreste.

»Vielleicht ist es besser, erst einmal mit der Lehrerin und auch mit Gudrun Gross zu sprechen.«

»Warum denn mit der Gross?«

»Sie kennt Franz Klötzer lange. Vielleicht hat sie etwas Einblick in die momentane Situation im Hause Klötzer.«

»Der ist – wie soll ich sagen – von bescheidener Intelligenz.«

»Deshalb muss er doch kein schlechter Vater sein.«

Peter Gross war auf seinem Segelboot im Dangaster Hafen. Gegenüber lag der Krabbenkutter. Der hatte gerade angelegt und Urlauber kauften den frischen Granat. Sonst gab es nur Sportboote im Hafen. Der große, grauhaarige Mann schien guter Laune.

»Moin, Peter!«, begrüßte ihn Tammo.

»Ich wusste, dass ihr kommt.« Er ließ sich nicht bei seiner Arbeit stören.

»Dieser Kerl, diese blöde Knackwurst, hat doch alles nur durcheinander gebracht. Der hat meiner Gudrun den Kopf verdreht, weil er sich in meinen Betrieb einschleichen wollte.«

»Der hat ein paar Ochsen und ein paar Schweine zum Schlachten gebracht.« Tammo gab sich bewusst ganz ruhig. Peter Gross reagierte entsprechend.

»Genau das ist es ja! Keine Bullen, sondern Ochsen. Wer will heute noch Ochsen?« Die Antwort gab er sich selbst. »Schnickschnack für Stadttussis, weil sie es im Fernsehen gesehen haben. An der Fleischtheke sieht kein Schwein, ob das Fleisch vom Ochsen oder Bullen kommt.«

»In der Pfanne schon!« Tammo ließ nicht locker und meinte bewundernde Blicke von Swantje zu spüren. Peter Gross kam in Fahrt und auf die beiden zu.

»Quatsch! Alles Gerede von den Tofufressern!«

»Deine Bilanzen sahen ja in den letzten Jahren nicht gerade rosig aus!«

»Wer behauptet das?«

»Deine Tochter!«

Peter Gross stand jetzt vor Tammo. »Ich hab Arbeitsplätze erhalten. Reiner Blödsinn. Es ist viel günstiger, das Fleisch auf dem Großmarkt zu kaufen – und die Wurst gleich mit. Nur so geht's!«

»Dann kann man ja gleich in den Supermarkt gehen!« Tammo sprach ganz ruhig. Er genoss jedes Wort und die steigende Wut des Metzgermeisters.

»Ihr linken Spinner ...«

In dem Moment klingelte Tammos Handy.

»Ja!« Er hörte eine Weile zu. »Wir müssen zur Wache!«, sagte er zu Swantje und »Wir sehen uns!« zu Peter Gross.

Swantje druckste im Wagen herum. Unruhig sah sie aus der Windschutzscheibe, um im nächsten Moment ihre Finger zu reiben. Schließlich holte sie tief Luft.

»Ich hab da mal eine Frage, auch wenn du mich für blöde hältst: Was ist der Unterschied zwischen einem Bullen und einem Ochsen?«

»Naja!« Tammo richtete sich auf. »Sagen wir mal so: Kennst du den Unterschied zwischen einem Hahn und einem Bullen?«

Swantje sah Tammo nur fragend an. Tammo grinste schräg.

»Ein Hahn hat keine Eier. Und was hat ein Hahn mit einem Ochsen gemeinsam?«

»Beide haben keine Eier!«, kombinierte Swantje.

»So einfach ist das!«

»Aha!«, sagte sie und überlegte weiter. Es dauerte, bis sie ihre nächste Frage erdacht hatte. »Ist es nicht völlig egal, ob ein Bulle oder ein Ochse auf der Weide steht?«

»Bullen stehen nicht auf der Weide!«

Swantjes rechte Augenbraue wippte nervös auf und ab. »Warum gibt es in der Landwirtschaft nicht mal eine Sache, die so läuft, wie man es sich denkt?«

»Weil wir nicht mehr mit der Natur denken«, philosophierte Tammo.

Entsetzt sah ihn Swantje an. »Was hat denn die Landwirtschaft mit Natur zu tun? Eier ab, Eier dran, dann wieder ohne Eier. Natur stell ich mir anders vor. Die Eier bleiben einfach da, wo sie hingehören!«

So gesehen, dachte Tammo, hat sie irgendwie recht. Aufgeben wollte er deshalb noch nicht. »Bullen kannst du nicht auf die Weide lassen. Sie sind zu aggressiv. Deshalb werden sie im Stall gemästet. Ochsen, weil ohne Eier, sind friedlich und können auf die Weide.«

Swantje nickte nur wenig überzeugt. Sie hatten den Stadtrand von Varel erreicht. »Und was hat das dann mit dem Fleisch zu tun?«

»Bullen wachsen schneller. Ochsen langsamer. Bullen binden in der Mast viel Wasser in den Zellen …«

»… und das schwimmt dann in der Pfanne?«

»Genau!«, gab Tammo zurück.

Swantje sah die Tiere auf den Weiden rechts und links der Straße. Ihre Stirn hatte sich gekräuselt.

»Sag mal, haben Hähne wirklich keine Eier?«

Gunnar erwartete sie schon in der Wache. Onno war bei ihm.

»Wir sind die Unterlagen von Sönke Bender durchgegangen. Spannend!«

»Habt ihr seinen Computer auch ausgewertet?«, wollte Swantje wissen.

»Auch spannend!«, bemerkte Onno.

Gunnar setzte sich auf den Rand eines Schreibtisches. »Ist zwar nicht meine Sache«, und damit setzte er wie so oft eine Grenze, damit niemand ernsthaft auf die Idee kam, ihn für Arbeiten einzuteilen, die nicht in seine Zuständigkeit fielen, »aber Sönke hatte wenigsten zwei Firmen und war an weiteren vier Firmen beteiligt. Zuerst einmal zu seinen Firmen: Im Wendland hat er die Biovertriebsgesellschaft und hier die Rinderzucht, als landwirtschaftlichen Betrieb. Weiter hat er erhebliche Anteile an einer Bioviehhandelsgesellschaft, an einer Biofleischgesellschaft, an einer Euro-Bio-Marketinggesellschaft und – jetzt wird es richtig spannend – an der Bioschlacht GmbH, vor zwölf Wochen gegründet mit …«

»Gudrun Gross!«, tönten alle wie im Chor.

»Genau! Und im Gewerbegebiet Süd soll ein Schlachthof gebaut werden. Ein Millionenprojekt.«

Tammo dachte einen Moment nach. »Aber haut man deshalb jemanden mit einer Salami tot?«

»Unter Umständen!« Onno hatte die ganze Zeit einen Zettel in seiner Hand. Er schaute kurz darauf. »Ich habe beim Bauamt angerufen. Die Friela Fleisch GmbH will auch einen Schlachthof im Gewerbegebiet bauen. Es darf aber nur einen geben. Politisch sah es so aus, dass man lieber Sönkes Schlachthof genehmigen wollte.«

»Richtig, ich hab davon gelesen, aber Sönkes Name wurde nicht erwähnt«, erinnerte sich Tammo. »Wer steckt hinter der Friela Fleisch?«

»Ein gewisser Malte Jenning.« Onno blickte wieder auf sein Papier. »Er hat bereits einen Großschlachthof bei Vechta und will hier ganz groß in die Rinder- und Schafschlachtung einsteigen. In Varel hat er bereits ein Organisationsbüro eingerichtet.«

»Politisch ist das Ding jedenfalls wieder typisch nach Art des Bürgermeisters Julius Brömmer eingefädelt worden. Es hat eine Bürgerinitiative gegen den Großschlachthof gegeben«, nuschelte Gunnar.

»Wie meinst du das?«, fragte Swantje.

Gunnar kratzte seinen Hinterkopf. »Ist nur eine Vermutung, aber es würde mich nicht wundern, wenn Brömmer erst den Großschlachthof ins Rennen brachte und dann, als würde er auf den Protest der Bürger hören, den Bioschlachthof genehmigt. Brömmer will Kohle sehen – um jeden Preis.«

»Kannten sich Sönke und Malte Jenning?«, fragte Swantje.

Onno sah sie verwundert an. »Davon steht nichts in den Unterlagen!«

»Ist denn der Bioschlachthof vom Stadtrat genehmigt?«, wollte Swantje wissen.

Onno nickte.

Tammo sah auf seine Uhr. Sie war noch immer kaputt.

»Es ist kurz nach 18 Uhr«, bemerkte Swantje.

»Dann war's das für heute!«

4. Tag

Donnerstag, 7. Juni

Statt Swantje kam Onkel Heini aus dem Haus. Tammo war pünktlich um 8 Uhr auf den Hof gefahren. Onkel Heini sah besorgt aus.

»Swantje hat die halbe Nacht auf dem Klo verbracht. Sie sieht richtig scheiße aus.«

»Darmgrippe«, fiel Tammo sofort ein.

Onkel Heini schüttelte den Kopf. »Salmonellen würde ich eher sagen.«

»Kann ich sie sehen?«

»So wie sie im Moment aussieht, würde ich das für keine gute Idee halten. Sie ist diesbezüglich etwas eigen!«

Tammo kramte sein Handy aus der Tasche und rief Gunnar an. »Swantje hat die Scheißerei. Onkel Heini vermutet, dass es Salmonellen sind. Die hat sie sich totsicher bei Franz Klötzer in Rastede eingefangen.«

Gunnar wusste, was zu tun war. Tammo fuhr nach Langendamm zu Gudrun Gross.

Swantje ging es elend. Kurz nach Mitternacht war sie aufgewacht und von da an wechselte sie zwischen Toilette und Bett hin und her. Mit jeder weiteren Stunde wurde sie schwächer. Als Onkel Heini gegen 7 Uhr in ihr Zimmer kam, erschrak er.

»Kind, wie siehst du denn aus?«

»Ich hab mir irgendwas bei dem blöden Klötzer eingefangen«, keuchte Swantje. »Heute kann ich unmöglich aus dem Haus. Hoffentlich macht Tammo keinen Mist!«

»Du solltest Tammo nicht laufend unterschätzen!«

Swantje war zu schwach, um eine Grundsatzrede zu halten – sie hätte es aber gerne gemacht. Onkel Heini brachte ihr Salbeitee, weil er der Meinung war, dass Salbeitee gut gegen böswillige Viren und Bakterien sei. Immerhin schlief Swantje ein. Sie erwachte erst, als Gunnar vor ihrem Bett stand.

»Du brauchst Ruhe!«, diagnostizierte er und gab ihr einige Pillen. Der kurze Schlaf hatte einige ihrer Lebensgeister wieder erweckt.

»Bist du so lieb und bringst mir meinen Laptop? Er steht dort hinten in der Ecke – und das Handy.«

»Du solltest dich einige Tage schonen«, meine Gunnar, während er die Geräte holte.

»Dazu habe ich keine Zeit. Hier geht es ja zu wie in Sodom und Gomorrha. Verrückte Hartwurstfetischisten und Salmonellen-Epidemien ziehen durchs Land. Dem muss Einhalt geboten werden.« Weiter kam sie nicht. Mit einem Satz und »Ohgottohgott« lief sie aus dem Zimmer. Als sie zurück kam, war Gunnar bereits gegangen. Sie rief bei der Gesundheitsbehörde und beim Jugendamt an und erstattete gegen Franz Klötzer Anzeige.

»Du hast gar nicht erwähnt, dass Sönke und du gemeinsame Geschäfte geplant hattet.«

Gudrun stand wieder in der Wurstküche und füllte Bratwürste. »Wenn man gerade erfährt, dass der Mann umgebracht worden ist, mit dem man sein Leben verbringen wollte, dann sind Gedanken über gemeinsame Geschäfte sinnlos.« Sie begann zu weinen. »Ich will keine Tränen in der Bratwurst haben!«, schluchzte sie hilflos.

Tammo ging auf sie zu. Mit ihren verheulten Augen sah sie ihn an.

»Ich kann es immer noch nicht begreifen. Warum er?«

»Noch einmal meine Frage von gestern: Hatte er Feinde?«

»Konkurrenten – aber Feinde? Er hat doch niemandem etwas getan.«

»Er hatte sich ein kleines Imperium aufgebaut. So was macht neidisch.«

Jetzt stand sie bei Tammo. Sie war fast genauso groß wie er, aber in diesem Moment schien sie zerbrechlich. Sie gingen wieder in den Mitarbeiterraum und setzten sich. Tammo wartete mit seiner Frage, bis Gudrun saß.

»Sönke hatte mehrere Firmen. Solltest du bei den anderen auch einsteigen?«

Gudrun ließ Tammo nicht aus den Augen. Sie suchte Blickkontakt. »Tammo, ich muss dir etwas sagen. Wir hatten uns gestritten – wochenlang. Sehr sogar!«

»Worum ging es?«

»Wir, also er hatte die Baugenehmigung für den Schlachthof beantragt. Die Banken sind im Moment sehr zurückhaltend. Er wollte, dass ich eine Hypothek auf mein Geschäft und das Wohnhaus aufnehme.« Sie machte eine Pause. »Ich wollte nicht – und ich kann auch nicht. Meine Eltern stecken hier noch mit drin. Die würden nie eine Hypothek unterschreiben.«

»Wussten deine Eltern davon?«

»Ich hatte es mal bei meiner Mutter angedeutet. Mein

Vater wäre gleich aus dem Hemd gehüpft. Meine Mutter hat auch sofort abgewunken.«

»Und wie ging die Geschichte weiter?«

»Vor etwa drei Wochen kam Sönke, nahm mich in den Arm und sagte, dass alles mit den Banken geklärt sei.«

»Und wie ging es mit deinen Eltern weiter? War die Hypothek noch einmal Thema?«

Erst jetzt verstand sie den Sinn der Frage. »Du glaubst doch nicht etwa ...«

»Es war nur eine Frage«, beruhigte sie Tammo. Es war an der Zeit, den alten Gross nach einem Alibi zu fragen. Tammo verabschiedete sich und fuhr zum Dangaster Hafen. Das Segelboot vom alten Gross entdecke er auf dem Jadebusen mit Kurs auf die Nordsee. Für einen Moment überlegte er, ob er die Küstenwache verständigen sollte, aber er entschied sich dagegen. Der Aufwand schien ihm zu hoch. Stattdessen fuhr er zu Gudruns Mutter.

»Moin, Frau Gross. Ich ermittle den Mord an Sönke Bender. Nur der Ordnung wegen: Wo war Ihr Mann am 2. und 3. Juni.«

»Komm doch rein. Möchtest du einen Tee?«

Tammo verneinte.

»Am 2. und 3. Juni? Wenn ich mich nicht irre, war er auf See. Sobald die Sonne scheint, ist er unterwegs.«

»Wissen Sie wohin er gesegelt ist?«

»Eine der Inseln. Spiekeroog oder Juist. Er sagt mir nur selten wohin er segelt.«

»War jemand mit an Bord?«

»Um Gottes Willen. Er erträgt niemanden um sich herum. Schon gar nicht auf See!«

Tammos Handy klingelte. Es war Swantje. Er starrte

auf das Display. Konnte sie sich nicht mit ihren Salmonellen beschäftigen und ihn in Ruhe lassen? Er nahm das Gespräch an.

»Ja?«

»Malte Jenning war am 2. und 3. Juni in Varel. Ich habe mit seinem Betrieb telefoniert. Er soll auch jetzt in Varel sein. Oh Gott …« Das Gespräch wurde von ihr abgebrochen. Ihre Stimme klang jämmerlich. Tammo hatte Mitleid, gestand es sich aber nicht ein.

Malte Jenning saß in seinem Büro. Ein Hüne mit kurz geschorenen, brauen Haaren. Sonnenbank-Bräune, vermutete Tammo, und ein schweineteurer Anzug.

»Was kann ich für Sie tun?« Selbstgefällig lehnte sich Malte Jenning in seinen Ledersessel zurück. Tammo setzte sich auf den Sessel ihm gegenüber.

»Ich ermittle in der Mordsache Sönke Bender.«

»Davon hab ich gehört. Ziemlich alberner Tod – finden Sie nicht?«

»Wo waren Sie am 2. und 3. Juni?«

Malte Jenning griff zu seinem i-Pad.

»Hier! Ich war hier in Varel.«

»Sönke Bender war ein Konkurrent.«

Malte Jenning lachte. »Der ein Konkurrent? Ein Spinner! Der soll ruhig sein Biovieh schlachten. Das sind nicht einmal 9 % vom Gesamtmarkt. Ich habe einen Marktanteil von gut und gern 34 % in Norddeutschland. Das sind Zahlen!«

»Immerhin hat er den Zuschlag für den Bau des Schlachthofes hier in Varel bekommen. Eigentlich könnten Sie Ihr Büro wieder schließen.«

Der Hüne erhob sich aus seinem Sessel. »Mein Erfolg ist meine Hartnäckigkeit. Ich werde Gudrun ein Angebot unterbreiten, das sie einfach nicht ablehnen kann.« Er lächelte Tammo an. »Ihr Partner ist tot. Sie hat doch gar nicht die Kohle, um den Schlachthof zu bauen. Und ganz nebenbei – der alte Gross ist ganz auf meiner Linie.«

»Sie kennen Gudrun Gross?« Tammo war über das vertraute »Gudrun« verwundert.

»In der Szene kennt jeder jeden. Gudrun ist gut, aber auf einem völlig falschen Trip. Falls sie mal wieder zur Vernunft kommt«, und jetzt lächelte er, als hätte er den goldenen Pfad der Erkenntnis gefunden, »kann sie bei mir einen richtig guten Job bekommen.«

Tammo sortierte seine Gedanken. »Sie wollen den Bio-Schlachthof bauen?« Allein die Frage erschien ihm absurd.

»Warum nicht. Nischen können auch ganz reizvoll sein. Man muss sehen, wie sich die Märkte entwickeln. Alles ist jetzt offen.«

»Das war's – vorläufig!« Tammo stand auf.

»Sie glauben doch wohl nicht, dass ich diesen Biofuzzy erschlagen habe?« Malte Jenning hatte seine Hände vor der Brust verschränkt.

»Waren Sie schon einmal in der Schlachterei von Gudrun Gross?«

»Einige Male. Wieso?«

»Zufällig auch am 2. oder 3. Juni?«

Malte Jenning wurde unsicher. »Hören Sie – jetzt denken Sie bloß keinen Mist. Es ging und geht nur um's Geschäft. Da wird mit harten Bandagen gekämpft, aber nicht mit einer ollen Salami!«

»Einen schönen Tag noch!«

Tammo atmete tief durch, als er das Gebäude verließ. Er schaute auf seine Uhr. Sie zeigte immer noch 3.15 Uhr. Irgendwo in der Nähe gab es doch einen Uhrmacher. Tammo ging Richtung Fußgängerzone und fand die Uhrmacherei Tersch. Der Laden war zu. Demzufolge war es nach 12.30 Uhr, aber noch keine 14 Uhr. Varels Läden hielten sich an die geliebte Mittagspause. Tammo ging zur Wache. Onno und Gunnar saßen bei einer Tasse Kaffee zusammen.

»Willst du auch Kaffee?«, fragte Onno.

Tammo nickte.

»Gut, dass du hier bist. Ich habe mir die Fettspuren an Sönkes Wunden genauer angesehen.« Gunnar stand auf, wohl um seinen Worten Nachdruck zu verleihen. »Das war keine Biowurst. Ich hab Pökelsalz und Farbstoff gefunden. Ist bei den Bios verboten.«

Tammo setzte sich. »Das macht die ganze Geschichte noch komplizierter. Entweder pfuscht Gudrun bei ihrer Biowurst oder der Täter wollte ganz bewusst die Spur zu Gudrun leiten. Das setzt wieder voraus, dass er nicht darauf hoffte, dass die Tatwaffe aufgefuttert wird.«

»Wäre sie auch nicht, wenn wir die Leiche früher entdeckt und damit auch Oma Hedwigs Salami sofort als Tatwaffe ausgemacht hätten.« Jetzt saß Gunnar auch wieder. Es entstand eine nachdenkliche Pause.

»Könnte eine Frau die Täterin sein?« Tammo war unsicher.

»Du meinst eine Frau wie Gudrun? Sicher. Kraft dazu hat sie genug. Aber das halte ich für absolut unwahrscheinlich.«

»Ich auch.«

Onno kam mit dem Kaffee. »Ich hab gehört, was ihr gesagt habt. Gudrun ist um vier Ecken mit mir verwandt. Die kenne ich seit klein auf. So was macht die nicht. Warum sollte sie auch?«

»Sie hatte Streit mit Sönke«, gab Tammo zu bedenken.

»Ein Streit ist doch kein Grund, einen mit einer Salami zu erschlagen. Demnach müsste Varel salamimäßig ausverkauft sein.«

»Eine Salami als Tatwaffe ist doch irgendwie bescheuert.« Die drei Männer nickten zustimmend.

»Wo kauft eigentlich der alte Gross seine Wurst?«, fiel Tammo ein. »Der isst doch bestimmt keine Biowurst von seiner Tochter.«

»Im Supermarkt!«, wusste Onno. »Ich hab ihn mal gesehen, wie er dort Wurst und Fleisch gekauft hat. Der Schlachter ist ein alter Kumpel von ihm.«

»Gibt es im Supermarkt steinharte Salami? So 'ne Salami ist teuer!« Gunnar schüttelte dabei den Kopf. »Wir sollten uns die Auslage genauer ansehen.«

Die drei Männer standen auf und verließen die Wache.

»Klar kauft der alte Gross sein Fleisch und seine Wurst hier. Der weiß, was Qualität ist!« Der Schlachtermeister hinter der Fleischtheke hatte mindestens 40 Kilo zu viel Gewicht. Er japste bei jedem Schritt und Schweißperlen standen auf seiner Stirn.

»Verkaufen Sie hier alte Salami?«, fragte Gunnar.

Der Schlachter war empört. »Wie kommen Sie denn darauf? Wir achten strikt auf das Haltbarkeitsdatum.«

»Ich meine, ob sie Salami im Angebot haben, die lange gereift ist«, beschwichtigte Gunnar.

»Sie meinen son Feinschmeckerzeugs. Da haben wir so eine italienische. So was mach ich nicht. Kostet zu viel und bringt keinen Umsatz. Mettwurst ist genauso gut und kommt von hier.«

»Kann ich mal so eine Salami sehen?«, mischte sich Tammo ein.

»Im Stück oder in Scheiben?«

»Im Stück – eine ganze.«

»Die ist aber teuer. Ich hab da eine tolle Mettwurst im Angebot.«

»Die Salami bitte.« Tammo wurde ungeduldig.

»Hat der alte Gross auch Salami gekauft?« Gunnar versuchte die Frage möglichst beiläufig zu stellen.

»Nee, der alte Gross doch nicht. Mettwurst, der hat Mettwurst gekauft.« Dabei wog er die Salami ab.

Vor dem Supermarkt packte Tammo die Salami aus. Gunnar versuchte sie zusammenzudrücken.

»Nicht weich, aber auch noch nicht richtig fest«, stellte er fest.

»Ich finde die schon ziemlich hart«, widersprach Onno. Tammo sah sich um. Einige Meter weiter entdeckte er eine Mülltonne.

»Wir machen den Test.« Gemeinsam gingen sie zur Mülltonne. Tammo holte aus und schlug die Salami mit aller Kraft auf den Mülltonnendeckel. Die Salami hielt. Tammo schlug wieder zu. Die Salami hatte einen Riss. Beim dritten Schlag brach sie. Den Mann mit Kittel, der etwa vier Meter hinter ihnen stand, hatten sie nicht bemerkt.

»Wenn Ihnen unsere Wurstspezialitäten nicht schmecken, können sie sie auch umtauschen.« Voller Entsetzen hatte der Filialleiter die Szene beobachtet.

»War nur ein Haltbarkeitstest«, entschuldigte sich Tammo.

»Sie haben eine ungewöhnliche Art, Wurst auf ihre Haltbarkeit zu testen.« Der Filialleiter verschwand tief beleidigt.

»Mit einer solchen Salami ist Sönke nicht erschlagen worden. Die muss noch länger abgehangen worden sein.« Gunnar sah dabei die zerschlagene Salami an.

Die Männer bewegten sich schon wieder in Richtung Wache. Eine Weile war jeder mit seinen Gedanken beschäftigt. Onno unterbrach die angestrengte Stille.

»Wenn die Salami so lange hing, bis sie hart wurde, dann war doch der Mord von langer Hand geplant.«

»Daran hab ich auch gerade gedacht«, pflichtete ihm Gunnar bei.

»Nicht unbedingt. Er kann die Salami auch woanders gekauft haben …«, meinte Tammo.

»… oder er hat sie aus dem Urlaub, aus Italien, mitgebracht.«

»Muss nicht unbedingt aus Italien sein. In Ungarn wird auch Salami gemacht.«

»Der Fall bekommt allmählich unüberschaubare Dimensionen.« Onno war erschöpft. Sie erreichten die Wache. Tammo blieb wie angewurzelt stehen.

»Wo ist mein Wagen?« Sein angestammter Parkplatz war leer.

»Jetzt klauen die schon die Autos vor einer Polizeiwache.«

Tammo schlug seine Hand vor die Stirn. »Den hab

ich ja in der Oldenburger Straße stehen lassen. Ich fahre nach Dangast.«

»Du solltest Swantje mal besuchen. Die freut sich bestimmt«, meinte Gunnar.

Tammo sah das anderes. Sollte die werte Kollegin sich ruhig mit ihren Salmonellen herumschlagen – möglichst für Wochen.

Als er kurz vor Dangast war, bog er doch zu dem Hof von Onkel Heini ab.

»Komm rein!« Onkel Heini kam gerade aus dem Stall und wollte zum Wohnhaus. »Es geht ihr etwas besser.«

»Meinst du, sie will mich sehen?«

»Ihre Dienstwaffe habe ich vorsichtshalber weggesperrt.«

Swantje saß in der Küche vor ihrem Laptop. Sie sah schlecht aus. In den wenigen Stunden hatten sich tiefe dunkle Ränder um ihre Augen gebildet. Sie trug einen weiten, grünen Pullover und schien zu frösteln. Trotzdem klebten ihre Haare schweißnass auf der Stirn.

»Ich habe mal ein bisschen im Internet recherchiert«, empfing sie Tammo, »und einiges über Malte Jenning gefunden. Er gilt als aggressiver Aufkäufer von Schlachtbetrieben. Zwischen Münster und Hamburg ist er Marktführer.«

Tammo setzte sich zu Swantje. Sie ließ sich nicht unterbrechen.

»Er ist übrigens in Büppel geboren. Seine Eltern wohnen noch dort. Warum schreibst du nicht mit?«

Tammo kramte wortlos seinen Notizblock aus der Tasche.

»Er ist in Bayern auf ein Internat gegangen, hat anschließend in München Betriebswirtschaft studiert und danach einen Job bei der Donau-Fleisch-GmbH bekommen. In der Donau-Fleisch-GmbH arbeitete auch Gudrun.«

»Zur gleichen Zeit?«, wollte Tammo wissen.

»So weit bin ich noch nicht. Würde mich aber nicht wundern.«

»Haben seine Eltern – oder hatten seine Eltern auch eine Schlachterei?«

»Die doch nicht! Der Vater von Malte Jenning hatte eine Gießerei bei Oldenburg und war erfolgreicher Pferdezüchter. Er hat auch jahrelang den Bürgermeister Julius Brömmer unterstützt. Die Gießerei ist vor zehn Jahren pleite gegangen. Jetzt finanziert der Sohn seine Eltern. Diesbezüglich scheint er recht großzügig zu sein.«

»Und die Pferde?«

»Auch nichts mehr. Sind in die Konkursmasse gefallen. Der alte Jenning macht noch manchmal den Punktrichter bei Turnieren.«

Onkel Heini hatte sich umgezogen und setzte sich zu den beiden. »Willst du ein Bier?«, fragte er Tammo. Vor Swantje stand ein Pott mit Tee.

Tammo überlegte einen Moment, dann schüttelte er den Kopf. Bloß keine Schwäche zeigen.

»Jenning? Meint ihr den Schlachthofkönig?«, wollte Onkel Heini wissen.

»Wir waren gerade bei seinem Vater. Weißt du was über Malte Jenning?«, fragte Tammo.

Onkel Heini stand auf und ging zu einem Stapel Zeitschriften. »Da stand was in der ›Land und Forst‹, muss so vor einem halben Jahr gewesen sein.« Onkel Heini kramte in den Zeitschriften. »Hier, in der Ausgabe, glaube ich.« Nach kurzem Blätter fand er den Artikel.

»Also, die ›viandeurop‹, ein Fleischkonzern aus Belgien, hat Malte Jenning diesem Artikel zufolge ein Übernahmeangebot gemacht. Die ›viandeurop‹ ist der größte Fleischkonzern in Europa. In West- und Mitteldeutschland sind sie bereits die größten Anbieter. Wenn sie den Konzern von Malte Jenning schlucken, haben sie Deutschland fest im Griff.«

»Und Malte wehrt sich.«

»Dem Artikel nach ja. Aber er hat schlechte Karten. Seine Betriebe sind hoch verschuldet. Die Banken bestimmen letztendlich, wie es bei ihm weiter geht.«

»Warum habe ich darüber nichts im Internet gefunden?« Swantje starrte auf ihr Laptop.

»Lässt sich leicht herausfinden.« Onkel Heini griff zum Telefon. Während er wählte: »Ich kenne eine Redakteurin bei der ›Land und Forst‹, gute Frau!« Die Verbindung war hergestellt.

»Moin Ulrike, ich hab da mal eine Frage zu der ›viandeurop‹ und Malte Jenning …« Weiter kam Onkel Heini nicht. Als er auflegte, sah er hoch angespannt aus.

»Also, nachdem der Artikel geschrieben war, standen gleich die Anwälte von ›viandeurop‹ und von Malte Jenning bei der ›Land und Forst‹ auf der Matte. Per einstweiliger Verfügung wurde es dem Verlag verboten, den Artikel weiter zu veröffentlichen. Deshalb ist er auch nicht im Internet. Derzeit prozessiert der Verlag mit den beiden Fleischriesen.«

»Da können wir im Moment wohl nicht mehr viel machen«, überlegte Tammo. Dann wandte er sich wieder zu Swantje. »Und warst du auch im Leben von Sönke Bender unterwegs?«

»War ich auch. Die Geschichte ist ziemlich undurchschaubar. Er hatte nicht nur die Firmen, er scheint auch an anderen Geschäften beteiligt zu sein. Mal hat er Biovieh in Frankreich gekauft, mal in Italien, mal in Ungarn und Rumänien. Wenn man das so liest, kommt mir der Verdacht, dass das Vieh das halbe Leben in irgend einem Transporter verbracht hat. Ist es eigentlich erlaubt, Biovieh durch halb Europa zu karren?«

»Bestimmt nicht!«, warf Onkel Heini ein. »Bist du sicher, dass es Lebendtransporte waren?«

Swantje sah ihren Onkel mit großen Augen an. »Nicht genau. Das ging aus den Unterlagen nicht hervor.«

»Wir sollten uns morgen seinen Laden noch mal genauer vornehmen.« Tammo stand auf.

»Willst du schon gehen?«, fragte ihn Swantje verwundert und legte ein beleidigtes Gesicht auf. »Du hättest dich wenigstens einmal erkundigen können, wie es mir geht.«

»Wieder besser! So was spüre ich!«

5. Tag

Freitag, 8. Juni

»Die Pferdediebe sind unterwegs!«, flüsterte Swantje in ihr Handy. Es war mitten in der Nacht, als Tammos Handy klingelte. Ohne Licht zu machen, griff er sicher zum Nachtschrank neben seinem Bett.

»Wo bist du?«, fragte er sie.

»Vor deinem Haus!«

»Und warum flüsterst du?«

»Mach endlich hin!« Jetzt war Swantjes Stimme normal. Tammo schaltete das Licht an, griff zu Hose, Socken und Hemd. Die Schuhe zog er sich erst im Auto an.

»Woher weißt du, dass die Pferdediebe unterwegs sind?« Tammo knallte mit der Stirn gegen das Armaturenbrett, als er versuchte die Schnürsenkel zu binden.

»Eine Frau Breuer hat in der Wache angerufen. Da war aber niemand. Dann hat sie bei Onkel Heini angerufen, weil sie wusste, dass ich dort bin.«

»Ich kenne keine Frau Breuer. Wo wohnt die?«

»Moorhauser Weg 36.«

»Bei den Zweithäuslern also!«

»Was für Häuser?«

»Da haben sich viele ihren Zweitwohnsitz gebaut. Schicke Häuser! Hat sie gesagt, wo die Pferde geklaut werden?«

»Sie meint neben der Weide an ihrem Haus. Hast du deine Pistole dabei?«

»Liegt in der Wache!«, gab Tammo kleinlaut zu. Swantje klopfte an ihre linke Seite. Natürlich war sie wie immer bestens ausgerüstet.

»In der Nähe der Weide gibt es einen Feldweg – gute 200 Meter entfernt. Ich schätze, dass sie die Pferde bis dahin führen und dann verladen. Wenn wir Glück haben, erwischen wir sie da.«

»Warum ist die Wache nicht besetzt?«, wechselte Swantje das Thema.

»Ist sie schon – theoretisch. Wahrscheinlich hat Ludwig Dienst.«

»Was heißt hier theoretisch und Ludwig hat Dienst.«

Tammo war die Frage unangenehm. Er versuchte es anders.

»Du musst gleich rechts abbiegen und dann die zweite wieder links. Fahr dann etwa 300 Meter. In den Feldweg sollten wir zu Fuß gehen. Siehst du dort hinten, bei den Eichen, da geht der Moorhauser Weg ab. Die Straße ist ziemlich schlecht. Vielleicht sollten wir versuchen ohne Licht zu fahren. Der Mond scheint etwas.«

Swantje löschte das Licht. Die Straße war nur noch als vager Schimmer zu erkennen. »Und wie gehen wir vor?« Sie berührte fast mit der Nasenspitze die Windschutzscheibe.

»Wir sollten erst einmal herausfinden, wie viele es sind. Du hast die Kanone. Ich versuche möglichst dicht an sie heranzukommen. Auf mein Zeichen hin hältst du sie in Schach.«

»Und wie soll ich dein Zeichen sehen. Es ist stockfinster!«

Da hatte sie recht. Pferdediebe fassen gehörte nicht gerade zum Alltag eines Vareler Polizisten.

»Wir bleiben einfach zusammen. Und ich tue so, als hätte ich auch eine Pistole im Anschlag. Fahre den Wagen bis dort an den Feldweg. Dann schneiden wir ihnen auf jeden Fall den Fluchtweg ab.«

Swantje ließ den Wagen ausrollen und platzierte ihn genau so, dass er die Zufahrt des Feldweges zur Moorhauser Straße blockierte. Sie stiegen aus, lehnten die Wagentüren aber nur an. Geduckt liefen sie in den Feldweg. Ein Pferd wieherte. Ein anderes antwortete. Gut 30 Meter waren sie auf dem Feldweg vorangekommen. Tammo spürte plötzlich Swantjes Hand auf seiner Schulter.

»Oje, ich muss mal!« Swantje war abrupt stehen geblieben und kreuzte die Beine.

»Du musst was?« Obwohl Tammo flüsterte, war ein bedrohlicher Unterton deutlich zu erkennen.

»Ich muss mal. Die Salmonellen!«

»Du kannst doch während einer Razzia nicht einfach auf's Klo gehen.«

»Hier ist doch gar kein Klo!«

»Ich meine das im übertragenen Sinn.«

»Hast du Klopapier bei dir?«

»Spinnst du?« Tammo suchte in seiner Hosentasche und fand einige Papiertaschentücher. »Hier!«

»Ich bin gleich wieder da!« Und schon war sie im Unterholz verschwunden. Tammo sah abwechselnd ins Dunkel, wo Swantje verschwunden war, und zu dem Wäldchen, wo er die Viehdiebe vermutete. Sollte er auf eigene Faust die Diebe stellen? Das widersprach der Dienstordnung. Andererseits wäre es ein Hit, wenn er die Diebe ohne Swantje stellen könnte. Weiter kam er nicht in seinen Gedanken. Er hörte ein Zischen, drehte sich um und ein Knüppel traf ihn hart auf der Stirn. Dann wurde es ganz dunkel.

Das Erste, was Tammo hörte, war eine Männerstimme.

»Das wird nur eine Riesenbeule und vielleicht etwas Kopfschmerzen geben.«

»Da hat er aber auch immer Pech!« Das war Swantjes Stimme. Tammo öffnete die Augen. Das mit dem Kopfschmerz stimmte. Er lag auf dem Boden und sah Bauer Beuse, einen anderen Mann und Swantje aus der Maulwurfperspektive.

»Er ist wach.« Swantje beugte sich zu ihm hinunter. »Geht es dir gut?«

Was war das denn für eine blöde Frage? Sein Kopf dröhnte und auf seiner Stirn wuchs ein Horn. Er tastete es vorsichtig ab. Es war enorm, bedeckte mindestens die Hälfte seiner Stirn und drückte allmählich gegen die Augen.

»Habt ihr mal ein kaltes Messer?«, fragte er in die Runde.

»Bringt nichts mehr«, erklärte Bauer Beuse sachlich, »du hast eine viertel Stunde geschlafen. Die Beule bleibt Beule!«

Tammo versuchte sich aufzurichten. Der ganze Kopf schmerzte. »Was ist eigentlich passiert?«

Swantje sah hilfesuchend Bauer Beuse und den anderen an. »Naja, Herr Beuse und sein Kollege haben die Pferde von Herrn Beuse verladen, weil sie vor den Pferdedieben Angst haben. Dann hörten sie, dass jemand auf dem Feldweg war. Herr Beuse bewaffnete sich daraufhin mit einem Knüppel. Den Rest kannst du dir ja denken.«

Tammo war sich nicht sicher, ob er alles verstanden

hatte. Sein Schädel schien zu zerspringen. Er lag noch immer wie eine Flunder auf dem Boden und wagte es nicht, sich zu bewegen. »Ich will ins Bett.«

Bauer Beuse griff seine Arme und zog ihn auf die Beine. Tammo taumelte vor Schmerz. Auf Swantje gestützt humpelte er zum Auto.

»Du solltest gleich zwei Aspirin nehmen.« Sie hievte ihn in den Wagen. Wortlos brachte sie ihn nach Hause.

»Den Rest kann ich alleine«, sagte er als Abschied.

»Dürfte ich mal deine Toilette benutzen? Die Salmonellen, du weißt ja.«

Tammo war alles egal. Er nahm die Aspirin, hörte, wie Swantje die Spülung betätigte und die Haustür von außen schloss. Tammo legte sich ins Bett und schlief ein.

Ihm war schlecht. Gehirnerschütterung, diagnostizierte er. Die Beule maß etwa die Größe eines halben Tennisballs. Warum wurde sein armer Körper immer dann geschunden, wenn Swantje auftauchte? Er schloss die Augen und schlief wieder ein.

Nein, es war keine Kirchturmglocke neben seinem Ohr, es war nur die Haustürklingel. Sollte er aufstehen und wenn ja, warum? Jeder Gedanke, wenn man das als Gedanke bezeichnen konnte, was in Tammos Kopf vorging, war ein Gewaltakt mit offenem Ausgang. Es klingelte wieder. Tammo stemmte sich aus dem Bett. Wo er sich festhalten oder anlehnen konnte, griff er zu. Schorsch stand vor der Tür.

»Ich habe gehört, was die Nacht passiert ist. Hier ist Frühstück.«

Tammos Magen begann sofort zu rebellieren. Schorsch stützte ihn.

»Gänseei, würde ich sagen!« Dabei sah er fast bewundernd auf die Beule. »Willst liegen oder sitzen?«

»Wenn ich schon mal stehe, dann lieber sitzen.«

»Soll ich dir einen Tee machen?«

»Aspirin – gleich zwei.« Tammo wurde von Schorsch in die Küche gebracht und auf einen Küchenstuhl gehievt. Tammo stützte seinen Kopf, bis Schorsch mit den Aspirin kam.

»Gunnar kommt auch gleich vorbei. Er will dich untersuchen.«

Tammo nahm die Aspirin. Selbst das Schlucken schmerzte. Er stützte seinen Kopf in beide Hände. Wenn doch nur dieses Hämmern aufhören würde. Es hörte nicht auf. Im Gegenteil. Es klingelte an der Tür. Die Kirchturmglocken in seinem Kopf schienen den Heiligen Abend einzuläuten. Gunnar? Nein, es war Swantje. Sie schoss gleich in die Küche. Begann aber im Flur bereits zu reden – laut zu reden.

»Was sind das für Menschen? Die spinnen doch, die Friesen. Warum verladen die blöden Bauern ihr genauso blödes Vieh immer in der Nacht?« Ihre langen blonden Haare wehten im Sturm ihrer Schritte. Bei näherer Betrachtung hätten ihre Haare auch ein Zeichen einer werdenden Sturmflut sein können. Es war für Tammo einfach zu viel. Eine Sturmflut, Kirchturmglocken im Kopf und ein Gänseei auf der Stirn. Wenn Gunnar kam, wollte Tammo mit ihm ernsthaft noch einmal über Sterbehilfe reden. Derweil wurde der Sturm zur Flut.

»Ich begreife diese Bauern nicht – und wisst ihr was?

Ich will sie auch nicht begreifen. Sie sind mir zuwider.« Dabei sah sie sich um, als würde sie erst jetzt den Ort wahrnehmen, an dem sie sich befand. »Wie sieht es hier denn aus?«

Warum konnte Tammo nur nicht schreien? Warum kam nur ein Grumpeln über seine Lippen? Warum konnte er nicht einfach aufspringen und nach Tasmanien auswandern? Jeder dieser Gedanken kam wie ein Schluckauf in sein Hirn. Es sollte weitergehen. Wieder klingelte es. Gunnar kam, aber damit nicht der ersehnte Frieden.

»Tut es weh, wenn ich gegen deinen Kopf klopfe?« Er fragte es nicht nur, er machte es auch. War der Kerl Arzt oder Schlachter? Swantje tauchte mit einem Putzeimer auf und stellte ihn in die Küche. Warum hatte Tammo sich keinen Putzeimer aus Plastik gekauft? Aus irgendwelchen traditionalistischen Gründen, die mit seiner verstorbenen Mutter zusammenhingen, hatte er einen aus Blech. Blech scheppert ungemein, wenn es mit emanzipatorischer Wucht auf den steinernen Küchenboden gestellt wird. Gunnar zog ihm das rechte Augenlid in die Höhe. Swantje sah sich um und plante anscheinend den nächsten Angriff.

»Wo sind die Putzlappen?« Wieder klingelte es. Tammo war mittlerweile so kraftlos, dass er nicht einmal mehr zusammenzucken konnte. Wie eine Furie schoss Gudrun Gross in die Küche.

»Welcher Hirnfurz hat Franz Klötzer beim Jugendamt angeschwärzt? Seid ihr alle völlig bescheuert? Der arme Kerl ist fix und fertig. Die Kinder sind jetzt bei mir!«

»Die ganze Bude von Klötzer wimmelt von Salmonellen!«, zischte Swantje.

»Ich habe die Kinder untersucht«, sagte Gunnar, »die sind salmonellenfrei. Klötzer ist in Quarantäne.«

Gudrun ließ sich nicht aus ihrer Wut bringen. Sie hatte in Swantje den Knochen gefunden, an dem sie sich festbeißen wollte.

»Und weil du die Scheißerei bekommst, sollen die Kinder ins Heim.« Gudrun ging bedrohlich auf Swantje zu, ballte ihre Faust und schwankte vor und zurück wie ein Boxer im Ring.

»Klär das oder ich kläre das – und dann hast du die Rente durch!« Gudrun drehte sich um und verschwand. Schorsch, Gunnar und Tammo rechneten mit einem nächsten Wutausbruch von Swantje. Er blieb aus. Sie nahm den Putzeimer, öffnete einen Schrank, fand ein Scheuertuch und begann zu putzen.

Gunnar durchbrach das Schweigen. Er sah Tammo an.

»Zwei, drei Tage Bettruhe solltest du schon einhalten. Die Gehirnerschütterung ist nicht so schlimm. Und in ein paar Tagen ist auch das Ei auf deiner Stirn nicht mehr – wie soll ich sagen – markant!«

Schorsch und Gunnar gingen. Swantje putzte noch eine Weile ohne ein Wort zu sagen. Schließlich goss sie das Wasser in den Abfluss und setzte sich zu Tammo.

»Soll ich uns einen Tee machen?«

Er nickte ohne zu wissen warum. Swantje stand auf und setzte Wasser auf. Sie vermied den Blickkontakt mit Tammo.

»Das war eine Überreaktion von mir. Das tut mir leid. Ich habe nicht an die Kinder gedacht.« Sie machte eine Pause, füllte das Teesäckchen und stopfte es in die Kanne. »Salmonellen sind im Wortsinn scheiße. Du kannst dir nicht vorstellen, was die mit einem machen. Ich bin immer noch nicht richtig fit.« Sie setzte sich wieder zu Tammo. »Und weil ich gerade dabei bin: Es tut mir auch leid wegen gestern Nacht. Das war nicht professionell. Ich hätte abschätzen müssen, wie es mir ging. Hab ich aber nicht.«

Tammo sah zwischen seinen beiden Händen, die seinen Kopf stützten, Swantje an. Sie konnte richtig nett sein – manchmal. Nein, jetzt war sie richtig nett, eine gute Kollegin und eine schöne Frau. Einzig – zwischen Oldenburg und Dangast schien es einen Graben von der Dimension des Atlantikgrabens zu geben, der es nicht zuließ, dass die beiden wie vernünftige Menschen miteinander arbeiten konnten. Tammo spürte die Müdigkeit, die ihn jetzt fast lähmte.

»Bist du mir böse, wenn ich gleich ins Bett gehe?«

»Warte, ich überziehe dir das Bett neu. Ein frisches Bett ist angenehmer.« Schon war sie weg. Das Wasser kochte. Tammo stand auf, schwankte und schlich zum Herd. Er goss den Tee auf. Zu mehr war er nicht in der Lage. Swantje rumorte in seinem Schlafzimmer. Dann stand sie plötzlich in der Küchentür.

»Du sollst dich doch schonen. Ach, das Wasser habe ich doch glatt vergessen. Warte, ich helfe dir.« Sie schleppte Tammo zum Tisch. Ohne weitere Fragen bereitete sie ihm den Tee zu. Erst als er den ersten Schluck nahm, sprach sie weiter.

»Das sage ich jetzt und es gilt für alle Zeiten: Auch wenn ich meistens deine Gedanken, deine Ermittlungen nicht verstehe, auch wenn ich ganz andere Methoden bevorzuge, ich schätze dich!« Sie machte eine Pause und sah in ihre Teetasse. »Auch wenn es meistens schwer fällt!«

Swantje brachte Tammo in sein Schlafzimmer und versprach abends noch einmal bei ihm vorbeizuschauen. Ruhe kehrte ein. Tammo lag in dem frisch bezogenen Bett und fand es gut. Die Kirchturmglocken in seinem Hirn mutierten zu Glöckchen. Er schlief ein.

Swantje fuhr zuerst zur Wache. Onno begrüßte sie in seiner distanzierten Art. Swantje setzte sich an ihren Schreibtisch und suchte im Internet nach dem Schlachthofprojekt. Sie fand einige Zeitungsartikel. Daraus ging hervor, dass die Stadt einen Bioschlachthof einem konventionellen gegenüber bevorzugte. Bürgermeister Julius Brömmer schien dabei an vorderster Front zu kämpfen. Die Diskussion darüber lief über ein halbes Jahr. Eigenartigerweise wurden in den Artikeln nie Namen, außer dem vom Bürgermeister, genannt. Es war immer nur von Investoren die Rede. Der Bürgermeister sprach mehrfach von zukunftsweisenden Investitionen, die den Wirtschaftsstandort Varel bereichern und Arbeitsplätze schaffen würden. Also Allgemeinsätze, die wohl zum Repertoire eines jeden Politikers gehörten. So kam Swantje nicht weiter. Sie entschloss sich zum Bauamt zu fahren. An der Tür der Wache drehte sie um. Sie kehrte noch einmal zum Schreibtisch zurück, sah kurz zu Onno, dann wählte sie die Telefonnummer des Jugendamtes.

»Ich will meine Anzeige von gestern zurückziehen. Es war eine Überreaktion, die in keinem Verhältnis zur Realität steht.«

Als er die Augen wieder öffnete, war es noch hell draußen, aber das Licht war abendlich. Es hatte geläutet.

Tammo erhob sich. Immer noch spürte er eine leichte Übelkeit, aber die Geräusche hatten sich normalisiert. Swantje stand vor der Tür.

»Hier, Beinwellsalbe von Onkel Heini. Soll gegen Prellungen helfen. Hat er selber gemacht.« Und schon war sie in Tammos Haus. »Setz dich auf den Küchenstuhl. Ich schmier deine Beule ein.«

Tammo schlurfte hinter Swantje her.

»Sieht aus wie ein angemaltes Gänseei«, stellte sie sachlich fest. »Kannst du überhaupt noch etwas sehen?« Eine Antwort erwartete sie anscheinend nicht. Sie sprach gleich weiter. »Ich war auf dem Bauamt in Varel, weil ich wissen wollte, warum Sönke Bender und nicht Malte Jenning den Zuschlag für den Schlachthof bekommen hat. Besonders auskunftsfreudig sind die da nicht. Es soll einen Ratsbeschluss geben, der sich mehrheitlich für Sönke Bender ausgesprochen hat. Die Wortführer im Rat für den Bioschlachthof waren der Bürgermeister und ein gewisser Ulf Dölling.«

Tammo zuckte zusammen. Das schmerzte.

»Ulf Dölling? Dem haben sie doch auch Pferde geklaut.«

»Jetzt weiß ich auch, warum mir der Name bekannt vorkam.«

»Dölling ist für einen Bioschlachthof? Der?« Tammo tastete seine eingeschmierte Beule ab. »Das macht keinen Sinn. Dölling ist erzkonservativ. Der wirft im Kohlenkeller noch Schatten.«

»Stellt sich die Frage, welche Verbindung gab es zwischen Dölling und Bender. Eine Allianz, wie ich meine, die zum Himmel stinkt.«

»Du solltest Dölling mal auf den Zahn fühlen.« Tammo war hellwach.

»Hab ich auch schon gedacht. Andererseits wäre es mir lieber, wenn du dabei bist. Mit diesen Bauern komm ich einfach nicht zurecht. Außerdem, der läuft uns ja nicht weg.«

»Dein Wort in Gottes Ohr.«

6. Tag

Samstag, 9. Juni

Ulf Dölling verhören, Alibi vom alten Gross überprüfen, Daten über die beiden Fleischkonzerne sammeln und Gudrun Gross fragen, ob sie in Süddeutschland bereits mit Malte Jenning gearbeitet hat. Tammo lag mit geschlossenen Augen im Bett. Vorsichtig tastete er seine Beule ab. Das Beinwell schien gutzutun. Er stand auf und ging ins Bad. Jeder Schritt ging ungebremst bis in seinen Kopf. Das Bild im Spiegel hatte nur ganz entfernt etwas mit seinem Selbstbild zu tun. Die Beule hatte tatsächlich verdammte Ähnlichkeit mit einem bemalten Gänseei. Tammo stieg in die Dusche. Vielleicht sollte er kalt duschen. Das würde den Kreislauf in Gang bringen. Aber wollte er das? So ein Kreislauf ging ja auch durchs Hirn und könnte in seiner Situation erheblichen Schaden anrichten. Explosionsartige Störungen, sozusagen. Er blieb Warmduscher. Die Entscheidung, ob er wieder ins Bett gehen oder sich besser anziehen sollte, wurde ihm von Swantje abgenommen. Sie läutete Sturm.

»Ein Toter in der Schlachterei von Gudrun Gross. Kommst du mit?«

Da gab es nichts zu überlegen. So schnell er konnte, zog er sich an. »Wer ist der Tote?«, rief er aus dem Schlafzimmer. Dabei dröhnte sein Kopf.

»Weiß ich noch nicht. Gunnar müsste schon am Tatort sein.«

Tammo kam aus dem Schlafzimmer. Er hatte sich eine Jeans und einen Pullover angezogen. Swantje hielt ihre Puderdose parat und tupfte damit Tammos Beule ab. »So sieht es nicht mehr ganz so gefährlich aus.«

Gudrun stand zitternd in der Wurstküche. Onno hatte den Eingang zur Schlachterei abgesperrt. Er deutete mit der rechten Hand in Richtung Kühlhaus. Swantje und Tammo sahen sich kurz an, dann ging Swantje zu Gudrun, legte ihren Arm um ihre Schulter und führte sie in den Aufenthaltsraum. Tammo ging ins Kühlhaus. Der Tote hing kopfüber wie ein Schwein an einem Haken. Zuerst erkannte ihn Tammo nicht, dann war es klar: Ulf Dölling. Er hatte ähnliche Verletzungen wie Sönke Bender. Der Salamimörder hatte wieder zugeschlagen. Gunnar war in Gedanken versunken. Er hockte vor der Leiche und sah sich die Verletzungen auf der Stirn an.

»Wieder erschlagen?«, fragte Tammo.

»Irgendwie schon.«

»Was heißt ›irgendwie‹?«

Gunnar schüttelte den Kopf. Er stand auf und zeigte auf den Boden. »Sieh dir das an.« Er deutete auf schwache Schleifspuren auf den Fliesen. Sie verfolgten sie und erreichten die Wurstküche. »Hier wurde er getötet«, behauptete Gunnar. »Dölling, ein kräftiger Mann, der dem Täter gegenüber stand. Der Täter musste mit einer Salami ausholen – Zeit genug um auszuweichen.«

»War doch bei Sönke Bender auch so!« Tammo verstand nicht recht, was Gunnar meinte.

»Eben nicht. Bei Sönke Bender war der Überraschungsmoment gegeben. Er hat die Tür geöffnet und peng. Hier stand Ulf Dölling dem Täter gegenüber. Sie haben wahrscheinlich miteinander gesprochen. Stell dir die Szene vor.« In diesem Moment deutet Gunnar einen Schlag an. Tammo wich instinktiv aus.

»Siehst du, du weichst aus.«

Gunnar eilte in das Kühlhaus zurück. Er sah sich die Handgelenke des Opfers an. »Da haben wir's. Er war gefesselt. Es war eine Hinrichtung!«

Tammo sah sich ziellos um.

»Um jemanden zu fesseln, musst du ihn bedrohen. Das geht nicht mit einer Salami.«

Gunnar nickte zustimmend.

»Nach bisherigem Kenntnisstand wurde er zwischen 1 und 3 Uhr nachts ermordet. Genaueres später.«

Swantje kam dazu.

»Gunnar, du solltest Gudrun dringend etwas zur Beruhigung geben. Sie ist fix und fertig.«

Gunnar nahm seine Tasche und ging in den Aufenthaltsraum. Tammo berichtete Swantje, was sie bisher herausgefunden hatten.

»Ich hätte gestern Abend noch zu Ulf Dölling fahren sollen. Vielleicht würde er dann noch leben.«

»Das glaube ich nicht. Er wurde in der Nacht ermordet. Wieder mit einer Salami.«

Beide hatten zur gleichen Zeit die gleiche Idee. Sie gingen in den Laden zum Salamistand. Jede Wurst sahen sie sich genau an. Blutspuren waren nicht zu entdecken. Da kam Tammo eine Idee.

»Komm mit«, forderte er Swantje auf. Sie gingen zu Gudrun, die zusammengesunken auf einem Stuhl saß.

»Hast du Schweine hier? Ich meine lebende?«, fragte Tammo.

Mit einiger Verzögerung antwortete sie. Die Beruhigungsmittel zeigten Wirkung. »Im Stall.« Sie deutete die Richtung ungefähr an.

Tammo und Swantje machten sich auf den Weg zum Stall, der hinter der Schlachterei lag.

»Ich bin sicher, eins der Schweine hat die Salami gefressen.«

»Das bringt uns auch nicht weiter.«

»Vielleicht doch!«

Tammo lief zu Gunnar.

»Wie lange dauert es, bis ein Schwein eine Salami verdaut hat?«

Swantje verstand Tammos Gedanken sofort und war entsetzt.

»Du willst die ganzen Schweine ermorden, nur um eine Salami zu finden?«, empörte sich Swantje.

Gunnar schüttelte den Kopf.

»Das wird nix mehr. Bei einem Plastikdarm hätten wir noch eine Chance. Gudrun verwendet ausschließlich Naturdarm. Fingerabdrücke, auf die du ja spekulierst, sind da nicht mehr zu finden.«

Swantje atmete erleichtert auf. Ein schweinisches Blutbad für eine Salami hielt sie für übertrieben. »Wir sollten uns um den Ratsbeschluss kümmern. Wen im Rat hat Sönke Bender mit welchen Mitteln für den Bioschlachthof überzeugt. Wir brauchen den Ratsbeschluss und befragen erst einmal die, die gegen das Projekt waren. Es wird Gerüchte geben, an denen bekanntlich immer etwas dran ist.« Swantje war schon am Ausgang. Tammo wurde plötzlich schlecht. Er hielt die Hand vor den Mund und kam noch gerade ins Freie.

»Ich fahre dich nach Hause. Du brauchst Ruhe.«

Tammo widersprach nicht. Gunnar gab ihm einige Medikamente.

Als sie im Auto saßen, meinte Tammo: »Lass uns zuerst noch bei Frau Dölling vorbeifahren, ihr die traurige Nachricht überbringen.«

»Fühlst du dich dazu in der Lage?«

»Weiß ich noch nicht. Es geht Richtung Varel. Biege bei der Tankstelle links ab. Der Hof von Dölling liegt kurz vor der Papierfabrik.«

Tammo wusste, wo der Hof lag, aber nichts über den Betrieb. Dölling war nie aufgefallen, nicht einmal beim Falschparken. Swantje schien seine Gedanken zu erraten.

»Kennst du die Döllings näher?«

»Ich weiß nichts über die.«

Sie schwiegen, bis sie auf dem Hof waren.

»Du oder ich?«, fragte Tammo.

»Das mach ich – von Frau zu Frau.«

Frau Dölling kam gerade mit einer Schubkarre aus dem Stall.

»Frau Dölling«, begann Swantje, »wir haben Ihnen eine schlimme Nachricht zu überbringen …«

»Ist er tot?« Die hagere Frau um die 40 stellte die Schubkarre ab. Sie rieb ihre von der Arbeit zerfurchten Hände. Dann sah sie Swantje direkt an. »Ist er beim Ficken umgefallen?« In der Frage steckte anscheinend ihr ganzes Drama. Ihr hageres Gesicht, die tiefen Ränder unter den Augen, das strähnige Haar, alles wurde noch trauriger.

Swantje schüttelte den Kopf. »Nein, er wurde vermutlich mit einer Salami erschlagen!«

Die grauen Augen von Frau Dölling öffneten sich zu unglaublicher Größe. Genauso ungläubig starrte sie eine Weile die Kommissarin an, dann bekam sie einen Lachkrampf. Es war ein unglaublicher Lachkrampf. Es war ein Schrei, ein Jauchzen, ein Jubeln. Sie schien eine plötzliche Freiheit herauszulachen. Sie musste ihre Beine kreuzen und lachte noch mehr. Tammo und Swantje wussten nicht recht, was sie machen sollten. Sie blieben einfach stehen.

»Mit einer Salami«, prustete Frau Dölling. Dann brüllte sie wieder vor Lachen, bis sie kaum noch Luft bekam. »Salami, ich lach mich tot!« Wieder fehlte ihr eine Weile die Luft. »Der Blödmann mochte nur weiche Mettwurst!« Das fand sie besonders komisch.

Swantje nahm Zuflucht im Dienstlichen. »Haben Sie sich nicht gewundert, dass Ihr Mann diese Nacht nicht nach Hause gekommen ist?«

Frau Dölling bog sich wie eine Schlange um ihre gekreuzten Beine, schüttelte den Kopf und lachte. Swantje sah Tammo an. Tammo sah Swantje an und zuckte mit den Schultern. Nach gut zwei Minuten hatte Frau Dölling genug Luft, um Swantjes Frage zu beantworten.

»Nein, ich hab mir keine Sorgen gemacht. Der Scheißkerl ist alle 14 Tage in den Puff gefahren. Mir hat er erzählt, es wären Herrenabende. Ich bin doch nicht blöd. In den Puff nach Oldenburg ist er gefahren. Hat den großen Macker gemacht.« Keine drei Sekunden später: »Salami! Ich kann nicht mehr, Salami.« Der Lachkrampf begann von vorne.

Es hatte keinen Zweck. Swantje und Tammo gingen mit einem unguten Gefühl zu ihrem Auto.

»Wir kommen dann später noch mal vorbei.«

Bis zur Haustür von Tammo schwiegen die beiden. Ging auch nicht anders. Ihre Spannung hatte sich, nachdem sie im Auto saßen, gelöst. Immer wieder kicherten sie blöde und versuchten es zu unterdrücken. Dann ging es nicht mehr anders. Sie lachten aus voller Kehle. Tammos Gänseei auf der Stirn wippte hin und her. Allein das Wort Salami löste die nächste Lachsalve aus.

Bevor Tammo aus dem Wagen stieg, bat er Swantje, ihn auf dem Laufenden zu halten.

»Schlaf erst einmal. Ich komme später vorbei. Onkel Heini wollte für dich eine Hühnersuppe kochen.«

Das war nett, aber im Moment das falsche Thema. Tammo übergab sich wieder. Im Bad putzte er seine Zähne und ging dann ins Bett. Schlafen konnte er nicht. Er versuchte in seinem Kopf Ordnung zu schaffen. Irgendwie passte alles nicht zusammen. Wenn jemand einen anderen mit einer Salami erschlägt, ist das eine Tat im Affekt. Wenn jemand einen Zweiten mit einer Salami erschlägt, ist das keine Tat im Affekt. Damit ist auch die erste Tat als geplant zu bezeichnen. Beide Opfer, sowie der Täter, müssen in irgendeiner Weise in Beziehung zueinander gestanden haben. Was hatten Ulf Dölling und Sönke Bender miteinander zu tun? Der Schlachthof. Warum hatte sich Sönke Bender als Biobauer ausgerechnet an Ulf Dölling gewandt? Welche Verbindungen gab es da?

Tammo stand auf. Aus seiner Jacke kramte er den Notizblock und den Stift. Dies alles konnte er unmöglich im Kopf behalten. Tammo schrieb die Gedanken auf. Das Gänseei auf seiner Stirn wog schwer, wenn er den Kopf neigte. Unbeirrt schrieb er weiter. Mit welcher Taktik hat er die meisten Ratsmitglieder überzeugt? Wer sitzt überhaupt im Rat? Weiß Gudrun etwas über die Verbindung Bender – Dölling? Ist sie eventuell an den Machenschaften beteiligt? Dringend – notierte Tammo zum Schluss – alle Geschäftspapiere und Computer von Sönke Bender aus dem Wendland sichern und auswerten! Zufrieden ließ Tammo Stift und Block auf dem Küchentisch. Er ging ins Bett. Diesmal konnte er schlafen.

Swantje kam kurz vor 7 Uhr mit der Hühnerbrühe von Onkel Heini. Sie war noch warm und Tammo probierte einen Teller. Auch wenn die leichte Übelkeit noch da war, tat die Suppe gut. Sie entdeckte den Block und den Stift.

»Donnerwetter, du entwickelst dich ja zu einem richtigen Kommissar. Fehlt nur noch der Laptop.«

Da war es wieder, was Tammo zur Raserei brachte. Er hatte seine Schularbeiten brav gemacht – also gab es Lob. Was nahm sie sich heraus? Er war ein erfahrener Polizist! Während sie sprach, überflog sie Tammos Notizen.

»Zwei Dinge hab ich auch schon erledigt – jedenfalls fast. Wir haben Sönke Benders Büro gefilzt und den Computer mitgenommen. Die Ausbeute ist ausgesprochen mager. Daraufhin habe ich die Kollegen in Dannenberg angerufen, um dort an die Unterlagen zu kommen. Das wird vermutlich bis morgen dauern. Nun zum Rat – da gibt es etwas Erstaunliches. Die Eltern von Gudrun

Gross sitzen abwechselnd im Rat. Mal sie, mal er. Beide übrigens in der gleichen Fraktion wie der Dölling.«

»Wer von beiden sitzt gerade im Rat?«

»Gudruns Mutter!«

»Die würde doch niemals für einen Bioschlachthof stimmen – genauso wenig wie ihr Mann!«, warf Tammo ein.

»Warum eigentlich nicht? Immerhin hätte ihre Tochter ja auch etwas von dem Schlachthof gehabt.«

»Gudrun hat doch gesagt, dass ihre Mutter strikt gegen eine Hypothek war. Daraus ist doch zu schließen, dass sie mit Sicherheit auch gegen den Schlachthof war. Mich würden die Mehrheitsverhältnisse bei der Abstimmung im Rat interessieren.«

»Das lässt sich leider nicht mehr klären. Die Abstimmung war auf Antrag der Fraktion des Bürgermeisters geheim.«

»Das stinkt doch wie fünf Güllefässer.«

»Zwei Drittel des Rates haben jedenfalls für den Schlachthof von Bender gestimmt. Wie die bei den Mehrheiten und bei deren politischer Gesinnung an die Stimmen gekommen sind, ist mir schleierhaft.«

»Ich glaube, wir müssen mal den Schmusekurs bei Gudrun beenden.«

»Ich habe mit der Dame nie geschmust. Sie ist mir einfach unsympathisch. Eine unangenehme Walküre!«

Tammo legte den Suppenlöffel beiseite und streckte seinen Rücken. »Ob Bier bei einer Gehirnerschütterung Linderung verschafft?«

»Du willst doch wohl nicht in den Dorfkrug?«

»Wir könnten uns Informationen holen!«

»Ich war strikt dagegen, dass er in seinem Zustand in eine Kneipe geht!«, betonte Swantje lautstark, als sie den Dorfkrug betraten. Ralf lächelte nur breit. Das Lächeln eines erfahrenen Gastwirts, das jede Interpretation zuließ. Gisela zapfte ein Bier und goss ungefragt ein Glas Vermentino ein. Schorsch und Gunnar saßen an der Theke. Gunnar sah Tammo nur kurz an.

»Unter ärztlicher Aufsicht ist das schon in Ordnung.«

Swantje zog es vor zu schweigen. Tammo nahm das Bierglas gleich aus Giselas Hand und trank den ersten Schluck voller Genuss. Dann fragte er Gunnar. »Was hat die Spurensicherung gebracht?«

Gunnar schüttelte den Kopf. »Nichts von Interesse. Keine Spuren von Fremden. So eine Schlachterei ist ja heute eher ein Hochsicherheitstrakt. Die Auflagen der Hygiene! Wir haben von dir Spuren gefunden. Dürfte eigentlich nicht sein. Wer in eine Schlachterei geht, muss Schutzkleidung tragen.«

Tammo wusste das, tat aber so, als würde er gerade etwas völlig Neues erfahren. »Ich werde in Zukunft dran denken!« Er machte eine Pause. »Aber das würde ja bedeuten, dass jemand aus der Familie oder aus dem Betrieb Dölling im Schlachthaus erschlagen hat.«

»Nee!«, widersprach Gunnar. »Der hat sich nur an die Vorschriften gehalten und einen Schutzanzug getragen.«

Soweit es sein Zustand zuließ, empörte sich Tammo. »Das ist doch völlig bescheuert. Der Mörder zieht sich vor der Tat einen Schutzanzug an, um dann Dölling mit einer Salami zu erschlagen. Ich hab schon viel Absurdes hier in Friesland gehört – das ist mit Abstand das Absurdeste.« Er trank sein Bier aus.

Jetzt kam Ralfs Einsatz aus dem Hintergrund. Ralfs Einsätze kamen grundsätzlich aus dem Hintergrund und waren damit unerwartet und er sich seiner Zuhörerschaft sicher. Hinzu kam, dass Ralf eine gewisse Zuneigung zum Absurden hatte.

»Würde ich nicht so sehen!«

Jetzt machte er auch noch eine Pause. Alle hingen an seinen Lippen.

»Wenn ich jemanden umbringen will, versuche ich doch, so wenig Spuren wie möglich zu hinterlassen. So ’n Schutzanzug mit Kapuze ist doch da genau das Richtige. Selbst bei chronischer Glatzenbildung verlierst du unter so einer zugezogenen Kapuze kein Haar. Ich würde jedem Mörder das Tragen von Schutzanzügen empfehlen.«

Alle starrten Ralf an. Seit Wochen hatte er nicht mehr so viel gesprochen.

»Und die Salami?«, fügte Tammo verdattert hinzu.

»So eine Salami solltet ihr einmal tiefenpsychologisch betrachten.« Genüsslich trocknete Ralf das Glas in seinen Fingern ab. Nicht oft, aber eben manchmal ließ er heraushängen, dass er nicht nur Abitur, sondern auch drei Semester Philosophie und vier Semester Psychologie studiert hatte, bevor er die Kneipe seines Vaters übernahm.

»Tiefenpsychologisch?«, tönten fast alle.

Ralf stellte das Glas beiseite und trat an die Theke.

»Eine Salami ist nicht nur ein Lebensmittel. Salami ist auch ein Stück Kulturgeschichte – und«, jetzt hob er den Zeigefinger, »jetzt auch eine Mordwaffe. Betrachten wir doch mal eine Salami näher!«

»Gisela, mach noch mal eine Runde«, sagte Schorsch, ohne dabei Ralf aus den Augen zu lassen.

»Eine Salami ist gereift. In ihr stecken Zeit und Liebe zur Machart. Eine Salami muss gepflegt und behütet werden, damit sie ihr volles Aroma entwickelt. Salami, das bedeutet, dass Traditionalisten dahinter stecken. Eine Salami ist die Antipode der Mettwurst. Eine Mettwurst ist weich, ihr Aroma ist auf Schnelllebigkeit ausgerichtet. Eine Salami entfaltet erst mit der Zeit ihr einzigartiges Aroma. Sie wird hart. Sie wird knüppelhart! Philosophisch gesehen ist die Mettwurst das Sein, die Salami hingegen das Bewusstsein.«

Automatisch griff Tammo zu seinem Gänseei auf der Stirn.

»Was fällt euch ein? – Logisch! – Phallus. Hart, nicht übertrieben dick, fleischig. Die Salami ist mit Sicherheit von einem Mann entwickelt worden. Aus dem Ich entstand das Über-Ich. Was schließen wir daraus? Der Täter war eine Frau!« Ralf richtete sich auf und schaute in die Runde.

»Hä?«, fragten alle. Darauf hatte er gewartet.

»Überlegt doch mal logisch. Was treibt jemanden dazu, einen anderen mit einer Salami zu erschlagen? Er, beziehungsweise sie nimmt Rache an etwas, was konkret mit der Männerwelt zu tun hat. Bums, Männer weg, die im Weg stehen.«

»Ich brauch en Korn!« Gunnar war baff, verstand aber kein Wort. Den anderen ging es ähnlich. Gisela machte eine Runde Korn.

»Ihr seid alle doof«, und damit verabschiedete sich Ralf.

7. Tag

Sonntag, 10. Juni

Swantje hatte ihre Puderdose in Tammos Bad gelassen. Gesagt hatte sie nichts, aber Tammo nahm die Puderdose, öffnete sie und betupfte damit das Gänseei auf seiner Stirn. Die Farbenpracht arbeitete sich mittlerweile zu seinen Augen vor. So, wie er aussah, hätte er als Kinderschreck Karriere machen können.

Es klingelte.

Das konnte nur Swantje sein.

Vor einer Stunde war er aufgestanden, damit er genügend Zeit hatte sich herzurichten. Die Übelkeit war kaum noch zu spüren. Sie sah blendend aus in ihrem hellblauen Sommerkleid. Die blonden Haare hatte sie zu einem Bauernzopf geflochten – wenn da nicht der kämpferische Gesichtsausdruck wäre. Sie schob Tammo etwas zur Seite und ging ins Haus, blieb aber im Flur stehen.

»Ich habe Gisela Bescheid gesagt. Sie kommt nachher vorbei, um deine Bude mal von oben nach unten durchzuputzen.« Sie sah Tammos entsetztes Gesicht. »Versteh mich nicht falsch, im Bereich deiner Möglichkeiten, sieht es ja einigermaßen aus. Aber du wirst mir dankbar sein. Einmal richtig Ordnung schaffen – du wirst dich wie ein neuer Mensch fühlen.«

»Ich will aber kein neuer Mensch sein!« Sein Protest verhallte wie eine leichte Brise. Lag noch irgendwo etwas herum, was peinlich sein könnte? Die letzten Pornohefte hatte er bereits vor einigen Jahren entsorgt. Büstenhalter und Slips tauchten immer nur in schlechten Filmen und dabei in der Besucherritze auf. Bis auf Staub, Fettkränze und rote Ringe von Weinflaschen war nichts Verdächtiges in Sicht. Tammo beruhigte sich.

»Und wie gehen wir heute vor? Zuerst zu Gudrun?«

»Ich hab für uns schon einen Plan gemacht. Zuerst zu Frau Dölling.« Swantje war schon auf dem Weg zum Auto. Tammo folgte ihr.

»Es ist durchaus möglich, dass der Lachkrampf gestern eine Überreaktion auf unsere Botschaft war. Wir sollten uns um die Frau kümmern!«

Tammo sah das nicht als Überreaktion, eher als Befreiung, aber das würde sich ja in nächster Zeit herausstellen. Swantje saß im Auto, Tammo brauchte etwas länger. Sie fuhren über Langendamm zum Döllinghof.

Frau Dölling kam wieder aus dem Stall, diesmal ohne Schubkarre. »Das Vieh muss versorgt werden«, sagte sie zur Begrüßung. Ihr Gesicht war traurig, aber Tammo nahm an, dass sich diese Traurigkeit schon vor Jahren in ihr Gesicht eingebrannt hatte.

»Soll ich Tee machen?«, fragte sie und bat die beiden ins Wohnhaus.

Zu viel Arbeit und zu wenig Zeit, waren Tammos erste Gedanken, als er durch die große Diele zur Küche ging. Alles war gemacht, sauber und ordentlich, aber man sah, dass Eile und nicht Liebe dahinter steckte.

»Haben Sie Kinder?«, fragte Swantje.

»Zwei Töchter. Die eine studiert in Göttingen. Die andere lebt in Freiburg. Gut so!« Frau Dölling setzte das Teewasser auf. Tammo stand beim Küchenschrank. Fotos waren hinter die Scheiben geklemmt. Er sah ein fast vergilbtes Hochzeitsfoto. Damals war Frau Dölling eine hübsche junge Frau mit strahlenden Augen und Pausbäckchen. Davon war nichts geblieben. Dölling schien schon mit Mitte zwanzig eine Glatze gehabt zu haben. Damals war er schlank, durchtrainiert mit wachen Augen. Auf einem anderen Foto sah er Dölling mit den zwei Töchtern. Er lächelte angestrengt. Die Kinder waren im Alter nicht weit voneinander entfernt. Vielleicht ein bis zwei Jahre. Vater und Töchter saßen am Strand. Im Hintergrund war der Leuchtturm von Wangerooge zu sehen.

»Damals haben seine Eltern noch mal ausgeholfen. Da konnten wir schon mal wegfahren.« Frau Dölling überlegte einen Moment. »Es war der einzige Urlaub, den wir gemacht haben. Mein Mann meinte, dass Urlaub Geldverschwendung sei. Die Kinder strengten ihn an, glaube ich. Setzen Sie sich doch!«

Swantje und Tammo nahmen am Küchentisch Platz. Frau Dölling stellte Tassen, Zucker und Sahne auf den Tisch. Sie setzte sich auch.

»Wann haben Sie Ihren Mann zum letzten Mal gesehen?«, fragte Swantje.

Frau Dölling überlegte. »Als ich mit dem Melken fertig war, war er schon weg. Ich bin immer gegen 18.30 Uhr mit dem Melken fertig.«

»Und wann haben Sie ihn das letzte Mal gesehen?«, wiederholte Swantje ihre Frage.

»Mittags. Ich hatte Bratwurst und Püree gemacht. Er schnauzte herum, dass man so was nicht fressen kann. So was hat er immer gesagt, um dann in den Puff zu fahren. In dieses schmuddelige Loch am Bahnübergang. Ich habe ihn verfolgt.« Sie sah Swantje und Tammo an. Tränen bildeten sich in ihre Augen. »Ist es nicht schlimm genug, dass der eigene Mann laufend in den Puff fährt, muss er mich dann auch noch vorher herunterputzen?«

»Warum haben Sie sich nicht scheiden lassen?« Swantjes Frage war sanft gestellt, fürsorglich geradezu.

»Ich war 19 Jahre alt, als wir heirateten. Naiv und verliebt. Er hat mir einen Ehevertrag unter die Nase gehalten und ich blöde Kuh hab ihn unterschrieben. Sehen Sie mich an. Wo soll ich denn eine vernünftige Stelle herbekommen. Mit 19 will man nur schön sein. Nix in der Birne – aber schön.« Sie lächelte müde.

»Was wollen Sie jetzt machen?«

Sie zuckte mit den Achseln. »Er hat ein Testament gemacht. Ich weiß nicht, was darin steht, nehme aber an, dass unsere Töchter alles erben – hoffe ich wenigstens.«

»Und Sie?«, wollte Tammo wissen.

»Ich habe ein gutes Verhältnis zu meinen Töchtern. Irgendwie werden wir es schon richten.«

Swantje wechselte das Thema. »Ihr Mann saß im Stadtrat. Er hat sich für den Bau des Bioschlachthofs von Sönke Bender eingesetzt. Wissen Sie warum?«

Frau Dölling beugte sich ungläubig nach vorne. »Der soll ... glaube ich nicht.«

»War aber so. Welche politischen Ambitionen hatte Ihr Mann?« Swantje war wieder sachlich. Frau Dölling musste erstmal das Gehörte verdauen.

»Bioschlachthof und der???« Sie sah Swantje an. »Er hat bereits das vierte Mal für seine Fraktion als Bürgermeister kandidiert. Immer verloren.«

»Warum hat die Fraktion keinen anderen aufgestellt?«

Diese Frage konnte nur jemand stellen, der sich nicht in der Vareler Kommunalpolitik auskannte. Dementsprechend lächelte Frau Dölling Swantje an.

»Da muss man erst einmal einen anderen Doofen finden. Mein Mann hat bei jeder Wahl zwischen 0,2 und 0,4 Prozent für seine Partei dazugewonnen. Ich hab das mal im Kuhstall ausgerechnet. In etwa 80 Jahren hätte die Partei dann die Mehrheit im Rat.« Sie machte eine kurze Pause. »Ist doch eigentlich eine beschissene Perspektive, oder?«

»Warum hat er trotzdem weitergemacht?«

Das Teewasser kochte. Frau Dölling stand auf und goss den Tee auf.

»Ich glaube, es waren die Verbindungen, die er durch den Rat bekam. Vor zehn Jahren konnte er eine Wiese als Bauland verkaufen. So was bringt richtig Geld. Ich weiß nicht, ob es Zufall war oder weil er im Rat saß. Ich nehme aber Letzteres an.« Sie goss den Tee in die Tassen.

»Welche Freunde hatte ihr Mann?«

»Der doch nicht. Alles, was er tat, musste was bringen. Freundschaft war Zeitvergeudung. Als wir heirateten, war der Hof gerade mal 23 Hektar groß und es standen 18 Kühe im Stall. Heute haben wir 210 Hektar Eigenland und noch einmal 80 Hektar Pachtland. 220 Kühe melke ich mit einer Hilfskraft zweimal am Tag. Über Ulf kann man sagen was man will, tüchtig war er.«

Und du, dachte Tammo. Eine Sklavin hatte es wahrscheinlich besser. Er sagte es aber nicht.

»Das ist eine Menge!«, sagte Swantje nicht ohne Bewunderung.

»Das waren auch seine Kontakte. Ulf wusste, wann ein Betrieb aufhörte, wann einer sich übernommen hatte, wo die besten Kühe zur Versteigerung standen.« Sie beugte sich wieder ganz dicht zu Swantje und Tammo hinüber. »Ich glaube, weiß es aber nicht genau«, flüsterte sie, »der Chef der Vareler Kreditgesellschaft war ein Puffkumpel von meinem Mann. So was verbindet doch irgendwie!«

Wie doof doch das Leben sein kann, sagte sich Tammo und – wen hatte er eigentlich bei der letzten Wahl gewählt? Er atmete erleichtert auf.

»Können wir einmal in die Unterlagen Ihres Mannes schauen?« Swantje war aufgestanden. Frau Dölling zögerte etwas.

»Wir können uns auch ganz schnell einen Hausdurchsuchungsbeschluss holen.«

Frau Dölling stand auch auf. »Ich hoffe, er hat keinen Mist gemacht. Der Hof ist unsere einzige Lebensversicherung.« Sie führte Swantje und Tammo ins Büro. Alles war durchaus überschaubar.

»Können wir den Computer mitnehmen?«

»Von mir aus!«

Tammo rief Onno in der Wache an. Er solle mit einem Kollegen zum Döllinghof kommen und die Akten und den Computer abholen. Swantje und Tammo tranken Tee, bis Onno kam. Frau Dölling erzählte ihnen währenddessen, dass sie, wenn sie nur könnte, den Hof sofort verkaufen würde. Reisen wolle sie. Die Welt sehen, sich pflegen und nur noch an sich und natürlich an ihre Töchter denken. Das Thema Mann war erledigt. Jedenfalls für absehbare Zeit. Dabei leuchteten ihre Augen sogar etwas.

»Und jetzt?«, fragte Tammo, als sie wieder im Auto saßen.

»Gudrun Gross, der fühlen wir jetzt auf den Zahn.«

»Das mach ich aber!«

Swantje verstand, was Tammo damit meinte. Sie nickte.

Es dampfte aus dem Schlachthaus. Swantje und Tammo waren auf den Hof neben der Schlachterei gefahren und wunderten sich, dass anscheinend auch am Sonntag gearbeitet wurde.

»Stell dich nicht so dämlich an!«, tönte es aus dem Schlachthaus. Es war unverkennbar die Stimme von Gudruns Mutter.

»Ich kann das nicht – heute nicht!«, jammerte Gudrun.

»Du hast es tausend Mal gesehen und hundert Mal gemacht. Also los!«

Die Eisentür war nur angelehnt. Tammo zog sie auf. Die beiden Frauen standen vor einem Schwein in einem Metallgitter. Gudrun hatte die Betäubungszange in der Hand. »Ich kann es heute nicht.«

»Wir haben Vorbestellungen – Termine!« Die alte Frau Gross funkelte ihre Tochter an. »Mach schon!« Erst jetzt nahmen sie Swantje und Tammo wahr.

»Was wollt ihr denn hier?« Die alte Frau Gross riss die Betäubungszange aus Gudruns Händen. »Sie fängt an zu spinnen!« Und schon hatte sie die Zange angelegt. Das Schwein zuckte und ging zu Boden. »Ist das denn so schwer?«

Swantje stand wie angewurzelt. Tammo war bereit sie aufzufangen, zu stützen, tröstende Worte zu sagen. Swantje stand wie einzementiert.

»Wir müssen mit Ihrer Tochter reden«, sagte Tammo und behielt Swantje im Auge.

»Passt gerade hervorragend«, fauchte die alte Gross. »Klötzer krank und unter Quarantäne und die anderen vier Mitarbeiter haben sich auch krank gemeldet. Wir beide sind alleine.« Dabei zog sie das Schwein an einem Hinterbein mit dem Seilzug in die Höhe.

»Viertausend Bratwürste, 800 Mettwürste, 1000 Schnitzel und 2500 Kilo Grillfleisch. Das macht sich nicht von alleine. Könnt ihr eure Plauderstunde nicht auf nächste Woche verlegen?«

»Wo ist Ihr Mann? Der könnte doch helfen.«

Die Frage passte Frau Gross gar nicht. Gerade hatte sie dem Schwein den Hals aufgeschlitzt. Jetzt kam sie mit dem Blutmesser auf Tammo zu.

»Der ist auf See. Der ist immer auf See, wenn man ihn braucht.« Sie zeigte mit dem Messer auf Tammo, wandte sich aber zu Swantje: »Ist der Kerl auch so eine Flasche?«

Swantje sah noch immer zum Schwein. »Nee, der ist ganz gut. Er ist anders, aber ganz gut!« Jetzt löste sie sich von dem Schauspiel, das sie erstarren ließ und wurde zur Swantje, wie Tammo sie kannte.

»Gut, dass Sie gerade da sind. Sie sitzen doch im Stadtrat. Haben Sie für den Bioschlachthof von Sönke Bender und Ihrer Tochter gestimmt?«

Die Frage war ihr sichtlich peinlich. Sie sah kurz zu Gudrun. Die zog gerade das Schwein in die Brühpfanne.

»Klar doch. Hab ich!«

Das Rattern der Kette, die das Schwein hielt, hörte schlagartig auf.

»Mama!«, rief Gudrun.

»Sei doch froh!«, war die Antwort.

»Ich denke, darüber sollten wir uns mal genauer unterhalten – und zwar jetzt!« Tammo hatte seine Hände in die Hüften gestemmt.

»Gut, im Aufenthaltsraum. Ihr geht außen rum!« Frau Gross schloss die Tür. Swantje und Tammo beeilten sich. Lange Gespräche zwischen den Frauen wollten sie vermeiden. Über den Laden kamen sie zum Aufenthaltsraum. Die beiden waren schon da. Tammo begann.

»Frau Gross, warum haben Sie für den Schlachthof gestimmt? Ihre Ansichten und politischen Überzeugungen liegen ja nicht gerade im Biotrend.«

Frau Gross sah ihre Tochter an, sackte ein wenig in sich zusammen, um sich gleich wieder zu fangen. »Das hat mehrere Gründe. Die Anlieger in der Nähe des Schlachthofes waren strikt gegen den Bau. Dangast und Varel leben auch vom Tourismus. Ein konventioneller Schlachthof, wie ihn Malte Jenning bauen wollte, hätte unüberschaubaren Widerstand bedeutet. Wir brauchen hier in der Region aber Arbeitsplätze. Malte Jenning hätte Schlachtkolonnen aus Rumänien und Polen geholt, wie er das auch bei seinen anderen Betrieben macht. Bei Sönke hätte das anders ausgesehen. Die Bios müssen ja auf ihren guten Ruf achten. Dölling war der Erste, der das eingesehen hat. Es hat nicht lange gedauert, bis er die meisten überzeugt hatte. Damit jeder sein Gesicht wahren konnte, haben wir die Abstimmung geheim gemacht.«

»Und warum habe ich von all dem nichts gewusst!« Gudrun lief rot vor Zorn an. »Hat etwa Sönke von euren Machenschaften gewusst?«

»Das hättest du Dölling fragen sollen. Der hat alle Strippen gezogen. Wir waren nur das Stimmvieh.«

»Wie hat Malte Jenning auf die Ratsentscheidung reagiert?«, wollte Swantje wissen.

»Ausgesprochen gelassen. Er war anscheinend der Meinung, dass er den Beschluss noch kippen könnte.«

»Wie das denn?«

»Keine Ahnung. Der Bauplan war genehmigt. Nach meiner Ansicht war das alles ein Stück zu groß – zu gewaltig. Aber die Bios sind ja immer für eine Überraschung gut – und jetzt sieht ja alles sowieso anders aus.«

Und damit war Swantje bei Gudrun angekommen.

»Hatten Sie früher schon einmal Kontakt mit Malte Jenning?«

»Das wisst ihr doch schon längst.«

Tammo mischte sich ein.

»Wir möchten die Geschichte von dir hören.«

Gudrun sammelte sich. »Ich war schon zwei Jahre in dem Schlachtbetrieb. Malte wurde eingestellt. Der weiß, wie man Karriere macht. Reitverein, Tennisclub, Golfclub – erfahren, was die Chefs so wollen. Er kam auf die Idee, Schlachtkolonnen aus dem Ausland zu holen. Damit das legal war, haben sie Firmen in Polen und Rumänien gegründet. So war es möglich, die Schlachter mit Zeitverträgen nach Deutschland zu holen. Tariflohn ade! Nebenbei machte er sich einen Spaß daraus mich zu mobben. Wir kamen beide aus Varel – das passte ihm nicht. Seine Machenschaften sollten in Süddeutschland bleiben. Hier oben war er ja der nette Sohn vom alten Jenning, der einen ganz guten Ruf hat.«

»Wann seid ihr euch wieder begegnet?«

»Er war in letzter Zeit einige Male hier. Ich hatte weniger Gesprächsbedarf. Mal bot er mir ziemlich viel Geld für die Schlachterei, mal fragte er, ob ich nicht bei ihm im Management anfangen möchte, mal wollte er etwas über Sönke wissen.«

»Kannte Sönke Bender Malte Jenning?«

»Natürlich. In der Szene kennt jeder jeden. Sie sind – waren aber ganz unterschiedliche Typen.«

Swantje wog ihren Kopf. »Beide wussten, wie man Geld verdient!«

»Da gibt es doch wohl kleine Unterschiede!«, zischte Gudrun.

»Erklären Sie mir die mal!«

»Sönke hat nicht nur eine Marktlücke entdeckt, er war überzeugt von der Qualität dessen, was er herstellte und verkaufte. Wie oft haben wir uns darüber unterhalten. Sönke war der Ansicht, dass er mit seinen Mitstreitern den Biomarkt auf 15% steigern könne. Derzeit liegt er bei etwa 3 %. Wissen Sie, was das heißt? Gute, gesunde Lebensmittel und nicht der Discountramsch. Mein Sönke war ein Überzeugungstäter. So was ist ganz selten.«

Die alte Frau Gross verdrehte die Augen. »Hört sich an wie eine Heiligsprechung! Wir sind auch anständige Menschen!«

Tammos Handy klingelte. Gunnar rief an. Die Unterlagen von den Betrieben des Sönke Bender seien eingetroffen. Es wäre vielleicht nicht schlecht, wenn sie in die Wache kommen würden.

»Gudrun, hattest du Einblick in die Geschäfte von Sönke?«, fragte Tammo und stand auf.

»Er hat mir alle Unterlagen gezeigt. Die Betriebe sind nach meiner Ansicht alle gesund. Die Kredite werden pünktlich bedient, sind aber nach meiner Ansicht etwas zu hoch – etwas. Ich habe nichts gefunden, was mir hätte komisch vorkommen können.«

Swantje stand auch auf. »Wie viele Tiere von Sönke Bender haben Sie im Durchschnitt pro Woche geschlachtet?«

Die Frage war Gudrun sichtlich unangenehm. »Ich habe auch einige Tiere von anderen Biobauern geschlachtet. In letzter Zeit waren es so ungefähr 100 Schweine und an die 30 Rinder pro Woche.«

Tammo tippte Swantje kurz an. »Wir müssen!«, sagte er, bevor sie eine weitere Frage stellen konnte. Sie war irritiert, folgte ihm aber.

»Warum hast du mich nicht weiter fragen lassen. Da stimmt doch etwas nicht!«

»Genau. Ich schätze, dass bei Sönke höchstens 200 Mutterkühe auf den Weiden stehen. Das sind 200 Kälber pro Jahr. Will sagen, dass er in zwei Monaten alle Schlachttiere los war. Wo kamen die anderen her? Und wo kommen die Schweine her? Hier in Friesland kenne ich keinen Biobauern, der Schweine hält. Jetzt bekommen seine Viehtransporte quer durch Europa einen Sinn.«

Sie fuhren nach Varel.

»Ich bin von dir beeindruckt«, sagte Tammo nach einer Weile. »Ich hätte gedacht, dass du zusammenklappst, als das Schwein geschlachtet wurde.«

»Tammo, ich bin bei der Mordkommission. Was mich viel mehr gewundert hat, war wie ruhig das Schwein bis zuletzt war. Im Fernsehen habe ich ganz andere Bilder gesehen.«

»Stimmt, ist mir gar nicht aufgefallen.«

»K.o.-Tropfen.« Gunnar saß in Tammos Büro.

»Was für K.o.-Tropfen?«, wollte Tammo wissen.

»Ich habe bei Döllings Untersuchung K.o.-Tropfen in seinem Blut entdeckt. Das erklärt auch, dass man ihn mit der Salami erschlagen konnte. Seine Reaktionsfähigkeit war damit fast ausgeschaltet.« Gunnar stand auf und ging zur Tür. »Bis dann!«

»Wo willst du hin?«, rief ihm Tammo hinterher.

»Zu meinen Bienen. Ich werde nicht fürs Aktenschnüffeln bezahlt. Ach noch was: Der Klötzer und seine Wohnung sind wieder salmonellenfrei.«

Tammo sah auf seinen Schreibtisch. Das sah nach ganz viel Arbeit aus. Gunnar war weg.

»Wie gehen wir vor? Du bist doch immer so systematisch!«

Swantjes Augenbraue zuckte.

Tammo schloss daraus, dass gerade ein Plan entstand. Tammo sah auf seine Uhr. »Wie spät ist es?«, fragte er Swantje.

»15.13 Uhr!«

»Stimmt!«, antwortete er. Immerhin, seine kaputte Uhr zeigte zweimal pro Tag die richtige Zeit an. Auch was.

»Erstens: Wir durchsuchen die verschiedenen Firmen nach ihren Querverbindungen. Zweitens: Wir konzentrieren uns auf An- und Verkäufe von Schweinen und Rindern. Drittens: Wir untersuchen, welche internationalen Geschäfte getätigt wurden. Viertens: Wir verfolgen jede Spur, die etwas mit dem Bioschlachthof hier in Varel zu tun hat. Fünftens: Wir nehmen Kontakt mit den Steuerbehörden in Varel und Dannenberg auf. Vielleicht gibt es bei denen schon Hinweise, die uns weiterhelfen können.«

Das war Swantje in Hochform.

Sie sah sich die beschrifteten Deckel der Aktenordner an, sortierte sie und drückte Tammo die ersten fünf in die Hand. Dann schloss sie die Bürotür.

Um 22 Uhr öffnete sie die Tür wieder. Tammo und sie hatten graue Ränder unter den Augen. Was sie gelesen und verglichen hatten, war mustergültig. Jeder Steuerfahnder hätte seinen Job damit an den Nagel gehangen. Die Bioschweine kamen aus Holland und Dänemark. Die Biorinder aus Norddeutschland. Biorinder aus Polen, Frankreich, Ungarn und Italien kamen nach den Unterlagen bereits geschlachtet nach Deutschland. Selbst die Aufteilung in vier verschiedene Firmen ergab Sinn. Fleischhandel national, Fleischhandel international, Schlachtbetrieb, Verarbeitungsbetrieb – alles ordentlich.

»Da haben wir wohl in den Sand gepupst!«, meinte Tammo müde.

Swantje war angestrengt. Ihr Augenbraue zuckte noch immer. »Den Knochen lass ich noch nicht los! Sollen wir was trinken gehen?«

Hoppla, das war ja ein richtig guter Vorschlag.

»Zwei, drei Frikadellen könnte ich auch noch verdrücken«, fügte sie noch hinzu.

8. Tag

Montag, 11. Juni

Die Schwellung ließ nach. Das Gänseei mutierte zum Hühnerei. Nur die Farben verdunkelten sich. Die Schminke vertuschte es einigermaßen. Kurz nach 6 Uhr war Tammo aufgestanden, hatte sich einen Kaffee gemacht. Sein Haus roch ungemein frisch. Er fand fast nichts wieder. Auch nicht das Notizheft mit seinen Aufzeichnungen, das er auf dem Küchentisch vergessen hatte. Gisela hatte ganze Arbeit geleistet.

Es klingelte. Nein, jetzt sah er nicht auf seine Uhr. Sie begann ihn ganz subtil zu terrorisieren. Es wurde Zeit sie in Reparatur zu geben. Es klingelte wieder. Swantje konnte es nicht sein. Dafür war es zu früh. Gudrun stand vor der Tür.

»Franz Klötzer ist wieder im Betrieb.«

»Da ist ja erst mal nichts Schlimmes dran.« Er öffnete die Tür weiter, damit Gudrun eintreten konnte.

»Er war heute Morgen so komisch. Er hat mir einen riesigen Strauß rote Rosen mitgebracht und sich dafür bedankt, dass ich seine Kinder bei mir aufgenommen habe.« Mit dem Blick einer Falkin inspizierte sie Tammos Einrichtung. »Sind die Möbel nach einem bestimmten Konzept zusammengestellt oder eher zufällig?«

»Es ist doch schön, wenn ein Mitarbeiter dir Blumen mitbringt!«

»Blumen ja – rote Rosen nicht!« Sie schaute vom

Wohnzimmer Richtung Küche. »Hast auch schon länger keine Frau mehr gehabt – oder?«

Welchen Zusammenhang gibt es zwischen Möbeln und Frauen, dachte Tammo kurz. Gudrun ging in die Küche. »Sauber ist's bei dir. Hast du einen Putzfimmel?«

»Gisela war gestern da!«, verteidigte sich Tammo.

Gudrun setzte sich. »Franz redet auf einmal von ›wir‹. Er tut so, als könnte ich ohne ihn nicht den Laden führen. Er macht auf Macker!«

»Weise ihn in die Schranken. Du bist die Chefin!«

»Mir kam da so eine Idee. Es kann doch kein Zufall sein, dass am selben Tag plötzlich alle Mitarbeiter sich krank melden. Erst habe ich vermutet, dass Malte Jenning dahinter steckt. Wenn ich mir aber das unverschämte Grinsen von Franz ansehe …«

»Was hätte er davon?«

»Wer?«

»Franz – oder von mir aus auch aus Malte.«

»Friesland ist nicht gerade mit guten Schlachtern gesegnet. So ein Ausfall wie gestern über zwei Wochen und ich kann den Laden schließen. Auch wenn Franz nicht viel in der Birne hat, das weiß er. – Und Malte auch! Wie nennt man so was – feindliche Übernahme!«

»Und wie kommst du auf die Idee, dass Franz und nicht Malte dahinter steckt?«

»Franz hat heute früh die anderen angerufen. Sie ganz theatralisch am Telefon zusammengeschissen. Dann kamen sie und grinsten alle blöde. Der will mich und meine Firma, da bin ich ganz sicher!«

»Und wie kann ich dir da helfen? Bis jetzt ist nichts Ungesetzliches passiert.«

»Könntest du mit Franz mal reden? Du bist eine Autoritätsperson. Vielleicht mit einer kleinen Drohung. Brauchst ja nur zu sagen, dass du ihn genau im Auge behältst!«

»Mach ich!« Tammo fand es gut, dass es jemanden gab, der ihn für eine Autoritätsperson hielt.

Gudrun schaute auf ihre Finger. »Und da ist noch etwas. Entschuldige mein Verhalten gestern im Schlachthaus.«

Tammo wusste gar nicht, was sie meinte. Sie hatte Tränen in den Augen.

»Es erschien mir plötzlich alles so sinnlos. Da steht ein Schwein vor dir und Minuten später ist es Bratwurst. Ist doch irgendwie unsinnig – oder?«

»Ich habe mich mit der Philosophie der Bratwurst noch nicht beschäftigt. Wenn ich aber darüber nachdenke …«

»Lass es lieber! Es ist der gerade Weg in den Wahnsinn.«

»Und wie sieht es heute bei dir aus?«

»Erholt! Die Schlachter sind ja wieder da. Ich habe genügend Distanz zwischen Schwein und Bratwurst.«

Gudrun stand auf. Tammo begleitete sie zur Tür und zu ihrem Wagen.

»Du bist echt sympathisch! Danke!« Sie gab Tammo ein Küsschen auf die Wange. Schon toll, so eine Autoritätsperson zu sein! Der Gedanke hielt aber nicht lange. Swantje kam gerade angefahren und sah das Küsschen. Die beiden Frauen würdigten sich keines Blickes.

»Ist bei dir der Notstand ausgebrochen?« Ihr Augenbraue wippte. Er wusste nicht, was sie meinte.

»Was für ein Notstand?«

»Tu mir einen Gefallen und halte mich nicht für doof. War sie die ganze Nacht bei dir oder ist sie erst nach ihrem Mordsgeschäft gekommen? Ich finde das unmöglich!« Jetzt stand sie ganz nah bei Tammo. »Unmöglich. Diese Person hat etwas mit unseren Ermittlungen zu tun. Sie könnte Tatverdächtige sein. Und du hast nichts Besseres zu tun, als sie zu ... du Schwein du.«

Bloß nicht entschuldigen! Wie kam er jetzt bloß möglichst schnell auf 180? Er musste wütend werden – so wütend, dass sie sich sofort, jawoll, sofort entschuldigen musste. Tammo holte tief Luft, kniff die Augen zusammen (hatte er oft vor dem Spiegel geübt) und stemmte die Hände in die Hüften. »Du blöde Gans«, polterte er los, »Franz Klötzer oder Malte Jenning wollen sie fertig machen. Feindliche Übernahme. Die Frau kämpft um ihre Existenz. Die hat was ganz anderes im Kopf als zu ficken. Genau, ficken heißt das, du Großstadtgrazie! Statt üble Verdächtigungen auszusprechen, kümmere dich lieber um den Fall.«

Mit weit aufgerissenen Augen starrte sie Tammo an. Dann drehte sie sich um, stieg in den Wagen und legte einen vortrefflichen Kickstart hin. Weg war sie!

Eine göttliche Ruhe erfüllte die Straße. Tammo atmete kräftig durch. Autoritätsperson – wer sagt's denn! Nur – was sollte er jetzt als Erstes machen? Mit Franz Klötzer sprechen? Er war gerade richtig in Fahrt, aber während der Arbeit im Schlachthaus? Zwischen toten Schweinen und halben Rindern? Nein, das war keine gute Idee. Außerdem wäre es besser, wenn Gudrun nicht in der Nähe wäre – rein psychologisch!

Tammo kehrte erst einmal ins Haus zurück. Was meinte Gudrun eigentlich mit seinen Möbeln und der fehlenden

Frau? Die Möbel waren Kulturgeschichte. Mindestens drei Generationen Poppingas hatten damit gelebt. Sicher, die Geschmäcker hatten sich im Laufe der Jahrzehnte dramatisch geändert. Manches, fand Tammo, war auch nicht mehr so ganz auf der Höhe des Zeitgeschmacks. Eher konträr. Aber Geschmack veränderte sich auch wieder mit der Zeit. Zum Beispiel sein grün gekacheltes Badezimmer. Über ein Jahrzehnt ein absolutes »No Go« , jetzt sah er diese Fliesen – jedenfalls so ähnlich – überall. Die Sofaecke war einfach bequem – gerade weil sie so herrlich durchgesessen war. Gut, die Verarbeitung war in den 60er Jahren sicherlich nicht optimal, erfüllte aber immer noch seinen Zweck. Ein Sofa, beschloss Tammo, ist ein Zweckmöbel. Aber was bedeutete – schon länger keine Frau mehr gehabt? So gesehen hatte sie recht, aber wie kam sie darauf? Hatte er Entzugspickel im Gesicht? Hing ihm die Zunge heraus, wenn er eine attraktive Frau sah? Fummelte er laufend in seiner Hosentasche? Nein, er fummelte nicht – nur manchmal! Welche Verbindung gab es also zwischen seinen Möbeln und den Frauen? Diese Frage musste er unbedingt in nächster Zeit klären. Aber mit wem? Zunächst fiel ihm Alida ein. Mit ihr war er vor 15 Jahren zusammen gewesen. Alida war bodenständig, friesisch und hatte einen ausgesprochenen Hang zu Rosa. Rosa war nicht unbedingt der Trennungsgrund, trug aber erheblich dazu bei. Dann kam – Ironie des Schicksals – Rosa. Rosa mochte kein Rosa. Das fand Tammo schon richtig gut. Rosa war das blühende Leben und wusste es auch den ganzen Tag zu artikulieren. Nach zwei Jahren hatte Tammo das Gefühl, dass ihre Worte jede Ritze im Haus eingenommen hatten und echoten. Rosa hatte in dieser Zeit ihre Zuneigung zu Nippes entdeckt. Irgendwann standen überall kleine und extrem kitschige Figuren herum, die sie einfach »süß« fand. Daraufhin setzte bei Tammo eine gewisse Umorientierung ein. Benedikta kam. Groß, blass und von geradezu gläserner Transparenz. Sie sprach wenig, lächelte vielsagend und litt unter Heuschnupfen, was Tammos Altruismus zu Hochform wachsen ließ. Sie fand schwarz ganz toll. Als er nach zwei Tagen Demoeinsatz in Gorleben zurückkehrte, sah er schwarz. Alles war schwarz. Nur sie – jedenfalls der Kopf – beziehungsweise einige Teile des Kopfes, wie Kinn, Wangen und Stirn – waren nicht schwarz. Sie fand es toll – er nicht. Tammo legte eine längere Pause ein und dachte über sich nach. Aus der Distanz betrachtet, brachte das auch nicht viel. Gerda trat in sein Leben. Lehrerin. Sie machte ihm klar, dass Zusammenleben nur Distanz bedeuten kann. Sie musste ihr Leben, ihre Freiräume, ihre Freundinnen, und vor allem ihr Bad haben. Männerhaare im Waschbecken hielt sie für gruselig und typisch männlich, was genauso gruselig war. Der Sex mit ihr war toll, aber eben nicht tagfüllend. Sie verliebte sich in einen – nein, nicht Sozialpädagogen – sondern in einen Baggerführer. Tammo wollte ihn nicht kennenlernen, half ihr aber beim Umzug. Manchmal schrieb sie eine Karte aus dem Urlaub. Tammo antwortete nie. Anschließend hatte er sich auf die Frauen im Mittelmeerraum konzentriert. Gloria aus Italien und so. Längerfristig hatte das aber auch nichts gebracht. Jetzt stand er da mit seinem Haus, den Möbeln und der fehlenden Frau. So gesehen ging es ihm richtig gut. Psychisch aufgebaut, beschloss er zum Hafen zu fahren. Irgendwann musste doch der alte Gross mit seinem Boot wieder in Dangast auftauchen.

Er war da. Schritt wie Kapitän Nemo über das Deck und wickelte irgendwelche Dinge ein.

»Moin«, begann Tammo.

Der alte Gross sah ihn nur kurz an.

»2. und 3. Juni, wo warst du da?« Tammo setzte sich an den Steg.

»Auf See!«

»Gibt es Zeugen?«

Der alte Gross blieb stehen, kratzte sein Kinn nachdenklich. »Jo, etwa vierzehn Seehunde, und 'ne Flunder hat mich auch gesehen.«

»Und nachts?«

»Jo, da war ich – glaub ich jedenfalls – im Hafen von Spiekeroog.«

»Hat dich da jemand gesehen?«

»Musste da mal fragen. Ich hab niemanden gesehen.«

»Wie war das Wetter?«

»Wann?«

»In der Nacht!«

»Keine Ahnung! Ich hab geschlafen!«

»Und der Hafenmeister?«

»Jo, der hat wohl auch geschlafen. Kannste aber fragen!«

»Und vorgestern?«

»Nachts?«

»Jo, nachts.«

»Da hab ich auch geschlafen!«

»Wo?«

»Muss wohl Juist gewesen sein.«

Da war nicht viel zu holen – jedenfalls vorläufig nicht. Tammo ging. Er wusste, dass alle Bewegungen auf See kontrolliert wurden, er wusste nur nicht, ob sie auch gespeichert wurden. Mal sehen. Das Hühnerei auf seiner Stirn hatte sich zum Taubenei verkleinert. Ein guter Tag. Kaum hatte er es gedacht, schoss Swantje mit ihrem Wagen auf ihn zu. Sie sprang heraus.

»Bilde dir bloß nichts ein!«, rief sie. »Falls du auf die blöde Idee kommst, ich wäre eifersüchtig – da liegst du völlig, aber so was von komplett, völlig schief. Ich sehe nur unsere Dienstvorschriften und bewahre dich vor Dummheiten!«

»Woher wusstest du, dass ich am Hafen bin?« Tammo war perplex.

»Intuition, mein Lieber. So was haben wir Frauen!«

Auf die Diskussion wollte er sich jetzt gar nicht einlassen. »Und?«, fragte er.

»Es rumort im Karton. Wir sollen nach Oldenburg kommen. Staatsanwalt Henning Papstein will uns sehen.«

Tammo sah kurz zu seinem Wagen, stieg dann aber zu Swantje ein. »Worum geht es?«

»Keine Ahnung! Es scheint sich jemand über uns beschwert zu haben.«

»War der Staatsanwalt sauer?«

Sie überlegte einen Moment. »Nein, schien mir nicht so. Er will mit uns reden.«

24 Minuten später hielt Swantje vor dem Polizeipräsidium. Staatsanwalt Papstein residierte im 2. Stock. Wie immer, außer wenn er im Gericht saß, trug er nur Jeans, Hemd und Sakko. Tammo kannte ihn von früher. Ein Bauernsohn aus Ostfriesland. Bodenständig und wenn es sein musste auch

ein ostfriesischer Querkopf. Er deutete nach dem »moin« auf den runden Konferenztisch neben dem großen Fenster.

»Was ist los in Varel?«, fragte er, als sie saßen. »Einige Fraktionen – und nicht nur aus Varel – fragen an, wie es mit den Ermittlungen im Fall Salamimörder steht.«

Tammo und Swantje berichteten. Staatsanwalt Henning Papstein lächelte zuweilen.

»Kein Wunder, dass die so herumeiern. Könnte für einige eine peinliche Sache werden.«

»Wir würden gerne Malte Jenning näher auf den Zahn fühlen.«

»Hausdurchsuchung?«

Beide nickten.

»Was haben Sie gegen ihn in der Hand?«

»So gut wie nichts. Er hat für die Tatzeiten kein richtiges Alibi. Der Rest sind Vermutungen.«

»Damit kommen wir nicht durch. Spätestens wenn wir die ersten Akten aus dem Haus tragen, hat sein Anwalt eine einstweilige Verfügung gegen unsere Aktion. Ich bin gerne zu jeder Schandtat bereit, aber sie muss gesetzlich sein. Nach meiner Ansicht sollten Sie sich weiter auf Döllings Vergangenheit stürzen. Vielleicht bringt es auch etwas, mit diesem Franz Klötzer zu reden. Dölling scheint mir aber die bessere Adresse.« Der Staatsanwalt stand auf. »Unterrichten Sie mich möglichst über alle wichtigen Schritte. Ich halte Ihnen politisch den Rücken frei.«

Auf dem Flur fragte Tammo Swantje, ob sie zufällig ein Foto von Ulf Dölling bei sich hätte. Natürlich hatte sie.

»Wir fahren in den Puff!«, beschloss Tammo.

Swantje brauchte etwas, bis sie begriff.

»Wann macht der Puff eigentlich auf?«, fragte er.

»Was fragst du mich!«

Ein Kollege kam ihnen entgegen.

»Wann macht der Puff auf?«, fragte ihn Swantje. Die Frage schien ihm die selbstverständlichste der Welt.

»Welchen meinst du?«

»Welchen meinen wir?« Sie sah Tammo an.

»Unten im Hafen. Der beim Bahnübergang.«

»So gegen 14 Uhr. Genaue Öffnungszeiten haben die nicht.«

Nein, Tammo sah nicht auf seine Uhr. Er schielte zu Swantje. Es war kurz nach 14 Uhr.

Der schöne Gustaf stand vor der Tür. Tammo kannte ihn als Rausschmeißer und Bierzapfer in verschiedenen Diskotheken.

»Was machst du denn hier?«, wollte Tammo wissen.

»Isch hab jewechselt wejen de Heimat.« Richtig, Gustaf war einst aus Köln nach Oldenburg gekommen. Was er mit Heimat meinte, sollten die beiden schnell erfahren. Der Puff war rot und golden. Die Wände, die Decken, der Boden – alles rot. Die Rahmen der Spiegel, die hässlichen, nackten Figuren und die Thekenumrandung waren in Gold gefasst. Rote Ledersessel und Ledersofas füllten den Raum. Hinter der Theke stand eine etwas korpulente Frau im Negligé. Ihre Augen strahlten freundlich.

»Na ihr Leckerschen, wollt e mal wat Neues ausprobieren? Isch sach immer – alleen, zo zweit oder dritt, en schöner Fick hält immer fit! Kleiner Scherz von mir am Rande. Wat wollt e dann?«

Swantje und Tammo zückten gleichzeitig ihre Ausweise.

»Ne, hamme wat anjestellt?« Sonderlich beeindruckt schien die Platinblonde nicht zu sein.

Swantje zeigte ihr das Bild von Ulf Dölling. »Kennen Sie diesen Mann?«

»Och, dat is doch der Herr Rat.«

»Herr Rat? Wieso Herr Rat?«, fragte Tammo.

»De wollt imme, dat man Herr Rat zu em sacht. War sonne Macke.«

»Mit welchen Damen hatte er hier Kontakt?« Swantje war sehr dienstlich.

»Mit Damen? Och so, de Mädschens meinste. Mit dat Schantall. Mit dat Schantall wor e immer zujang.«

»Ist Chantal hier?«

»Ne, hier nisch, ewe oben im Zimmer. Soll isch dat mal rufen?«

»Das wäre nett.«

»Mir han so Klingele, broch isch nur zu drücke, dann tut et tuten bei dat Schantall. Dann kütt se. Isch bin übrijens dat Nicole.«

»Sie kommen aus Köln?«, fragte Swantje, weil ihr gerade nichts Besseres einfiel.

»Ne, biste jeck. Isch komm aus Düren. Lischt zwischen Köln und Aachen. Hat en Durschjangsbahnhof. Sollte man auch so benutzen!«

Sie sah in zwei versteinerte friesische Gesichter.

»Kleiner Scherz von mir am Rande.«

Absätze klapperten auf einer Steintreppe. Vorsichtig jeder Schritt. Die Absätze mussten gigantisch hoch sein. Dann bog sie um die Ecke »Dat Schantall«. Alle Missetaten der Schönheitschirurgie vereinten sich an diesem armen Geschöpf. Lächeln konnte sie nicht mehr. Die aufgequollenen Lippen erinnerten Tammo an eine Luftmatratze, die aufgeklebten oder einbetonierten Wimpern, wahrscheinlich aus einem polyesterähnlichen Stoff gemacht, an eine Klobürste. Die Augenbrauen waren abrasiert und durch etwa 2 Zentimeter höher gelegte ersetzt. Der Busen entsprach zwei propperen Honigmelonen, die einzementiert bis ans Ende aller Tage der Erdanziehungskraft widerstanden. »Dat Schantall« trug ein rosa Kleidchen. Sie setze sich zu Tammo und Swantje. Die Knie schienen echt zu sein.

»Wat kann isch für üsch tun?«, fragte sie. Wenn jetzt eine Tür aufgesprungen wäre, eine Horde Funkenmariechen hereingesprungen kämen und »Mir losse de Dom in Kölle«, gegrölt hätten, Tammo hätte es nicht gewundert. Swantje war da praktischer.

»Sie waren öfter mit diesem Herrn zusammen?« Sie zeigte ihr das Dölling Bild.

»De Herr Rat. De war alle 14 Tach do. De mochte dat vuljere. Hängesack un so!«

»Kommen Sie auch aus Düren?«, fragte Tammo, der noch immer von der rheinischen Übermacht überwältigt war.

»Ne, bisse jeck. Isch komm us Kölle.«

Swantje kehrte zu ihren Fragen zurück.

»Über was haben Sie mit dem Herrn Rat denn gesprochen?«

»Über dit un dat. Meistens hat e mir wat von den Kö erzählt.«

»Die Kö liegt doch in Düsseldorf!« Swantje verstand nicht. Dat Schantall erst auch nicht. Sie versuchte ein Lachen in ihrem festgemeißelten Gesicht.

»Ne, wat bisse jeck. Die Kö mit ›muh‹ men isch doch.«

Jetzt verstand auch Swantje.

»Hat er mal über seine Geschäfte etwas erzählt?«

»Imma! Milsch, Jetreide, de Kö und wat der sons noch so tut.«

»Können Sie das etwas genauer schildern.«

»E wollt met me nach Paris. Mit nem Kumpel. Me het he jesacht, macht en janz jroßes Ding. Wenn dat klappt, hat e jesacht, fährt e mit mir nach Paris. En Pelzjüppschen wär mir ja lieber, aba da hat e ja nix von. Ins ›muling rusch‹ will e mit mir jon. ›Muling rusch‹ han isch he jede Tach.«

»Kennen Sie seinen Kumpel, wie Sie sagen?«

»Ne. Hat auch nisch jesacht wie e heißt. Namen kann isch mer merken wie ne Eins!«

»War er schon früher einmal mit einem Kumpel hier?«

»Jo, ewe dat ist bestimmt en Joa her. Sonne Dicke mit Brill. Kam damals öfter – jetz nimmer.«

»Würden Sie diesen Mann wiedererkennen?«

»Dat broch isch net. De is vonne Bank in Varel. Hab isch en Fotto inne Zeitung jesehn. Mir sin ja hier extrem verschwiejen – wegen de Kundschaft. Wat meinen se, wer schon alles hier wa. Da wirst ewe jeck, dat sach isch üsch.«

»Sie haben uns sehr geholfen, schönen Dank!«

»Mir losse de Dom in Kölle«, rief dat Nicole, als sie gingen. »Kleiner Scherz am Rande!«

»Lieber eine Schlachterei als ein Puff«, bemerkte Swantje, als sie endlich wieder frische Luft um die Nase spürten.

Es war warm geworden. Sie ließen die Seitenscheiben hinunter und fuhren nach Varel.

»Zuerst zur Wache?«, fragte Tammo.

»Es macht schon Sinn, wenn wir wissen, welche Finanztransaktionen von Dölling über die Kreditbank gelaufen sind.«

Das Ergebnis war erstaunlich. Dölling hatte etliche und für ihn günstige Kredite bekommen. Seit über 20 Jahren war er Kunde bei der Bank.

Die Kreditbank Varel lag in der Oldenburger Straße. Von einem schmalen jungen Mann mit wippendem Schritt wurden sie zu Ole Münk, dem Bankdirektor gebracht. Es stimmte. Er war dick, aber die Brille fehlte. Für einen Moment zögerten Swantje und Tammo. Dann nickte Tammo Swantje zu. Er hatte den Münk auch schon mal mit Brille in der Zeitung gesehen. Wahrscheinlich trug er jetzt Kontaktlinsen.

»Moin, was kann ich für Sie tun?« Mit einer großzügigen Geste wies er ihnen zwei Sessel zu.

»Sie kannten Ulf Dölling?«

»Wieso kannte?« Er schaute erstaunt.

»Herr Dölling wurde Opfer einer Gewalttat.« Swantje sprach wieder in ihrem sachlichen Ton.

»Einer Gewalttat? Das ist ja schrecklich!«

»Haben Sie es nicht in der Zeitung gelesen?« Tammo tat verwundert.

»Ich lese die Provinzzeitung nicht!«

»Wie gut kannten Sie Herrn Dölling?«

»Wir waren Geschäftspartner, wenn ich so sagen darf. Um die 20 Jahre, schätze ich.«

»Aus den Unterlagen, die uns vorliegen, geht hervor,

dass er seine Kredite immer zu äußerst günstigen Konditionen bekommen hat, teils 1,5 – 2,5 % unter dem üblichen Satz. Und das genau seit einem Jahr!«

»Eine Win-Win-Situation. Ein tüchtiger und zuverlässiger Kunde. Den will man nicht verlieren.«

»Gab es auch private Kontakte?«

»Da weiß ich nicht, ob Sie das was angeht.«

»Schon, Herr Dölling wurde ermordet.«

»Aber doch nicht von mir!«

»Wir müssen jeder Spur nachgehen. Also, gab es private Kontakte?«

»Wie das bei guten Kunden üblich ist. Mal gingen wir gemeinsam essen, mal trafen wir uns bei einer Veranstaltung!«

»Im Puff in Oldenburg?«, schoss es Tammo über die Lippen. Eisige Stille.

»Sind Sie verheiratet?«, fragte Swantje betont sachlich. Ole Münk litt unter plötzlicher Schweißbildung. Er zuckte, wankte, sprang auf.

»Das ist privat! Privat, verstehen Sie!«, brüllte er. »Wenn Sie meinen, dass Sie mich da in etwas hineinziehen können … Das ist über ein Jahr her!«

»Beruhigen Sie sich – wir sind nicht von der Sitte.« Mit einer Geste forderte Swantje ihn auf sich wieder zu setzen.

»War Dölling irgendwie in dem Schlachthof Projekt hier in Varel involviert?«

»Nicht dass ich wüsste.«

Ein Schweißtropfen lief über seine fleischige Wange. Er streifte sie nervös ab. Tammo sah in die flackernden Augen.

»War Sönke Bender bei Ihnen Kunde?«

»Nein, er war einige Male hier. Wir sprachen über

eventuelle Kredite. Mir war, wie soll ich sagen, das Projekt zu überdimensioniert.« Ole Münk kämpfte um innere Ruhe.

»Was meinen Sie mit überdimensioniert?«

»Einfach zu groß. Ich kenne mich ja nicht im Schlachterwesen aus, aber für einen Bioschlachthof erschien mir das Projekt doch mehr als optimistisch. Die Margen im Lebensmittelbereich sind ja bekanntlich nicht gerade groß. Da kann man sich schnell übernehmen. Ich habe jedenfalls abgewunken.«

Jetzt war Tammo wieder dran. »Wurden Sie von Dölling erpresst?«

Ole Münk glotzte Tammo an, schluckte mehrmals. »Das lassen wir jetzt alles über meinen Anwalt klären. Verlassen Sie bitte auf der Stelle dieses Haus.«

»Wo ist dein Notizblock?«, fragte Swantje, als sie vor der Bank standen.

»Hat Gisela irgendwie entsorgt«, antwortete er wahrheitsgemäß. Sie gingen zum Auto.

»Wir sollten noch einmal mit ›Dat Schantall‹ sprechen, ob damals Fotos gemacht wurden. Ich schlage vor, du übernimmst das. Ich werde mir mal die Baupläne genauer ansehen. Es ist schon das zweite Mal, dass jemand meint, der Schlachthof wäre zu groß. Ich will wissen, was dahinter steckt.«

»Mein Wagen steht in Dangast am Hafen.«

Der Puff hatte sich kaum gefüllt. Zwei Männer saßen eher gelangweilt am Tresen und nippten an ihrem Bier. 17.30 Uhr, Feierabendverkehr ohne Staugefahr, nahm

Tammo an. Diesmal erschien ihm »dat Schantall« nicht mehr ganz so gruselig. Auch Monster werden alltäglich.

»Bisse privat hier oder dienstlisch?«

»Dienstlich. Können Sie sich erinnern, ob damals, als der Herr Rat mit seinem Kumpel hier war, Fotos gemacht wurden?«

»Bisse dann jeck!« Sie tippte mit ihrem Zeigefinger und den monströsen Fingernägeln gegen ihre Stirn. »Fottos jiddet he nich. Mir sin doch kinne Spanner!«

»Hat vielleicht der Herr Rat Bilder gemacht?«

Dat Nicole kam vorbei.

»Widda da? Bisse jeck ob dat Schantall? Kleiner Scherz am Rande.«

»Ob de Herr Rat – nö, en Fottoapperat hätte nit jehabt, nur dat Handy.« Sie machte eine Denkpause. »Stimmt. Em Pool hät e mit dem Handy Bildsche jemacht. Mir worre zimmlich besoffe. De Dicke hing in de Titten von dat Soffi. So Dinger hat die. Kannste en Perd mit umhaue!«

Warum »dat Soffi« ein Pferd mit ihren Titten umhauen konnte, blieb Tammo schleierhaft. Vielleicht gab es im Rheinland ihm unbekannte Rituale, die sich zwischen Titten und Pferden bewegten. Tammo bedankte sich. »Dat Schantall« hatte ganz liebe Augen, fand er, aber der Rest? Dat Nicole kam an den Tisch. Sie sah sich um. »Früher war dat anders!« Tammo verstand nicht. »Was war anders?«

»De Puff! Da wa watt los. Jez is tote Hose – imma mehr. Mir müsse uns nach ne andere Arbeet umsehe. Puff und dat Alter passe nit mä. Wenne mal wat hörst …!«

Wie kam dat Nicole nur auf die Idee, dass Tammo sich auf dem Arbeitsmarkt auskennen würde?

Im Dorfkrug in Dangast war die übliche Gemeinde bereits versammelt. Swantje fehlte noch. Was dachte er da? Seit wann gehörte Swantje zur Dangast Gemeinde des Dorfkrugs? Scheiße! Er hatte vergessen mit Franz Klötzer zu sprechen. Versprochen ist versprochen. Tammo drehte um und fuhr nach Rastede. Franz Klötzer war zum Glück zu Hause.

»Moin, was wollen Sie denn?« Misstrauisch sah er Tammo an.

»Mit Ihnen reden!« Tammo schob sich an Franz Klötzer vorbei und ging in die Küche. Alles war blitzblank. Tammo setzte sich. Wie sollte er beginnen?

Franz Klötzer begann. »Sieht toll aus, was?«

»Haben Sie geputzt?«

Franz Klötzer lachte. »So was ist Frauenkram. Meine Schwester ist vorbeigekommen. Die putzt sonst in der Realschule.«

»Die ganzen Mitarbeiter sind in der Schlachterei von Gudrun Gross plötzlich krank geworden. Wundert Sie das nicht?«

Franz Klötzer grinste breit. »Da muss nur der Richtige kommen, dann läuft der Laden wieder.«

»Sie sind der Richtige?«

»Ich hab schon beim alten Gross gelernt. Wenn es nach ihm gegangen wäre, und der hat Ahnung, wäre ich heute mit Gudrun verheiratet. Dann gäbe es solche Faxen nicht.«

»Welche Faxen denn?«

»Der Bioscheiß. Wurst ist Wurst. Ich kenn mich da aus.«

»Der Laden lief unter dem alten Gross von Jahr zu

Jahr immer schlechter. Das hat sich mit Gudrun gründlich verändert.«

Das wollte Franz Klötzer anscheinend gar nicht hören.

»Eine Schlachterei kann doch nicht von einer Frau geführt werden. Wo gibt's denn so was? Da gehört ein Kerl hin. Ich kenne den Laden. Die braucht bloß zu machen, was ich sage, dann läuft das schon.«

In Tammo stieg Wut auf. Solche Kerle gehörten in ein gut bewachtes Museum.

»Genau das werden wir vermeiden. Sie mischen sich nicht in die Geschäfte von Gudrun ein, sonst gibt's Ärger – richtigen Ärger!« Tammo war laut geworden.

»Das geht dich doch nichts an!« Klötzers Stimme brach, verlor jede Sicherheit. Tammo hatte ihn.

»Eine ganze Menge. Du bekommst von mir sofort eine Klage an den Hals – und glaube mir, das wird gar nicht lustig. Mach deine Wurst und halte die Klappe!«

Zum Glück fragte der verwunderte Franz Klötzer nicht, welche Klage er denn zu erwarten hätte. Tammo wäre auf der Stelle keine passende eingefallen. Er fand seinen Auftritt gut und fuhr zufrieden zum Dorfkrug. Autoritätsperson eben!

Swantje war jetzt auch da. Sie hatte die Baupläne auf einem der Tische ausgebreitet. Swantje, Swantje, jetzt machst du ja auch aus der Kneipe ein Dienstzimmer! Alle standen um den Tisch herum.

»Wahnsinn, das soll ja ein Riesending werden!«, bemerkte Gunnar. »Wo wollte der Bender denn das ganze Vieh herbekommen?«

»Ich hab mal einen Schlachthof in der Nähe von Vechta

gesehen, der muss etwa genauso groß sein«, stellte Ralf fest. »Die schlachten da – glaube ich – 3000 Schweine am Tag.«

»Wenn ich das richtig sehe, sind das mindestens vier Schlachtstraßen«, gab Schorsch zu bedenken.

Vor der Tür hielten zwei Motorräder. Das konnten nur Günni und Tom sein. Jeder für sich ein netter und hilfsbereiter Typ, vorausgesetzt es endete nicht in Arbeit. Die beiden Zwanzigjährigen waren als Duo Butch Cassedy und Sundance Kid in der ganzen Gegend bekannt. Man wusste nie, was sie als Nächstes im Schilde führten. Tammo legte den Bauplan zusammen.

»Zwei Salamibrote! Salami am Stück!«, tönen sie und schütteten sich dabei aus vor Lachen.

Dann sahen sie Tammo und Swantje.

»Oh, die geballte Ordnungsmacht gibt sich dem Suff hin. Übeltäter aufgepasst – die Nacht wird günstig.«

»Raus!« Das war eindeutig die Stimme von Ralf.

»Mach kein Scheiß, Alter!« Günni, der Größere, war erstaunt. Noch nie hatte Ralf sie vor die Tür gesetzt. »Wir sind auch ganz lieb!« Tom kicherte.

»Ich verkauf hier keine Babynahrung! Also raus!« Die Übermacht war einfach zu groß. Sie trollten sich. Günni blieb noch einmal kurz in der Tür stehen.

»Habt ihr schon einen Baum? Pferdediebe werden doch immer aufgehängt!«

»Ich gebe eine Runde!« Ralf ging hinter die Theke und begann zu zapfen. »Die haben vier Tage Sand gefahren, da muss was bei denen im Getriebe hängengeblieben sein.«

Das erste Bier, fand Tammo, war reichlich verdient. Swantje bekam ihren Vermentino und genoss ihn sichtlich. Salamimörder und Pferdediebe waren keine Themen mehr. Die Saison stand bevor, die ersten Touristen strömten nach Dangast und das war Gesprächsstoff genug.

9. Tag

Dienstag, 12. Juni

Um fünf Uhr war Tammo auf der Wache. Onno hatte ihn kurz angerufen. »Wir haben die Pferdediebe!«, sagte er nur. Tammo war gleich hellwach. Minuten später saß er im Auto. Erst kurz vor der Wache fiel ihm ein, dass er Swantje hätte abholen können. Brauchte er aber nicht. Sie war schon da.

»Günni und Tom!«, sagte sie nur.

»Glaub ich nicht.«

»Angesoffen sind die auch.«

Tammo ging mit Swantje in das Verhörzimmer. Die beiden kicherten albern vor sich hin.

»Ein Baum, ein Baum, ein Himmelreich für einen Baum«, grölte Günni. Tammo und Swantje setzten sich den beiden gegenüber.

»Erzählt mal!«, begann Tammo.

»Wir wollten dem Schockemöhle mal zeigen, wie man mit so einem Klepper Geld verdient!«, faselte Günni.

»Mit Salami! Der Salamiklepper!«, ergänzte Tom und beide schmissen sich vor Lachen auf den Tisch.

Swantje und Tammo waren genervt.

»48 Stunden?«, fragte Tammo Swantje.

»48 Stunden!«, bestätigte Swantje.

Die beiden waren plötzlich ganz ernst. »Was heißt hier 48 Stunden?«, tönten sie im Chor.

»Ihr bleibt für 48 Stunden in Haft. Das macht die Birne

frei und ich kann wieder schlafen gehen.« Tammo stand demonstrativ auf.

»Das war ein Scherz! Alter!«

»Wenn du noch einmal Alter zu mir sagst, zieh ich dir eine Windel über den Kopf!«

»Ein Scherz! Mehr nicht! Wir haben den Gaul kurzfristig ausgeliehen, damit ihr mal einen Fahndungserfolg habt.«

»Echt sozial gedacht!«

Swantje setzte sich zurecht.

»Wo stand der Wagen für den Abtransport?«

»Was denn für ein Wagen? Wir wollten den blöden Gaul im Wald anbinden und dann die Mücke machen. Es hätte mindestens zwei Tage gedauert, bis ihr den Gaul gefunden hättet. Ist doch ein Spaß!«

»Ein Spaß?« Swantjes Augenbraue wippte. »Ein Pferd zwei Tage ohne Futter und Wasser zu lassen, ist Tierquälerei. Das werden wir auch noch zur Anzeige bringen.«

Tom lehnte sich weit über den Tisch. »Da haben wir nicht drüber nachgedacht, Alte.«

»Nachdenken scheint ja nicht gerade eure Stärke zu sein.«

»War das eine Beleidigung?«, grübelte Günni.

»Eine sachlich Feststellung. Nicht mehr.«

Günni hatte eine Idee. »Was wäre, wenn uns der Gaul gehört hätte, hä?«

»Was soll denn dann sein? Nichts. Im Rahmen der Gesetze könnt ihr mit eurem Pferd machen, was ihr wollt. Auch nachts spazieren gehen.«

»Und wenn ich den Gaul geliehen bekommen habe?« Günni fand sich richtig gut.

»Wenn der Besitzer einverstanden ist …«

Günni griff zu seinem Handy. Er zeigte es Tammo und Swantje. Sie waren mit einem Telefonat einverstanden.

Es dauerte eine Weile, bis jemand an der anderen Seite abhob.

»Moin Fred«, begann Günni, »wie alt ist dein Gaul? Kauf ich. 500, mehr gibt's nicht! Ich zahle in Raten!« Günni legte auf. »Geil was? Der Gaul gehört mir. Jetzt kann ich mit dem spazieren gehen wohin ich will. Ihr habt immer die Arschkarte.«

Genau das war's. Sie hatten immer die Arschkarte. Genau das war das Problem. Tammo ahnte plötzlich, wie der ganze Pferdediebstahl zusammenhing. Warum mussten ihn gerade die zwei Schwachköpfe darauf bringen. Er musste unbedingt mit Wilhelm, dem Pferdefachmann, sprechen.

»Haut ab!«

»Arschkarte!«, sagte Günni und weg waren die beiden. Tammo hörte noch wie Tom sagte: »500 Euro, bist du verrückt!«

»Kriegen wir beim Schlachter wieder rein! Der Gaul wiegt mindestens … weiß der Geier, was son Gaul wiegt.«

Tammo setzte sich zu Swantje. »Ist dir was aufgefallen?«

Swantje lächelte Tammo an. »Natürlich. Es ist nur nicht gerade schmeichelhaft, dass so zwei Blödköpfe uns darauf bringen.«

»Wie gehen wir vor?«

Swantje zuckte mit den Schultern. »Die Beweisführung wird schwierig – bis fast unmöglich.«

»Ist schon eine ausgekochte Idee«, sinnierte Tammo.

»Die klauen ihre eigenen Pferde. Transportieren sie nachts ab – falls sie von uns erwischt werden, können wir ihnen nichts nachweisen – wenn sie aber sicher sind, dass ihre Pferde weit weg sind, erstatten sie Anzeige – und kassieren doppelt.«

»Das sind doch mit Sicherheit keine Einzeltäter, da steckt Organisation dahinter!«

»Ich bin hundemüde! Sollen wir uns gegen neun Uhr hier wiedertreffen?«

Als Tammo aufwachte, waren es bereits 22 Grad. Er duschte und zog sich an. Immer wieder schielte er zu seiner Einrichtung. War die wirklich so schrecklich? Einrichtung hat ja auch immer etwas mit einem selbst zu tun. Konnte man anhand der Einrichtung auf den Charakter eines Menschen schließen? Wenn ja, war sein Charakter ein ziemlich antiquierter Ramschladen. Dabei fühlte er sich gar nicht so. – Oder doch? Er rief Swantje an und sagte ihr, dass er doch bei Wilhelm, dem Pferdemann, vorbei fahren wolle.

Wilhelm bat Tammo in die gute Stube. Sie tranken Tee.

»Wie so eine Organisation zustande kommt, kann ich dir beim besten Willen nicht sagen.«

Tammo hatte Wilhelm kurz erzählt, was er dachte und wer bisher alles Anzeige wegen Pferdediebstahls gestellt hatte.

»Die Namen, die du genannt hast, sind alle im Zuchtverband, aber da sind noch hunderte andere drin. Welche Verbindungen die sonst untereinander haben …« Wilhelm war ratlos.

»Wir brauchen eines der geklauten Pferde, um die Spur dann zurückzuverfolgen«, meine Tammo.

Wilhelm stand auf, öffnete eine Schublade und kramte einige Fotos hervor.

»Hier, das sind Bilder von verschiedenen Turnieren. Alle Stuten sind früher im Sport gewesen, bevor sie für die Zucht eingesetzt wurden. Das ist das Pferd von Bauer Beuse, das von Justus Börner, das hier ist von Dölling.« Er gab Tammo weitere Fotos von verschwundenen Pferden.

»Es gibt doch Pferdezeitschriften. Da können wir doch eine Suchanzeige schalten.« Tammo fand die Idee gut.

»Sobald einer der neuen Besitzer das Foto sieht, lässt er das Pferd verschwinden.«

»Wieso, die können doch die Tiere anscheinend ganz legal gekauft haben.«

»Glaub ich nicht. Zum einen bin ich davon überzeugt, dass die Pferde ins Ausland geschafft wurden. Zum zweiten nehme ich an, dass die Pferde von Züchtern gekauft wurden, die genau über die Herkunft Bescheid wussten. Das sind alles Pferde mit einem ausgezeichneten Stammbaum. Im Moment ist damit hierzulande kein Geld zu verdienen. In Russland sieht das anders aus. In einigen arabischen Ländern auch. Falsche Papiere sind schnell gemacht!«

»Danke, Wilhelm, wenn dir noch was einfallen sollte ... Darf ich die Fotos mitnehmen?«

Swantje saß mit Gunnar in Tammos Büro. »Moin!«

»Ich glaube nicht, dass wir im Moment bei den Pferdediebstählen weiter kommen. Wir sollten uns auf den Salamimörder stürzen.«

Swantje stand auf und holte den Bauplan des Schlachthofes aus ihrer Tasche. »Mich würde mal interessieren, was unsere ›Miss Bratwurst‹ dazu zu sagen hat.«

»Gudrun und du, ihr werdet bestimmt noch einmal richtig gute Freundinnen«, frotzelte Gunnar.

Franz Klötzer sah Tammo feindlich an, als er mit Swantje die Schlachterei betrat. Der Schlachter stapelte gerade frische Wurst in die Auslage.

»Wo ist Gudrun?«, fragte Tammo ihn. Er deutete nur eine Kopfbewegung Richtung Wurstküche an. Die beiden gingen um die Theke zur Wurstküche. Die alte Frau Gross war auch da. Beide füllten einen Kutter.

»Es ist verrückt, jeden Tag kommen größere Bestellungen herein. Ich muss bald noch zusätzliche Leute einstellen!«, rief Gudrun, als sie Tammo und Swantje sah.

»Und?« Tammo deutete mit dem Kopf Richtung Franz Klötzer, der gerade eilig ins Schlachthaus lief.

»Der wird sich schon wieder beruhigen!«

»Können wir uns mal einen Augenblick im Aufenthaltsraum unterhalten?«, sagte Swantje kühl. Gudrun und ihre Mutter wischten sich die Hände ab und folgten Swantje und Tammo.

»Was wusstest du über das Bauvorhaben und wie weit warst du finanziell involviert?«, begann Tammo.

»Das habe ich dir doch schon gesagt. Ich sollte mitmachen, aber konnte finanziell nichts dazugeben. Sönke hielt mich mehr oder weniger auf dem Laufendem.«

»Was heißt mehr oder weniger?« Tammo blieb kühl.

»In den letzten Wochen haben wir kaum noch über den Schlachthof geredet. Sönke blockte jedes Gespräch ab. Ich weiß nicht, was mit ihm los war.«

Swantje breitete den Bauplan aus. »Was sagen Sie dazu?«

Gudrun sah sich den Plan näher an. »Ganz schön gigantisch. Ich nehme an, das ist der Bauplan von Malte Jenning. Er hatte schon immer einen Hang zum Größenwahn.«

Swantje und Tammo sahen sich ungläubig an. Swantje schüttelte heftig den Kopf. »Nicht Malte Jenning – das ist der genehmigte Bauplan von Sönke Bender!«

Gudrun lachte laut. »Im Leben nicht! Schaut euch doch mal das Ding an. Damit kannst du alle Bioschweine und -rinder Deutschlands schlachten und hast immer noch reichlich Kapazitäten frei. Der Plan ist niemals von Sönke!«

»Haben die uns im Bauamt den falschen Plan gegeben?«, wunderte sich Tammo.

Gudrun wurde sachlich. »Auch wenn das der Plan von Malte Jenning ist, verstehe ich nicht, was er mit so einem gigantischen Schlachthof hier will. Weit und breit gibt es kaum Schweinehalter. Selbst Rinder- und Schafhalter sind hier nicht so oft zu finden und die Lage ist ja auch nicht gerade zentral.«

»Würde ich nicht so sagen«, mischte sich die alte Frau Gross ein, »der Weser-Jade-Port öffnet neue Märkte.«

»Wartet mal einen Moment!« Und schon war Gudrun verschwunden. Wenige Minuten später kam sie zurück. »Hier, das ist der Plan von Sönkes Schlachthof.« Sie breitete ihn aus. Er war deutlich kleiner.

»Der macht Sinn«, behauptete Gudrun, »mein Laden platzt bald aus allen Nähten. Anbauen geht nicht mehr. Wir brauchen einen neuen Bioschlachthof. Ich habe allein von der Supermarktkette in den letzten beiden Tagen Bestellungen von über 80.000 Euro bekommen. Wisst ihr, was das an Arbeit kostet? Ich telefoniere quer durch Norddeutschland, um Vieh zu bekommen.«

»Was sind das nur für Penner im Bauamt. Können wir deinen Plan mitnehmen?«

»Aber wiederbringen!«

Tammo verabschiedete sich, Swantje grummelte nur etwas.

Als sie im Auto saßen, rief Onno aus der Wache an. Sie hatten die Unterlagen von Dölling untersucht und einige interessante Details gefunden. Sie fuhren los.

»Lass uns bei Dölling vorbeifahren. Ich möchte das Handy sehen«, schlug Tammo vor.

»Das Handy hab ich nicht mehr«, sagte Frau Dölling kleinlaut.

»Welche Nummer hat das Handy?« Swantje zückte einen Stift. Frau Dölling gab ihr widerwillig die Nummer. Während Swantje in der Wache anrief und eine Ortung des Handys durchgab, ging Tammo schon zum Auto.

»Ich hoffe, Sie haben für das Handy viel Geld bekommen«, sagte er zu Frau Dölling und es klang nicht freundlich.

Swantje lief jetzt auch zum Wagen. »Wenn es angeschaltet ist, haben wir den Standort in ein paar Minuten.«

Tammo fuhr zur Oldenburger Straße – zur Kreditbank. Sie hatten den Bau noch nicht erreicht, als ihnen Onno mitteilte, dass das Handy in der Oldenburger Straße, vermutlich in der Kreditbank, sei.«

Swantje rief Staatsanwalt Henning Papstein an, schilderte kurz den Stand der Dinge.

»Den Haftbefehl bekommen Sie!«

Beide stürzten in die Bank. Diesmal wurden sie nicht zum Direktor begleitet. Sie stürmten unaufgefordert das Büro. Ole Münk hatte das Handy noch in der Hand.

»Sie sind verhaftet!«

»Ich sage nichts ohne meinen Anwalt!«

Er sagte tatsächlich nichts ohne seinen Anwalt und es dauerte, bis der Herr aus Oldenburg eintraf. In der Zwischenzeit hatte sich Tammo auf die Erkenntnisse über Dölling gestürzt. Auf dem Computer hatte Dölling eine Art Schwarzbuch angelegt. Es fanden sich nicht nur hinreichende Einträge über Ole Münk nebst Bilder, es waren auch die meisten im Rat namentlich erwähnt und mit Indiskretionen versehen. Was jedoch viel spannender war, waren die Einträge über die Pferdezüchter. Tammo fand alle Namen, die Pferde gestohlen gemeldet hatten. Dahinter standen die Daten der Diebstähle und immer der Name »Agrilax«. Tammo ging ins Internet und gab »Agrilax« ein. Nichts! Was oder wer war »Agrilax«? Er kehrte zu den Aufzeichnungen von Dölling zurück. Sönke Benders Namen erschien. Gefolgt von Gudrun Gross und Malte Jenning. Die Dossiers waren kurz. Hinter Sönke Bender stand: »Ein Glücksfall – wer immer es getan hat! Das Problem hat sich somit gelöst.«

Hinter Gudrun Gross stand: »Die Grosses müssen ausgeschaltet werden – möglichst bald. Der Plan erscheint mir gut und nachhaltig!« Hinter Malte Jenning stand:

»Noch keine konkrete Taktik, aber die Kuh kann bald gemolken werden. Habe fast alle Unterlagen zusammen.«

»Swantje!«, rief Tammo. Sie kam. Er berichtete ihr kurz, was er gefunden hatte. Swantje machte sich Notizen.

»Staatsanwalt Papstein ist gerade mit dem Haftbefehl gekommen. Der Anwalt von Münk ist jetzt auch da.«

Sie wechselten ins Verhörzimmer.

»Das ist doch wohl arg weit hergeholt: Mein Klient soll jemanden mit einer Salami in einer Schlachterei erschlagen haben. Etwas absurd, finden Sie nicht?«

»Herr Münk hatte ein Motiv. Er wurde von dem Opfer erpresst – seit etwa einem Jahr.«

Tammo war unkonzentriert. Swantje übernahm. Aber erst einmal meldete sich der Anwalt zu Wort.

»Und warum soll er ihn gerade jetzt umgebracht haben? Logischer wäre es doch gewesen, ihn gleich nach der ersten Erpressung umzubringen.«

»Er hatte jetzt ein Vorbild. Er konnte als Trittbrettfahrer des Salamimörders seinen Mord begehen. Es wurde vor einigen Tagen bereits jemand mit einer Salami erschlagen.« Swantje wandt sich an Ole Münk. »Wo waren Sie zur Tatzeit?«

»Das sag ich nicht!« Ole Münk lief rot an. Oh nee, dachte Tammo. Der Pufflouis!

»In welchem Puff waren Sie denn dieses Mal?«

Der Anwalt mischte sich ein. »Ich bitte Sie, was soll denn die unverschämte Frage?«

Henning Papstein hatte die ganze Zeit mit dem Rücken an der Wand gelehnt die Situation verfolgt. Er kam zum Tisch und zeigte auf die Fotos.

»Was meinen Sie, Herr Anwalt, mit unverschämt. Diese Fotos lassen eine gewisse Leidenschaft ihres Mandanten für Puffs durchaus zu. Also, bis wann waren Sie im Puff und in welchem?«

Ole Münk sah seinen Anwalt hilfesuchend an. Der schien aber auch keine Idee zu haben. Also sprach Ole Münk. »In Wilhelmshaven. In der Grotte. Ich bin um 20 Uhr gekommen, also angekommen. Um 23 Uhr bin ich dann wieder raus.«

»Und dann sind Sie nach Hause gefahren?«

»Ja!« Er zögerte, strich über seine Finger und den Siegelring. »Also nein. Ich habe noch eine kleine Wohnung in Oldenburg. Meine Frau weiß davon nichts. Ich bin dahin und hab mich geduscht und umgezogen. So ein Puff hängt doch auf Haut und Kleidung. Frauen riechen das sofort.«

»Wann waren Sie denn zu Hause?«

»Gegen drei Uhr!«

»Sie haben sich vier Stunden geduscht? Wollen Sie uns auf den Arm nehmen?«

»Ich glaube, dass ich jetzt erst einmal ein ausgiebiges Gespräch mit meinem Mandanten führen muss. Alleine!«

Henning Papstein öffnete seine rechte Hand.

»Die Adresse und den Schlüssel zu ihrer Wohnung in Oldenburg – bitte!«

Ole Münk gab ihm den Schlüssel. Swantje, Tammo und Henning Papstein verließen den Raum.

»Der Anwalt ist gut – sehr gut sogar. Wir müssen aufpassen.« Henning Papstein setzte sich an Tammos Schreibtisch.

»Glauben Sie, dass er den Dölling erschlagen hat?«

Schweigen, dann schüttelte Tammo den Kopf.

»Nein, wenn ich es genau bedenke, dann nicht. Warum sollte er sein Opfer in die Schlachterei von Gudrun Gross bestellen ...«

»Um die Spur auf den Täter des ersten Mordes zu lenken. Ist doch klar.« Swantje wusste nicht, ob sie sich setzen sollte oder besser stehen blieb.

Tammo war noch nicht überzeugt.

»Die SpuSi hat keine eindeutigen Spuren für einen Einbruch in die Schlachterei gefunden. Er müsste einen Schlüssel gehabt haben. Wo soll er den her haben?«

»Vielleicht sind die Grossens Kunden bei der Kreditbank.« Jetzt fielen Tammo wieder die Dossiers von Dölling ein. Er berichtete dem Staatsanwalt kurz den Inhalt.

»Frau Gross braucht Personenschutz!«, war seine Reaktion.

»Wie sollen wir das denn hinkriegen mit den paar Leutchen, die wir hier haben?«, wandte Tammo ein.

»In Oldenburg sind wir derzeit – eigentlich immer – chronisch unterbesetzt. Haben Sie keine andere Idee? Die Frau befindet sich eindeutig in Gefahr.«

»Sie könnte unter Umständen bei mir schlafen, aber tagsüber ...!«, stotterte Tammo.

»Kommt gar nicht in Frage!«, schoss es aus Swantje heraus. »Wenn, dann schläft sie bei Onkel Heini!«

»Wer immer Onkel Heini auch ist«, sagte Henning Papstein mit einem vielsagenden Lächeln, »die Idee ist vorerst gar nicht so schlecht! Nehmen Sie das in Angriff?«

Angriff war wahrscheinlich genau das richtige Wort für eine Begegnung zwischen Swantje und Gudrun. Swantje schien erst jetzt wirklich zu begreifen, was sie da gerade spontan von sich gegeben hatte. Sie grummelte wieder und ließ ihre Augenbraue wippen.

Hennig Papstein drückte Tammo den Schlüssel der Wohnung von Ole Münk in die Hand. »Sehen Sie sich die Wohnung näher an. Vielleicht finden wir ja noch Hinweise in Sachen Erpressung.«

Dann wandte er sich zu Swantje. »Sie nehmen Kontakt mit dieser Gudrun Gross auf. Verbreiten Sie keine Panik, aber sorgen Sie für den nötigen Nachdruck. Ich werde das Gespräch mit dem Anwalt und Herrn Münk weiterführen. Spätestens morgen will ich einen Bericht haben.«

Tammo fuhr nach Oldenburg. Die »kleine« Wohnung von Münk lag im vierten Stock eines Neubaus und maß mindesten 80 qm. Nach intensiver Nachbarschaftspflege sah der Bau nicht aus. So etwas hatte Münk wahrscheinlich auch gesucht. Die Wohnung bestand aus zwei riesigen Zimmern und einem Bad. Die Möblierung war sparsam, die Preise der Möbel eher nicht. An den Wänden hingen Fotos mit tätowierten Brüsten. Auf einem Glastisch an der Fensterfront lagen aufgeschlagene Pornos. Münk schien einen Hang zu überdimensionalen Oberweiten zu haben und zum Ordinären. Ekelig, fand Tammo. Was da an Bildheften lag, hatte mit Geschmack gar nichts zu tun. Im Regal setzte sich die Sammlung fort. Darüber eine DVD Sammlung mit gleichem Inhalt. Tammo nahm eine der DVDs in die Hand. Das Cover versprach wüsten Tittensex, der Inhalt der Hülse war eine unbeschriftete DVD. Eine schwarze Kopie, vermutete Tammo. Vielleicht ein Fall für die Sitte oder Gema oder wer sonst noch für

Pornos zuständig war. Er stellte die DVD zurück ins Regal. Vier weitere DVDs schienen auch Schwarzkopien zu sein.

Im Schlafzimmer sah es ähnlich pornografisch aus. Gigantische Brüste als Plastiken und auf Fotos. Tammo öffnete den Kleiderschrank. Einige Hemden, Unterhosen, Socken und zwei Anzüge. Ob der Herr Bankdirektor hier bestellte Damen empfing? Tammo sah sich nach Beweisstücken um. Er fand keine. Außer Pornografischem hatte die Wohnung nicht viel zu bieten. Der Kühlschrank war mit Weinflaschen gefüllt. Sich eine Wohnung zu mieten, um den Puffdunst loszuwerden, schien doch etwas übertrieben. Es musste noch etwas anderes dahinterstecken. Tammo ging noch einmal zum Eingang. Ein Tisch mit vier Stühlen. Eine lederne Sitzgruppe, ein Pornoregal – das war's. Eine Wohnung zum Pornos gucken – unglaublich. Ein Schwein hatte sich seine Pornosuhle geschaffen. Tammo ging zum Fenster. Gegenüber standen Altbauten. Ob jemand von den Mietern Münk in der fraglichen Nacht gesehen hat? Eine ältere Dame zog gerade ihre Gardinen zu. Dabei sah sie noch einmal herüber.

Tammo verließ die Wohnung und ging in das Haus gegenüber. Er klingelte an der Wohnung der alten Dame.

»Ja?«, fragte sie ohne die Tür zu öffnen.

»Tammo Poppinga. Polizei Varel. Ich hätte da mal eine Frage.«

»Ausweis zeigen – vor dem Guckloch!«

Tammo folgte der Aufforderung. Bevor er etwas sagen konnte, sprach sie.

»Gut, dass Sie hier sind. Ich hab Zucker vergessen. Die Treppen, wissen Sie, die Treppen. Ich komm nicht mehr gut runter und hoch, aber die Miete ist halt günstig. Der Laden ist gleich nebenan.«

Und schon war die Tür wieder zu. Tammo stieg die Treppen hinunter, kaufte Zucker und stieg wieder hoch. Als er vor der Tür stand, fiel ihm ein, dass er sich nicht sicher war, wann Dölling ermordet wurde. So ein Notizbuch schien ja doch zu einem gewissen Grad einen Sinn zu haben. Er rief Swantje an. Sie war kurz angebunden, sparte sich sogar Vorwürfe.

»In der Nacht vom 8. zum 9. Juni«, sagte sie nur und legte auf.

»Der Zucker!«

»Sie sind ein Schatz. So muss die Polizei sein.«

»Haben Sie zufällig in der Nacht vom 8. zum 9. Juni gesehen, ob Herr Münk in seiner Wohnung war?«

»Wer ist denn Herr Münk?«

»Der Mieter im Haus gegenüber. Im 4. Stock links.«

»Sie machen mir Spaß. Woher soll ich denn wissen, was in der Nacht zwischen dem 8. und 9. Juni los war. Jede Nacht ist wie die andere. Ich weiß kaum noch, was in der letzten Nacht los war.«

»Hätte ja sein können.«

Bei den anderen Mietern wurde er auch nicht fündig. Schließlich ging er noch mal in das Haus von Münk. Keiner kannte ihn. An die besagte Nacht erinnerte sich auch niemand. Tammo ging zu seinem Wagen. Da stand die alte Dame.

»Da war jemand. Ich hab in der Programmzeitung nachgesehen.«

Das sollte einer verstehen. Sie sah den hilflosen Blick von Tammo.

»Da lief doch ›Rosemaries Baby‹. Ich konnte nicht schlafen. Da hab ich gesehen, dass im Haus gegenüber Licht war. Also in der Wohnung. Ich hab auch einen Schatten gesehen.«

»Wann war der Film denn zu Ende?«

»Na so gegen Mitternacht.«

»War da schon Licht an?«

»Als ich zum Fenster ging, ging gegenüber das Licht an. Mehr weiß ich nicht.«

»Sie haben mir sehr geholfen!«

»Hoff ich doch! Ich bin extra deswegen die ganzen Treppen wieder heruntergelaufen.«

Tammo stieg in den Wagen. Wie lange braucht man nachts vom Puff in Wilhelmshaven nach Oldenburg. Eine Stunde bestimmt nicht. Andererseits war die Zeitspanne zu kurz, um jemanden umzubringen. Was hatte der Bankmann in der kurzen Zwischenzeit gemacht? Bei »Bank« fiel Tammo etwas anderes ein. Als sie die Unterlagen von Sönke Bender durchsuchten, gab es keinerlei Hinweise auf Banken, die den Schlachthof finanzieren sollten. Musste kein abgesegneter Finanzierungsplan vorliegen, wenn man ein solches Projekt beantragte? Tammo hatte keine Ahnung. Er wollte im Bauamt vorbeifahren. Dabei konnte er sie auch gleich zusammenscheißen, weil sie ihnen die falschen Baupläne gegeben haben. Tammo hatte Hunger. Er fuhr zum »Loft«, um was zu essen. Irgendwas hatte er vergessen. Es stand, glaubte er jedenfalls, in seinem Notizblock. Als die Nudeln mit den Meeresfrüchten kamen, wusste er was. Richtig, er wollte noch zum Schifffahrtsamt, um zu sehen, ob die Fahrten vom alten Gross nachzuvollziehen waren. Er wollte schon auf die Uhr sehen, lächelte, zückte sein Handy und sah die Uhrzeit. 16.30 Uhr. Im Schifffahrtsamt war immer jemand. Schiffe fuhren ja auch nachts. Tammo fuhr nach Wilhelmshaven. Er brauchte gut 40 Minuten. Natürlich konnte man in 20 Minuten einen Menschen mit einer Salami erschlagen, aber in diesem Fall erschien es Tammo immer unwahrscheinlicher. Zumal der Täter vorher die K.o.-Tropfen an Dölling verabreicht haben musste.

Lübbo Krämer und Jan Gerkens hatten Dienst. Auf großen Monitoren verfolgten sie die Schiffsbewegungen von Norddeich bis Cuxhaven. Entlang der Inseln ging es zu wie auf einer Autobahn.

»Moin, ich hätte da mal eine Frage«, begann Tammo, als er seinen Ausweis vorgezeigt hatte.

»Da gibt es einen gewissen Alf Gross aus Varel. Der hat ein Segelboot …«

»Die Möwe!«, tönten beide wie aus einem Mund.

Tammo war erstaunt. Die beiden lächelten.

»Es gibt kein Segelschiff im Jadebusen, das so viel unterwegs ist wie die Möwe. Ein alter Kunde – sozusagen!«, meinte Jan Gerkens.

»Und natürlich noch die Seeschwalbe!«, fügte Lübbo Krämer hinzu und beide kicherten dabei blöde.

Tammo versuchte sich zu konzentrieren. »War die Möwe auch zwischen dem 8. und 9. Juni unterwegs?«

»War sie. Da sind wir ganz sicher. Die Seeschwalbe war auch unterwegs!«

»Was soll das mit der Seeschwalbe?«

»Die Seeschwalbe liegt in Eckwarderhörne. Wenn die Möwe von Dangast aus in See sticht, legt die Seeschwalbe in der Regel eine Stunde später ab. Treffpunkte: die Inseln. Solche Seebewegungen, wenn man sie richtig interpretiert, können ganz schön spannend sein.«

Wieder lachten beide.

»Und seit wann geht das Spiel so?« Tammo hatte endlich verstanden.

»Na so fünf Jahre, würden wir sagen!«

»Tolle Wurst! Der Fall wird immer komplizierter. Sind Sie sich absolut sicher, dass die beiden Boote in der fraglichen Nacht tatsächlich bei einer der Inseln waren.«

Jan Gerkens ging zu einem Schrank und zog eine DVD heraus. »Um wie viel Uhr etwas?«

Tammo überschlug, wie lange man etwa von Wangerooge oder Spiekeroog mit dem Boot ans Festland brauchen würde.

»So ab 8 Uhr.«

»Die Möwe ist im Hafen von Wangerooge geblieben. Die Seeschwalbe ist um 21.17 Uhr wieder abgefahren – und zwar nach – nach Dangast?« Jan Gerkens sah Tammo irritiert an. Er schaute weiter.

»Sie ist um 23.54 Uhr in Dangast angekommen und hat um 2.34 Uhr wieder abgelegt.«

»Und wie sahen die Schiffsbewegungen der Möwe und der Seeschwalbe am 3. Juni aus?« Tammo wurde ganz nervös.

»Können wir nicht mehr sagen. Die Aufzeichnungen heben wir eine Woche auf. Vom 3. Juni, die sind gelöscht.«

»Scheiße!«, entfuhr es Tammo. »Wem gehört die Seeschwalbe?«

»Edda Wiemers. Sie wohnt in Eckwarderhörne. Kennt da jeder.«

»Ist die auch verheiratet?«

»Witwe. Ihr Mann hatte eine Schlachterei in Tossens. Ein wütender Bulle hat ihn platt gemacht. Die Schlachterei ist seit sechs Jahren zu. Jetzt ist sie die lustige Witwe – nehmen wir jedenfalls an.« Und wieder kicherten sie.

Zu viel Nachtschicht, dachte Tammo, tut auf Dauer nicht gut. Er bedankte sich, sah auf die Uhr über dem Ausgang. Es war 17.37 Uhr. »Wann fährt die nächste Fähre von Wilhelmshaven nach Eckwarderhörne?«

»Die ist gerade weg. Die nächste fährt in zwei Stunden – das ist dann auch die letzte für heute.«

Tammo beschloss nach Dangast über den Landweg zu fahren. Die lustige Witwe konnte er auch morgen besuchen. Ob Swantje und Gudrun sich schon gegenseitig umgebracht hatten? Wer würde den Kampf gewinnen? Swantje war eindeutig besser ausgebildet, Gudrun hatte aber die Kraft einer kampferprobten Amazone. Sollte er zu Onkel Heini fahren, um sich das etwaige Schlachtfeld anzusehen? Tammo hatte auf Mord und Totschlag keine Lust mehr. Er fuhr zum Dorfkrug. Schorsch, Gisela und Ralf waren da.

»Wo ist Gunnar?«, fragte Tammo.

»Bienen kaufen. Irgend ein Imkerkumpel hört auf und hat seine Stöcke Gunnar angeboten.«

Tammo bestellte ein Bier und zwei Frikadellen. Er war müde.

Swantje fuhr von der Wache Richtung Langendamm. Sie ließ sich Zeit. Wie war sie nur auf die absurde Idee gekommen, Gudrun bei Onkel Heini unterzubringen? Vor der Schlachterei blieb sie noch eine Weile im Auto sitzen.

Zu einem klaren Gedanken war sie nicht fähig. Sie öffnete die Wagentür, stieg aus und ging zur Wurstküche. Gudrun zog gerade einen Wurstwagen aus dem Rauch.

Ihre Mutter giftete sie feindselig an. »Haben Sie nichts anderes zu tun.«

»Ich kann mir auch Schöneres vorstellen. Ich muss mit Ihnen reden.«

Bevor Gudruns Mutter ihrem Unmut weiteren Lauf lassen konnte, mischte sich Gudrun ein. »Dauert es lange?«

»Wir sollten kurz in den Aufenthaltsraum gehen.«

Misstrauisch beobachtete Franz Klötzer, wie die drei Frauen die Wurstküche verließen.

»Wir haben Erkenntnisse«, begann Swantje und stützte sich dabei auf den Tisch, »dass unter Umständen – ich betone, unter Umständen – Sie in einer gewissen Gefahr schweben. Da wir derzeit nicht genügend Beamte zur Verfügung haben, schlage ich vor, dass Sie bei Onkel Heini übernachten.«

Gudrun schluckte hörbar. Ihre Mutter starrte Swantje nur an.

»Nur für ein paar Tage«, fügte Swantje noch hinzu.

»Was soll uns denn passieren?« Gudruns Mutter war voller Zorn.

»Wir wissen nicht genau, was passieren soll. Wir haben aber Informationen, dass etwas passieren könnte. Wir wollen nur auf Sicherheit gehen.«

»Und wenn ich das richtig verstehe, sollen Sie unsere Sicherheit sein«, grollte die alte Frau Gross.

»Darin bin ich ausgebildet.« Swantje reckte ihren Kopf und ließ die Augenbraue tanzen.

»Was Gudrun macht, ist mir egal. Ich lass mich nicht von einer Göre bewachen.« Und damit war Frau Gross verschwunden. Gudrun und Swantje standen sich gegenüber.

Gudrun versuchte ein Lächeln. »So ist sie und so war sie immer. Da ist nichts zu machen.«

»Und Sie?«

»Wie gefährlich ist die Situation?«

Swantje rückte vom Tisch ab. Sie überlegte einen Moment und verschränkte dabei ihre Arme vor der Brust. »Schwer zu sagen. Die Hinweise deuten auf ein geplantes Verbrechen hin. Es wäre gut, wenn Sie sich entschließen könnten, bei Onkel Heini zu übernachten.«

Gudrun nickte nur. »Ich werde einige Sachen packen.«

»Ich werde dem Staatsanwalt von unserem Gespräch berichten, dann werden wir weitersehen.«

Gudrun verließ den Aufenthaltsraum. Swantje zog ihr Handy aus der Tasche. Staatsanwalt Henning Papstein hielt es für angebracht, wenn Swantje bei den beiden Gross Frauen blieb. Swantje fand die Idee gar nicht gut, widersprach aber nicht. Zuerst inspizierte sie das Umfeld der Schlachterei. Die Straße war zum Glück gut einsehbar. Hinter der Schlachterei gab es einen kleinen Garten, der durch eine gut drei Meter hohe Mauer zur Schlachterei eingegrenzt war. Auf der anderen Seite des Gartens lag in gut 100 Meter Entfernung ein Privathaus. Zum Schlachthaus und zur Wurstküche führten jeweils eine Tür. Dann gab es noch eine Tür zur Wohnung und eine in den Laden. Bis auf die Ladentür verschloss Swantje alle anderen Zugänge von innen. Dann stand sie in der Wurstküche und sah den anderen bei der Arbeit zu.

Nach einer Stunde war ihr das unangenehm. Vermutlich sinnierten die Schlachter über Beamtenwitze.

»Kann ich irgendwie helfen?« Swantje war unwohl, sie wusste aber keinen besseren Weg, die peinliche Situation aufzulösen.

Gudruns Mutter sah sich um wie ein Racheengel. Wo war die mieseste Arbeit zu finden? »Die könnte Därme waschen!«, frohlockte sie.

Gudrun fuhr dazwischen. »Hier sind die Bestelllisten. Es wäre hilfreich, wenn Sie die verschiedenen Posten mit dem Fleisch und den Würsten, die bereits fertig sind, vergleichen könnten.« Gudrun zeigte Swantje, wie sie es machen sollte. Wurststatistik, dachte Swantje. Immerhin besser als in ekligen Därmen zu wühlen. Die sollte sich bloß nicht einbilden, dass sie sich bei ihr einschleimen konnte. Wie war das? In den roten Kisten lagen die Mettwürste mit Fenchel – oder waren es die in den grünen Kisten?

Um 19 Uhr wurde der Laden geschlossen. Swantje hatte etwa 600 Würste statistisch erfasst und sich dabei mit einem fettigen Räucherdunst überzogen. Als sie die Schlachterei verließ, schnupperte sie an ihrem Haar. Angewidert verzog sie das Gesicht. Sie bestieg ihren Wagen, fuhr vor die Haustür und wartete. Sie hasste es zu warten. Nach einer halben Stunde stieg Gudrun mit einer Reisetasche in ihr Auto. Ein frischer Hauch von Bulgari breitete sich aus.

»Ich hab mich nur schnell etwas frisch gemacht. Ich hoffe, Sie haben nicht zu lange gewartet.«

Swantje sah Gudrun nur kurz an – das reichte. Warum hat die blöde Gans sich so schick gemacht? Unverschämt! Während sie wie ein oller Schinken stank, machte die blöde Wurst auf Dame. Eine höher geschlossene Bluse hätte es ja auch getan.

10. Tag

Donnerstag, 14. Juni

»Komm sofort zur Schlachterei Gross!« Mehr sagte Swantje nicht. Es war kurz nach fünf Uhr früh. Die Sonne schien, aber für Tammo war es eindeutig zu früh. Er zog sich an, verzichtete auch noch der Dringlichkeit wegen auf die Dusche und fuhr nach Langendamm. Hatte Swantje Gudrun umgebracht? Ihre Stimme klang aufs Äußerste gereizt. Tammo versuchte seine Gedanken zu sammeln. Zwei Tigerinnen in einen Käfig zu sperren, war aus rein biologischen Gründen ein Verbrechen. Hätte er gestern mit all seiner Autorität dazwischengehen sollen? Tammo gab Gas.

Gudrun lag weinend in Swantjes Armen. Sie standen im Hof beim Schlachthaus.

»Die Schweine!«, entfuhr es Swantje, als sie Tammo sah, »nur drei sind geblieben.«

»Was ist mit den Schweinen?« Tammo verstand kein Wort. Gudrun schluchzte.

»Doch nicht die Schweine, sondern DIE Schweine – die Mitarbeiter!«, versuchte Swantje zu erklären. »Sie haben alle heute früh gekündigt und sich gleichzeitig krank gemeldet. Da steckt totsicher Malte Jenning hinter!«

»Und jetzt?« So richtig hatte Tammo das alles noch nicht begriffen.

Dann rauschte auch noch die alte Gross an. »Er ist

weg! Mein Göttergatte ist mal wieder auf See. Das Arschloch!«

Mit einem Ruck löste sich Gudrun von Swantjes Schulter. Ihre Augen waren schwarz umrandet von der verlaufenen Schminke. Tammo hatte nie darauf geachtet, dass sie beim Wurstmachen geschminkt war. Gudrun sah in die Runde.

»Das war's! Malte hat es geschafft, mich in die Knie zu zwingen. Die Auftragsbücher sind voll und ich kann nicht liefern. AUS!«

Swantje packte Gudrun bei den Schultern. »Wir haben nicht die halbe Nacht geredet, um festzustellen, dass wir gute Freundinnen sein könnten und dass wir beide Kämpfernaturen sind – und jetzt so was! Kommt gar nicht in die Tüte!« Swantje drehte sich zu den anderen um. »Wir brauchen Hilfskräfte, Freunde und Bekannte von euch. Jeder lernt ganz schnell bestimmte Handgriffe, die man zum Wurstmachen braucht, und wenn wir die ganzen nächsten Nächte durcharbeiten – dem Malte Jenning werden wir es zeigen.«

Alle starrten Swantje wortlos an. Tammo starrte mit. Hatte er das richtig verstanden? Er sollte im Schnellkurs Schlachter werden mit revolutionärem Hintergrund? War Swantje mit ihren Nerven am Ende? Es sah nicht so aus.

»Du«, und damit meinte sie Tammo, »mobilisierst Gisela, Schorsch, Ralf und Gunnar. Ausreden gibt es nicht. Werd mal eine Autoritätsperson! Ihr anderen klappert euren Bekanntenkreis ab. Ich will hier in zwei Stunden wenigsten 20 Menschen sehen!«

Noch immer standen alle wie angewurzelt da.

»Nun mal los! Hopp hopp!«

Verwirrt löste sich der Kreis auf. Tammo fand es scheiße, eine Autoritätsperson sein zu sollen. Als Ersten rief er Schorsch an und schilderte kurz die Lage.

»Mach ich mit! Alter Gewerkschafter, verstehste?« Gisela war auch sofort einverstanden. Nur Gunnar zickte etwas. Wegen der neuen Bienen, versprach dann aber doch zu kommen – nur etwas später. Ralf lachte sich erst einmal kaputt, wurde dann ernst, hängte ein »geschlossen« – Schild an die Tür und machte sich auf den Weg nach Langendamm. Zwei Stunden später stand der Hof mit 28 Hilfsbereiten voll. Oma Hedwig war auch dabei. Eine Hand wäscht die andere, sagte sie und krempelte dabei ihre Ärmel hoch. In der Zwischenzeit hatten Swantje und Gudrun die Strategie abgesprochen. Sie beschlossen, in zwei Schichten zu arbeiten. Sie, ihre Mutter und die drei verbliebenen Schlachter wiesen die anderen in die Arbeit ein. Handgriffe lernen und mehr nicht. Der Versuch, meine Swantje, sei es wert! Sie und Tammo würden zur Spätschicht kommen, weil sie ja weiter ermitteln müssten. Theoretisch fand Tammo die Idee gut, praktisch sah er sich noch nicht im Schweinefleisch wühlen. Einen Ausweg sah er allerdings auch nicht.

»Wir fahren zuerst zu Malte Jenning! Der bekommt von mir was zu hören!« Swantje fuhr und Tammo schien, sie fuhr erheblich zu schnell.

»Der alte Gross hat eine Geliebte!«

»Was!?« Swantje war entsetzt.

»Er hat seit fünf Jahren eine Geliebte. Die hat auch ein Segelboot. Die treffen sich immer auf einer der Inseln.«

»Das behalten wir erst einmal für uns.«

»Geht nicht so ganz. In der fraglichen Nacht vom 8. zum 9. Juni war eines der Boote, das der Geliebten, im Dangaster Hafen.«

Swantje schlug vor Wut aufs Lenkrad. »Der alte Bock!«

Sie hatten das Büro von Malte Jenning erreicht. Vor der Tür bremste Tammo Swantjes Kampfgeist.

»Sag dem nichts von der Aktion, die du vorhin so vehement ins Leben gerufen hast. Der informiert sofort das Veterinäramt – und die machen dann die Bude dicht.«

»Warum?«

»Gesundheitszeugnis. Jeder, der da arbeitet, braucht ein Gesundheitszeugnis.«

»Gut, dass du mir das sagst!« Und schon riss sie die Tür auf.

»Das ist ja wohl Steinzeitkapitalismus, den Sie da betreiben.«

Malte Jenning hatte die Beine übereinander geschlagen und lächelte wissend. »Wovon reden Sie?«

»Davon, dass Sie die Schlachter von Gudrun Gross abgeworben haben.«

»Gute Schlachter haben bei mir eine Zukunft. Ich kann mir gute Löhne leisten. Die Gudrun anscheinend nicht. Ich werde für sie einen guten Posten in Reserve behalten. Vielleicht sogar in dem Betrieb, dem sie gerade noch vorsteht. Die Dame beherrscht ja ihr Handwerk und Biowurst hat Zukunft. So was kann ich mir durchaus auch vorstellen.« Jeden Satz, jedes Wort hatte er ausgekostet.

»Wir werden uns die plötzlich erkrankten Mitarbeiter mal genauer ansehen!«, schob Tammo ein.

Malte Jenning lachte. »Machen Sie das. Alles hieb- und stichfest. Sie sollten mich nicht unterschätzen.«

»Sie uns auch nicht.« Tammo hätte jetzt gerne einige Backpfeifen verteilt. »Komm, wir gehen!« Er zog Swantje aus dem Ring. Im Moment mussten sie das Handtuch werfen.

»Wo jetzt hin?« Tränen standen in Swantjes Augen. Tränen der Wut.

»Ich will zu dieser Edda Wiemers in Eckwarderhörne, die Geliebte vom alten Gross.«

»Bring mich bitte zu Gudrun, da steht mein Wagen. Ich fahre nach Oldenburg. Den Fall will ich mit Henning Papstein besprechen. Da muss doch was zu machen sein.«

»Wo sind eigentlich die Kinder von Franz Klötzer?«

»Die hat der Arsch gestern Abend abgeholt, aber nichts davon gesagt, dass er heute Gudrun hängen lässt.«

Tammo ließ Swantje bei Gudrun aussteigen. Er fuhr um den Jadebusen nach Eckwarderhörne. Als er in Seefeld ankam, fiel ihm ein, dass die alte Gross gesagt hatte, dass ihr Mann wieder unterwegs sei. Tammo rief das Schifffahrtsamt an. Er wollte wissen, wo sich das Boot vom alten Gross gerade aufhält.

»Das liegt im Vareler Hafen.«

»Und die Seeschwalbe?«

»In Eckwarderhörne.«

»Danke!« Tammo beendete das Gespräch. Was machte der alte Gross denn im Vareler Hafen? Egal. Er fuhr weiter nach Eckwarderhörne.

Das Haus von Edda Wiemers lag gleich hinterm Deich. Sie war im Garten. Eine hochgewachsene ältere Dame mit schneeweißen Haaren und hellgrauen Augen. Tammo zeigte ihr seinen Ausweis.

»Sie haben ein Verhältnis mit Alf Gross!«, sagte er ihr auf den Kopf zu.

Sie sah sich um. »Kommen Sie bitte ins Haus!«

Tammo folgte Edda Wiemers.

Sie führte ihn in die Küche. »Setzen Sie sich!«, forderte sie ihn auf.

Tammo nahm Platz.

Sie blieb stehen und sah aus dem Fenster. »Wir hatten ein Verhältnis. Am 9. Juni hab ich es beendet. Für immer.« Sie verschränkte ihre Arme vor der Brust.

»Ihr Segelboot war in der Nacht vom 8. auf den 9. Juni im Hafen von Dangast.«

Jetzt drehte sie sich zu Tammo um. »Ich wollte mit Frau Gross sprechen, ihr erzählen, was sie da für einen Mann hat. Ich hab es dann sein lassen und bin zurück nach Hause gesegelt.«

»Ihr Verhältnis dauerte fünf Jahre. Warum haben Sie es gerade am 9. Juni beendet?«

Sie setzte sich. »Wir waren gegen Abend in Wangerooge. Plötzlich tauchte auf dem Boot von Alf eine Frau auf, die behauptete, seit zwei Jahren ein Verhältnis mit Alf zu haben. Sie war stinksauer, weil sie wiederum von einer anderen Frau erfahren hatte, dass sie auch ein Verhältnis mit Alf hatte.« Sie machte eine Pause. »Der Kerl hat alles gevögelt, was ihm auf den Inseln in die Quere kam. Wir haben uns gestritten, angebrüllt. Ich habe eine Flasche nach ihm geworfen und bin dann abgezogen.«

»Haben Sie in der Folgezeit Herrn Gross noch einmal wiedergesehen?«

»Mit Sicherheit nicht. Das wäre seiner Gesundheit auch nicht gut bekommen!«

»Apropos Gesundheit. Haben Sie einen Zeugen, der bestätigen kann, dass Sie in Dangast ihr Schiff nicht verlassen haben?«

»Es war Nacht. Wo soll ich da einen Zeugen her bekommen? Ich habe die ganze Zeit geheult und meine Wutausbrüche gehabt.« Es war ihr sichtbar peinlich. »Doch, da fällt mir ein. Der Typ, der neben mir im Hafen lag, kam irgendwann zu mir, weil ich zu laut war. – Ich hatte in meiner grenzenlosen Wut ein paar Flaschen zerdeppert.«

Tammo verabschiedete sich. Die Liebschaft, schien ihm, hatte mit Döllings Tod im Schlachthaus nichts zu tun. Und damit war auch Alf Gross als möglicher Verdächtiger aus dem Rennen. Einen Besuch auf dessen Kahn der Lüste konnte er sich schenken. Tammo fuhr zur Wache nach Varel.

»Agrarlax!«, sagte er zu Onno. »Das ist irgendeine Firma, die aber nicht im Internet zu finden ist – die wir aber finden müssen.«

Onno verdrehte die Augen. Er hatte eigentlich genug zu tun. Tammo fuhr gleich weiter zum Bauamt. Er legte dem Beamten die beiden Baupläne vor.

»Welcher der beiden Baupläne wurde von der Stadt genehmigt?«

Der Beamte sah sich die Pläne genau an. Dann zeigte er auf den großen Plan. »Der hier! Nach meiner Ansicht viel zu groß. Wissen Sie, was da allein jeden Tag an Viehtransporten anfällt? Dafür sind unsere Straßen noch gar nicht konzipiert. Von dem Gestank will ich ja gar nicht reden.«

»Sind Sie sicher, dass es dieser Plan war?«

»Ich arbeite über 30 Jahre hier im Bauamt. Ich kenne fast jedes Haus, jeden Laden in dieser Stadt. Irrtum ausgeschlossen!«

In Tammos Kopf schossen die Gedanken hin und her. Hatte er das gerade richtig verstanden? »Gibt es einen Finanzierungsplan?«

»Bestimmt! Ich habe ihn nur nicht gesehen. Soweit ich weiß, sind die Gespräche mit der Stadt noch nicht ganz abgeschlossen. Da müssen noch jede Menge Details abgeklärt werden.«

Tammo packte die beiden Baupläne und verabschiedete sich. Es war an der Zeit, noch einmal mit Malte Jenning über die Baupläne zu sprechen.

Bevor Swantje nach Oldenburg fuhr, war sie noch einmal in die Wurstküche zu Gudrun gegangen. »Na, wie sieht es aus?«, fragte sie.

»Besser als ich dachte. Man merkt einfach, dass viele im Handwerk arbeiten und sich geschickt anstellen. Für 19 Uhr habe ich die nächste Gruppe bestellt. Tammo und du, ihr braucht nicht unbedingt zu kommen.«

»Ich kann so was nicht anleiern und mich dann entziehen. Ich komme auf jeden Fall – und Tammo auch!« Swantje lächelte.

30 Minuten später war sie im Präsidium in Oldenburg. Henning Papstein erwartete sie bereits in seinem Büro. Er lächelte zufrieden, als er ihr einen Platz anbot. »Puffbesuche können durchaus etwas Erhellendes haben.«

Swantje verstand nicht.

»Der Anwalt von Münk war vor etwa zwei Stunden bei mir. Er hat ein Angebot gemacht, das ich mit Ihnen aber besprechen möchte. Meine erste Frage: Halten Sie Münk für den Mörder Döllings?«

»Das habe ich schon mit Tammo besprochen. Wir glauben nicht. Es spricht einfach zu viel gegen diese Theorie.«

»Nächste Frage: Schaffen wir es, Münks Puffgeschichten aus der Öffentlichkeit zu halten? Will sagen, wie verschwiegen sind die Kollegen in Varel?«

Swantje überlegte eine Weile.

»Viel reden tun die ja alle nicht – bleibt aber die Frage, was sie reden. Wenn Tammo bisher keinem etwas erzählt hat, ist der Kreis derer, die von Münks Puffgeschichten etwas wissen, ziemlich klein.«

Henning Papstein rief Tammo an. Bisher hatte er niemandem etwas erzählt und so sollte es auch bleiben.

Eine Stunde später erschien Bankdirektor Münk mit seinem Anwalt. Sie kamen schnell zur Sache. Münk schwitzte dabei seine Angst aus und die war groß.

»Also«, begann er, »vor etwa zwei Wochen erschienen Herr Bender und Herr Jenning bei mir. Sie legten mir einen Plan für den neuen Großschlachthof vor und die Baugenehmigung des Rats.«

»Moment mal!«, unterbrach Swantje. »Herr Bender erschien bei Ihnen mit Herr Jenning?«

»Sag ich doch! Sie wollten gemeinsam den Schlachthof bauen und suchten nach Investoren. Da ich ja häufiger mit landwirtschaftlichen Projekten beschäftigt bin, habe ich die beiden Herren mit einem Investmentfond aus den Niederlanden zusammengebracht.«

Swantje verstand immer noch nicht richtig.

»Jenning und ein Investmentfond wollen in einen gigantischen Bioschlachthof investieren? Das klingt irgendwie absurd!«

Münk lächelte. »Die Bioschiene sollte eine Schlachtstraße ausmachen. Der Rest sollte konventionell bewirtschaftet werden.«

»Die Stadt hat doch nur einen Bioschlachthof genehmigt.« Swantje ließ nicht locker.

»Nichts ist so leicht erpressbar wie eine Gemeinde. Sehen Sie sich unseren Stadtrat an. Varel ist – wie fast alle Gemeinden – pleite. Da erscheint jeder Strohhalm wie ein Eichenstamm. Glauben Sie ernsthaft, dass die den Bau eines Betriebes stoppen würden, wenn sich herausstellt, dass es mit Bio alleine nicht klappt. Es geht um Arbeitsplätze, um Steuern und letztendlich auch ums Ansehen. Der Schlachthof wird nachgebessert. Zuerst taucht Sönke Bender als Bioinvestor auf, betreibt den Schlachthof ein halbes Jahr, dann kommt Jenning hinzu und schon läuft der Laden so, wie es die beiden von Anfang an geplant hatten. Ich könnte mir sogar vorstellen, dass es im Rat einige gibt, die von Beginn an, wie Dölling und Bürgermeister Brömmer, den Plan hatten, dass der Großschlachthof gebaut wird. Bio als Alibi, sozusagen.«

»Gibt es Unterlagen darüber?«, wollte Henning Papstein wissen.

Ole Münk sah hilfesuchend seinen Anwalt an. Der nickte nur. Ole Münk zog einige Schriftstücke aus einer Mappe. »Ich kann mich wirklich darauf verlassen, dass meine Geschichten …« Er schob die Dokumente über den Tisch.

Auf dem Weg zur Schlachterei stoppte Tammo beim Büro von Malte Jenning. Wie er vermutete, war es bereits geschlossen. Außerdem, fand er, wäre es besser, wenn er mit Swantje zusammen Malte Jenning verhörte.

Es war kurz vor 19 Uhr. Swantje wartete vor der Schlachterei von Gudrun auf Tammo. Von ihrem neuesten Erkenntnisstand, hatte sie auf der Fahrt von Oldenburg nach Varel beschlossen, wollte sie Gudrun erst einmal nichts erzählen. Sie war sich zwar sicher, dass Gudrun mit den Machenschaften ihres ermordeten Freunds nichts zu tun hatte, hielt es aber für ratsam, darüber zu schweigen. Tammo kam. Swantje stieg zu Tammo in den Wagen.

»Und jetzt?«, fragte er, als Swantje ihn auf den neuesten Stand gebracht hatte.

»Jetzt geht es um die Wurst. Wir haben Spätschicht!«

»Och nö!«

»Och doch!«

In der Wurstküche hingen Schwaden Wasserdampf.

»Umziehen!«, befahl Gudrun. Swantje amüsierte sich über den angewiderten Gesichtsausdruck von Tammo. Im Nebenraum zogen sie weiße Kleidung und Schürzen an. Mit dem Haarnetz war die Verkleidung perfekt. Tammo mied es in den Spiegel zu schauen. Ob er sich so dusselig anstellen sollte, bis ihn Gudrun aus der Wurstküche warf? Eine solche Schwäche wollte sich Tammo gegenüber Swantje auf keinen Fall geben.

Oma Hedwig stand am Kutter. Neben ihr Gudrun.

»Du kannst den ganzen Pfeffer reinschütten!«

»Pfeffer ist langweilig. Ingwer, sag ich dir!« Die Diskussion schien schon einige Zeit zu dauern. Gudrun verdrehte die Augen. Oma Hedwig ließ nicht locker.

»Ingwer ist voll im Trend. Ich würde Ingwer in die Wurst geben. Damit sprichst du völlig neue Kundenkreise an. Denk doch mal an die Globalisierung.«

»Ich will nicht an die Globalisierung denken. Ich denke gerade ausschließlich an die Bestellungen – und da steht nix von Ingwer drin! Meine Kunden wollen nicht überrascht werden, die wollen Bratwurst.«

Gudruns Mutter kam auf Swantje und Tammo zu.

»Wir fangen mal mit Rollbraten an. Ich zeig euch wie es geht.«

Zehn Minuten später rollten die beiden Braten.

»Wann wollen wir es Gudrun sagen?«, flüsterte Tammo und sah dabei zu Gudrun, die noch immer mit Oma Hedwig über Ingwer diskutierte.

»Zuerst nehmen wir uns Jenning vor. Ich möchte aber versuchen, noch mehr Daten über ihn zu bekommen. Gudrun läuft uns nicht weg.«

»Schläft sie noch bei Onkel Heini?«

»Ich nehme an, dass sie in nächster Zeit nicht zum Schlafen kommen wird.«

Das Gespräch war beendet. Gudruns Mutter kam zurück.

»Die Rollbraten müssen fester gebunden werden.« Ihr Ton hätte auch auf einen Kasernenhof gepasst.

»Warum hilft Ihr Mann nicht?«, fragte Tammo mit spitzer Stimme.

»Der ist unterwegs – wie immer!«

»Sein Schiff liegt im Hafen!«, wusste Tammo.

»Kann nicht sein. Er war nicht zu Hause. Wenn er von

einer Tour kommt, kommt er immer nach Hause. Wegen der schmutzigen Wäsche.«

Tammo war elektrisiert. Er riss sich das Haarnetz vom Kopf.

»Los komm!«, rief er Swantje zu. Sie verstand nicht, folgte Tammo aber trotzdem. Er rannte zum Umkleideraum und zog sich dabei schon Schürze und Kittel aus. Swantje machte es ihm nach.

Die Leiche von Alf Gross lag unterhalb der Treppe in der Kajüte. Sein Gesicht war übel zugerichtet. Die Spuren sahen nach knüppelharter Salami aus. Tammo und Swantje blieben an Deck. Gunnar kam gleichzeitig mit der SpuSi. Er trug noch immer seine weiße Schlachterverkleidung.

»Verrückt, gestern hatte ich kurz überlegt, hier aufs Schiff zu gehen, um Alf Gross zu befragen. Dann hab ich es aber gelassen.«

Tammo sah über den nächtlichen Jadebusen. In Wilhelmshaven leuchteten noch einige Lichter, die sich im Wasser spiegelten. Swantje stand neben ihm. Sie sah zu Gunnar, der die Leiche untersuchte.

»Der ist mindestens seit vier bis fünf Tagen tot!«, stellte er sachlich fest. Tammo sah auf seine Uhr. Sie war immer noch kaputt. Er war müde.

»Soll ich es Gudrun und ihrer Mutter sagen?«, fragte Swantje.

»Nein, lass es uns gemeinsam machen!«

Es wurden gerade quiekende Schweine angeliefert, als die beiden die Schlachterei erreichten. Eine durchaus skurrile Szene, um eine Todesnachricht zu überbringen. Die beiden Frauen schienen aber an den Gesichtsausdrücken von Tammo und Swantje zu sehen, dass es um etwas Ernsthaftes ging.

»Eine schlimme Nachricht«, begann Swantje, als sie den Aufenthaltsraum erreicht hatten. »Wir haben Ihren Mann tot auf dem Schiff gefunden.«

Die beiden Frauen starrten Swantje an.

»Dann können wir ja jetzt den Scheißkahn verkaufen!«, sagte Frau Gross nach einer Weile.

»Mama!«, schrie Gudrun entsetzt. »Papa ist tot. Was sagst du da?«

»Ist doch wahr! Statt zu helfen, ist er mit dem blöden Kahn übers Wasser geschippert. Er hatte nur sich im Kopf – schon immer!« Frau Gross ging wieder ins Schlachthaus. Als sie bereits hinter der Tür war, hörten sie sie sagen. »Lass uns weitermachen!«

Gudrun hatte sich gegen eine Anrichte gelehnt. Sie versuchte die Blutspritzer auf ihrer Schürze abzuputzen. Sie weinte.

»Ich bring dich jetzt zu Onkel Heini. Leg dich für ein paar Stunden hin.«

»Ich bleibe noch hier und arbeite weiter.« Tammo zog sich wieder um.

11. Tag

Freitag, 15. Juni

Gegen 8 Uhr früh war Tammo nach Hause gefahren. Den Wecker stellte er auf 10 Uhr. Kurz vorher wurde er wach. Ich rieche wie eine Bockwurst, war sein erster Gedanke. Unter der Dusche schrubbte er seinen Körper, die Pelle sozusagen. Die wurstigen Ausdünstungen blieben. Um 10.30 Uhr fuhr er auf Onkel Heinis Hof. Swantje kam ihm entgegen. Sie trug eine frische, helle Jeans, eine weiße Bluse und eine beige Jacke. Die Pistole auf der linken Seite wölbte die Jacke etwas aus.

»Sie schläft. Gunnar hat ihr eine Spritze gegeben.« Swantje setzte sich zu Tammo in den Wagen. »Hat Frau Gross noch etwas gesagt?«

»Nichts!« Tammo startete das Auto. »Sie hat, bis ich gegangen bin, stumpf Schweine geschlachtet. Sie hatte etwas Robotermäßiges.«

»Ob sie von den Verhältnissen ihres Mannes etwas gewusst hat?«

Tammo fuhr Richtung Varel. »Frauen spüren so was.«

»Wie kommst du denn darauf?« Swantje sah Tammo verblüfft an.

»Haben mir Frauen so gesagt. Sie hätten dafür einen siebten Sinn!«

»Was du für Frauen kennst – erstaunlich!«

»Du bist doch auch eine Frau ...«

»... die sich lieber an Statistiken hält. Und die besagen,

dass sich das sexuelle Interesse zum Partner bei Frauen, wenn sie keine Kinder bekommen, im Schnitt nach etwa vier Jahren abbaut. Daraus entsteht ein gewisser Widerspruch zwischen Mann und Frau.«

»Was du alles weißt!«

Malte Jenning faltete gerade den Bauplan zusammen, als Tammo und Swantje sein Büro betraten. Er fühlte sich erwischt.

»Sie können den Plan ruhig offen liegen lassen. Wir wissen Bescheid.« Swantje setzte sich unaufgefordert vor den Schreibtisch. Tammo blieb stehen. Malte Jenning fing sich und lächelte.

»Die Geschäftswelt ist kein Mädchenpensionat. Ich habe nichts Illegales gemacht.« Er ließ sich selbstsicher in seinen Sessel fallen.

»Wie ist der Kontakt zu Sönke Bender entstanden?«, wollte Swantje wissen.

»Sönke konnte rechnen. Seine Bänker wohl weniger. Er hatte Probleme, die Finanzierung zusammenzubekommen. Den Banken war der von ihm geplante Bioschlachthof zu klein und die Geschäfte ... naja, Sie wissen ja – Bänker sind eher konservativ.«

Malte Jenning strich genüsslich über seinen Schreibtisch.

»Ich wusste, dass ich mit meinem Schlachthofprojekt auf erheblichen Widerstand stoßen würde. Gemeinsam mit Sönke sah das anders aus. Er als Gallionsfigur und ich als kühler Geschäftsmann.«

»Da schien dann aber etwas schief gelaufen zu sein. Ein handfestes Alibi für die Tatzeit haben Sie nicht.« Tammo stand reglos hinter Swantje.

»Soll ich jetzt nachts mit meinem Anwalt schlafen, nur damit ich ein Alibi habe?«

»Welche Rolle spielte Dölling?«, fragte Swantje.

»Dölling sollte stiller Teilhaber werden, wenn er das Projekt im Stadtrat durchbekommt.«

»Ein gutes Motiv ihn umzubringen. Man wird weniger erpressbar.« Tammo sah Malte Jenning starr an.

»Albern,« konterte Malte Jenning.

»Wer aus dem Stadtrat wusste noch von diesem Plan?«, fragte Swantje.

»Ich glaube, den Rest sollten wir in Anwesenheit meines Anwalts besprechen. Bin ich jetzt verhaftet?«

»Das halte ich für dringend notwendig!« Mit diesen Worten stand Swantje auf.

Tammo sah das anders. Er schaute Swantje nur kurz an. Sie brodelte innerlich. Jetzt bloß nichts falsch machen!, flehte Tammo innerlich.

»Ich werde ...« Swantje griff zu den Handschellen. Tammo zog sie zur Tür. Alles in ihr stand auf Widerstand und trotzdem ...

»Wir sehen uns später!«, fügte Tammo noch hinzu.

»Wie ich diese Typen hasse!« Swantje konnte sich kaum zurückhalten, als sie das Büro verließen.

»Wir haben zu wenig, um ihn zu verhaften. Außerdem wäre es taktisch unklug.«

»Wie soll ich denn das verstehen?«

»Nur wenn Jenning in Freiheit ist, kann er auch Fehler machen.«

Tammos Handy klingelte. Es war Onno. Er teilte Tammo mit, dass die Agrarlax in Hof gemeldet sei und Pferde Im- und Export betreibe.«

»Und wem gehört der Laden?«

»Malte Jenning!«

»Waaaas?«

Onno wiederholte es noch einmal. Tammo unterbrach die Verbindung. Erst glotzte er Swantje nur an, dann stammelte er: »Die Agrarlax gehört Malte Jenning – Pferde Im- und Export. Wir haben unseren Pferdedieb! Jetzt muss er nur noch Fehler machen.«

Swantje wollte in das Büro zurück. Tammo hielt sie fest.

»Warte! Noch können wir es nicht beweisen, aber bald.«

Swantje verstand nicht. Ihre Augen blitzten. »Dieses arrogante Arschloch kriegen wir jetzt.«

»Gib uns Zeit!« Tammo sah Swantje fest in die Augen.

Sie stand kurz vor einem Tobsuchtsanfall.

»Wo bleibt dein logischer Verstand? Du bist doch immer ...«

»Ich bin nie immer! NIE! Der Kerl bescheißt jeden, der sich ihm auf 100 Meter nähert. Jetzt ist Schluss damit!« Swantje hatte schon den Türknauf in der Hand. Tammo flehte.

»Wenn das nächste Pferd geklaut wird, haben wir ihn einen Tag später. Dangast ist eine Halbinsel. Es gibt drei Zufahrtsstraßen. Am Ende dieser Straßen postieren wir in den nächsten Nächten drei Zivilfahrzeuge mit Infrarotkameras. Ich will wissen, wer nachts die Pferde wegschafft. Wenn wir wissen, welche Pferde geklaut wurden – ich habe von Wilhelm Fotos von fast allen wichtigen

Zuchtstuten der Region, schalten wir die Kollegen in Hof ein. Damit haben wir Jenning.«

Noch zögerte Swantje, aber ihr Wutspiegel baute sich allmählich ab.

Tammo ließ nicht locker. »Wir brauchen bei solchen Typen eine lückenlose Beweiskette, sonst zieht deren Anwalt uns über den Tisch.«

Swantje ließ den Türgriff los. »Der bescheißt den Rat der Stadt, der Kerl besticht einige Ratsmitglieder, der Kerl versucht ein Schlachthofimperium aufzubauen, er hat vermutlich Menschen auf dem Gewissen und du willst ihn nur wegen Pferdediebstahl verknacken?«

»Denk nach! Haben wir ihn wegen Pferdediebstahl, haben wir einen Grund zur Haus- und Betriebsdurchsuchung. Bis jetzt haben wir nur Vermutungen – das reicht nicht.«

»Dann hoffen wir mal, dass möglichst bald Pferde geklaut werden.« Abrupt drehte sich Swantje zur Straße und ging mit wippendem Haar zum Auto.

»Du bist richtig ungehalten. Eine Polizistin sollte nicht ungehalten sein.«

»Ungehalten? Ich war in meinem ganzen Leben noch nicht ungehalten.« Swantje blieb stehen, funkelte Tammo an. »Dieses Arschloch erinnert mich in fataler Weise an ein Arschloch, mit dem ich einige Zeit meines Lebens vergeudet habe. Da bin ich nicht ungehalten – da bin ich stinksauer!«

Tammo fand, dass er das Thema besser nicht weiter verfolgen sollte. Bis zur Wache schwiegen die beiden.

»Glaubst du, dass noch eventuell andere hinter der Schlachthofgeschichte stecken oder davon gewusst haben?«, fragte Swantje mit einer weitaus angenehmeren Stimme als zuvor.

»Du meinst über die Ratsmitglieder hinaus?«

Sie zuckte mit den Schultern.

Tammo öffnete ihr die Wachentür. »Möglich, aber wäre es jetzt richtig, alle Ratsmitglieder zu verhören, um etwaige andere Hintermänner zu finden? Ich halte es für besser, wenn wir uns auf Malte Jenning konzentrieren.«

»Und vielleicht auf die blöden Salami. Irgendwo müssen die doch gekauft worden sein.«

»Hab ich schon die letzten Tage damit verbracht!«, empfing sie Gunnar.

»Es ist wie verhext: Keine harte Salamispur führt nach Dangast, Varel oder Oldenburg, die im Entferntesten zum Täter führen könnte. Harte Salami scheint einen riesigen Bogen um Friesland zu schlagen.«

»Dann hat jemand Salami gekauft und sie bei sich trocknen lassen«, war Swantjes Schlussfolgerung.

»Was wiederum bedeutet, dass er mindestens ein halbes Jahr vorher die Morde geplant hat. Morde mit Salami!«, meinte Gunnar und dabei strich er sich über die Stirn. »Das wäre ja genauso absurd, wie wenn ich meine Bienen zu Killern dressieren würde.«

Tammo hatte schon die Frage auf den Lippen, ob dies denn möglich sei, verkniff sie sich aber, weil er mit einem längeren Vortrag seitens Gunnars rechnete und den auf jeden Fall vermeiden wollte.

Die Tür zur Wache ging auf und Oma Hedwig erschien mit Dackel Günter. Die Feder auf ihrem Filzhut wippte gefährlich. Wen will sie dieses Mal anzeigen und warum hat sie Günter dabei?

»Günter solltet ihr als Polizeihund einstellen. Ich habe es immer gewusst, Günter hat einen unglaublichen Spürsinn.« Überwältigt von ihrer eigenen Rührung nahm sie Günter auf den Arm. Ihr Filzhut schob sich dabei tief ins Gesicht. Keiner der Anwesenden hatte auch nur ein Wort verstanden.

»Ich weiß nicht seit wann er über dieses unglaubliche Talent verfügt, aber ich habs heute früh entdeckt.«

Oma Hedwig passte im Moment so gar nicht in die Gedankenwelt der drei. Tammo ging widerwillig zu Oma Hedwig.

»Geh doch mit ihm zum Fernsehen, wenn du von seinem Talent so überzeugt bist. Die Polizei ist für Hundetalente nicht zuständig.«

»Seid ihr doof?« Oma Hedwig war entsetzt.

Gunnar war der Erste, der begriff. Er sprang auf und kam zu Tammo und Oma Hedwig. »Wo hat er sie gefunden? Er hat sie doch gefunden – oder nicht?«

Swantje und Tammo glotzten die beiden nur wortlos an.

Oma Hedwig wurde grundsätzlich. »Gibt es Finderlohn?«

Jetzt schwante auch Swantje und Tammo allmählich, was Oma Hedwig im Schilde führte. Gunnar streckte seine rechte Hand aus. »Die Wurst!«

Oma Hedwig zögerte.

»Die Salami!« Gunnar blieb hartnäckig.

Oma Hedwig gab noch nicht auf. »Auf Mörder gibt es doch immer eine Belohnung. Wenn ihr jetzt den Mörder wegen Günters guter Nase findet …!«

»Wo hat Günter die Salami gefunden?«, mischte sich Tammo ein.

»Gleich hinter der Hafeneinfahrt am Strand. Günter könnte auch zur Wasserschutzpolizei gehen. Er hat sie aus dem Wasser geholt.« Oma Hedwig öffnete ihre Tasche und zog die Salami heraus. Swantje schoss nach vorne, zog Handschuhe aus ihrer Jackentasche und schnappte sich die Salami. Als hätte sie gerade den Oscar überreicht bekommen, hielt sie das Beweisstück in der Hand. »Ich hoffe, Sie haben die Salami nicht laufend angegrapscht!«

Oma Hedwig war empört. »Ich grapsche grundsätzlich nie eine Salami an!«

Swantje hörte schon nicht mehr zu. Sie sah Gunnar hoffnungsvoll an.

»Und was ist jetzt mit Günter?«

»Wir lassen uns etwas einfallen«, beruhigte sie Tammo. Gunnar zog sich auch Handschuhe an und übernahm die Salami.

»Ich verlass mich auf euch!« Oma Hedwig schnappte sich Günter und verließ die Wache.

Gunnar wandte sich zu Swantje und Tammo. »Damit haben wir endlich eines der Mordinstrumente in der Hand. Ich glaube zwar kaum, dass wir noch Fingerabdrücke finden, aber die Konsistenz der Wurst wird uns einige Aufschlüsse geben. Es scheint auf jeden Fall so zu sein, dass der Täter nach dem Mord am alten Gross die Wurst über Bord geworfen hat.«

Swantje hatte die ganze Zeit wie gebannt vor Gunnar gestanden. Sie war hoch konzentriert.

»Dölling ist tot. Der Salamimörder lebt. Dölling hat geschrieben, dass Gudrun ausgeschaltet – halt – dass die Grossens ausgeschaltet werden müssen. Vater Gross ist bereits tot. Wir müssen uns um die beiden Frauen kümmern.«

Tammo und Swantje sprangen beide gleichzeitig auf.

»Ich kümmere mich um die Wurst«, sagte Gunnar, als die beiden die Wache verließen.

»Was hatte Alf Gross mit Dölling, Sönke Bender und Malte Jenning zu schaffen? Welche Rolle spielt Gudrun, welche Franz Klötzer? Bis jetzt haben wir keinerlei Verbindungen gefunden. Nehmen wir mal an, dass Dölling den Salamimörder gekannt hat – ihn vielleicht sogar beauftragte. Dann müssen die beiden in einen Streit geraten sein. Der Salamimörder hat Dölling in die Schlachterei von Gudrun bestellt und ihn dort umgebracht.« Swantje fuhr und Tammo schrieb ihre Gedanken ganz gegen seine Gewohnheiten mit. Dann ergänzte er.

»Dölling sollte stiller Teilhaber am Schlachthof werden. Nehmen wir einmal an, dass Malte Jenning Dölling getötet hat, warum wollte er Dölling bei Gudrun töten?«

»Um Gudrun den Mord in die Schuhe zu schieben.«

»Sönke Bender ist auch umgebracht worden. Gudrun den Mord in die Schuhe zu schieben, ist damit reichlich schwer.«

»Nicht unbedingt. Wenn der Salamimörder davon ausgegangen ist, dass wir die Machenschaften von Sönke Bender und Malte Jenning aufdecken ...«

»... dann kann Malte Jenning nicht der Mörder sein.«

»Doch, das ist doch gerade das Perfide. Wir recherchieren seine Geschäfte. Moralisch eine Sauerei – juristisch alles in Ordnung. Derweil löscht Malte Jenning Schritt für Schritt alle Mitwisser aus.«

Tammo schüttelte den Kopf. »Passt nicht. Wenn wir hinter seine Machenschaften kommen, beginnen wir ihn auch als Tatverdächtigen zu verfolgen. Er ist nicht dumm. Außerdem – wie passt da der Mord an Alf Gross ins Bild?«

»Also eine weitere Person!« Swantje sah Tammo an. Er nickte.

Keine fünf Minuten später waren sie bei der Schlachterei. Es dampfte aus Türen und Fenstern, als sei ein Feuer ausgebrochen. Gut 15 Personen waren mit Fleisch und Wurst beschäftigt. Swantje und Tammo baten Gudrun und Frau Gross in den Aufenthaltsraum.

»Frau Gross«, begann Tammo, »wir müssen auch Sie im Auge behalten. Sie brauchen sich keine Sorgen zu machen, aber sicher ist sicher.«

»Ich mach mir keine Sorgen!«, war die schroffe Antwort.

»Leider können wir keinen Streifenwagen vor Ihrem Haus abstellen.« Swantje ließ nicht locker.

»Kommt gar nicht in Frage. Ich will nicht überwacht werden.«

»Wir wollen Sie schützen!«

Frau Gross hielt das Messer in ihrer Hand hoch. »Mich braucht keiner zu schützen! Das mach ich selbst!«

Gudrun hatte das Gespräch lächelnd verfolgt. »Das könnt ihr vergessen. Mama ist da unerbittlich.«

Swantje fand das nicht komisch. Sie blieb starrsinnig. »Ich möchte, dass Sie auch bei Onkel Heini schlafen. Tagsüber sind Sie geschützt. Nachts nicht!«

»Gut, dann schlafe ich tagsüber und arbeite nachts.«

»Sie scheinen den Ernst der Situation nicht zu begreifen.«

»Ich habe immer für mich selbst gesorgt – daran wird

sich auch nichts ändern!« Frau Gross drehte sich um und kehrte in die Wurstküche zurück. Swantje und Tammo sahen sich einen Moment an. Swantje nickte ihm kurz zu.

»Gudrun, wir sind bei unseren Ermittlungen auf etwas gestoßen, was dir wahrscheinlich nicht gefällt.«

»Was hat Sönke angestellt?«

Ahnte sie etwas? »Er hat mit Malte Jenning gemeinsame Sache gemacht. Der Bioschlachthof war nur Mittel zum Zweck, um den gigantischen Schlachthof in Varel zu bauen.«

Gudrun setzte sich. Starrte einen Moment auf das Tischtuch. »Warum überrascht mich das nicht?« Sie sprang auf und ging einige Schritte durch den Raum. »In den letzten Wochen war Sönke so eigenartig. Oft war er weg, ohne mir zu sagen, wohin er fuhr.« Sie sah Swantje und dann Tammo an. »Trotzdem, das hätte ich ihm nicht zugetraut.«

»Er bekam anscheinend die Finanzierung nicht zusammen.« Tammo setzte sich auch.

»Aber Malte Jenning doch auch nicht. Seine Betriebe sind hoch verschuldet. Ihm steht das Wasser bis zum Hals. Das pfeift die ganze Szene von den Dächern.« Verzweiflung und Wut lagen in Gudruns Stimme.

»Wie wir erfahren haben, standen die beiden mit einem Investmentfond in Verbindung.«

Gudrun sah die beiden verwundert an.

»Ein Investmentfond? Ich wette, da steckt die ›viandeurop‹ dahinter. Wenn Malte das geschickt anstellt, kassiert er Millionen und ist seine Probleme los.«

»Wie sollen wir das verstehen?«

»Ist doch ganz einfach. Sönke beantragt den Bau des Schlachthofes, dann, als erster Schritt, wird er in etlichen

Teilen auch konventionell genutzt. Malte hat finanzielle Probleme, die er mit keiner Bank mehr lösen kann. Also wendet er sich an die ›viandeurop‹. Die würde nie eine Baugenehmigung in Varel bekommen, aber den Zuschlag für einen bereits vorhandenen Schlachthof. Sie steigt als stiller Teilhaber vorläufig ein, um dann das ganze Ding zu übernehmen. Sönke erfährt von dem Deal und muss sterben. Malte bekommt eine satte Abfindung und das Geschäft ist gemacht.«

»Der Kontakt soll über Münk, den Bankdirektor, gelaufen sein«, sinniert Tammo.

»Da würde ich mal ermitteln, ob die Varel Kredit nicht irgendwie auch Tochter der Bank ist, die die ›viandeurop‹ finanziert.«

Das hörte sich alles sehr logisch, aber auch ungemein kompliziert an. Vielleicht aber auch nicht. Tammo hatte da eine Idee. »Hat Sönke ein Testament gemacht? Wir haben in seinen Unterlagen nichts gefunden.«

»Ich weiß es nicht. Vielleicht sein Anwalt.«

Gut zehn Minuten später waren die beiden bei dem Anwalt. Sönke Bender hatte ein Testament gemacht. Darin war Gudrun die einzige Begünstigte.

»Wusste Frau Gross von dem Testament?«, fragte Swantje zweifelnd.

»Bestimmt nicht. Herr Bender hatte mehrfach darauf bestanden, dass Frau Gross nichts von dem Testament erfährt.«

»Wann hat Herr Bender das Testament geschrieben?«, wollte Tammo wissen.

»Vor etwa drei Wochen.«

»Also kurz vor seinem Tod?«

»So kann man es interpretieren.«

»Warum weiß Frau Gross noch nichts von dem Testament? Immerhin ist Sönke Bender bereits zwei Wochen tot.«

»Herr Bender hat verfügt, dass das Testament frühestens in zwei Jahren eröffnet wird. Dies gilt auch für den Anhang.«

»Was denn für einen Anhang?«, fragte Swantje.

»Ein versiegelter Brief für Frau Gross.«

»Können wir Einblick nehmen?« Tammo wusste, dass das wenig Chance auf Erfolg hatte.

»Ohne einen richterlichen Beschluss auf keinen Fall – und dann würde ich auch dagegen Einspruch erheben.«

Swantje und Tammo verabschiedeten sich.

Swantje hatte ihren Laptop im Auto aufgeklappt. Sie tippte die neuen Erkenntnisse hinein.

Tammo dachte nach. »Wir müssen uns Münk noch einmal vorknöpfen. Mit einem Überraschungsangriff finden wir vielleicht heraus, in welchen geschäftlichen Verbindungen die Varel Kredit mit anderen Banken steht.«

Swantje hatte noch einen anderen Gedanken. »Welchen Grund hatte Sönke Bender, gerade jetzt sein Testament zu verfassen?«

»Vielleicht ganz einfach: Er wollte sich mit Gudrun zusammentun. Ein guter Grund, ein Testament zu schreiben.«

»Und wenn er so ehrenhafte Absichten hatte, warum hat er dann Gudrun nicht in seine Geschäftspraktiken eingeweiht?«

»Er hat bei ihr den Bio-Tarzan gespielt. Da passen solche Geschäfte schlecht ins Liebesbild.«

Swantje sah kurz zu Tammo. »Warum habt ihr Männer immerzu den Hang, so auf den Putz zu hauen?«

Was war das denn plötzlich? »Ich hau nicht auf den Putz. Ich habe noch nie auf den Putz gehauen!« Tammo begann sich aufzuregen.

»Du hast wahrscheinlich nur eine andere Taktik. Vielleicht haust du nur heimlich auf den Putz. So von hinten herum.«

Wollte sie ihn jetzt ärgern oder meinte sie es ernst? Tammo setzte sich aufrecht in den Sitz. »Von hinten herum ist doch völlig blöde. Da merkt doch keiner, dass man auf den Putz haut.«

»Aha, du gibst also zu, dass du auf den Putz haust.«

»Ich gebe gar nichts zu. Ich bin eine Autoritätsperson, da brauch ich nicht auf den Putz zu hauen.«

»Autoritätsperson? Das machst du aber auch von hinten herum!«

»Genau!« Jetzt war Tammo richtig beleidigt. »Es gibt natürliche Autorität und aufgesetzte. Ich brauch nicht mit dem neuesten Laptop und mit Designerklamotten durch die Gegend zu laufen. Meine Autorität kommt von innen! Sie ist sozusagen über Jahrzehnte langsam gewachsen!«

»Oh, entschuldige! Dann möchte ich dieses zarte Pflänzlein nicht am weiteren Wachstum hindern!«

Tammo hatte sich verfahren. Statt von Varel gleich nach Langendamm zu fahren, war er Richtung Dangastermoor abgebogen. Zum Glück hatte Swantje das noch nicht bemerkt. Ihnen kamen Tom und Günni mit einem

Pferd entgegen. Tammo hielt und ließ die Seitenscheibe hinunter. »Habt ihr schon wieder ein Pferd geklaut?«

»Von wegen geklaut. Das Pferd haben wir rechtmäßig erworben!«, empörte sich Günni.

»Ist das der Gaul, den ihr …«

»Genau! Der gehört uns. Wir haben einen Leasingvertrag ausgehandelt!«, behauptete Tom voller Stolz.

»Ich denke, ihr wolltet den Gaul schlachten lassen.«

»Das ist kein Gaul, sondern ein hochwertiges Pferd mit Menschenbindung.« Günni wurde grundsätzlich. »Wir testen gerade einen völlig neuen Betriebszweig.«

»Ihr wollt Profireiter werden!«, mutmaßte Tammo.

»Um Gottes Willen. Der ist mindestens 1,70 Meter groß. Nein, wir testen, ob man mit einem Pferd Gassi gehen kann. Das ist eine riesige Marktlücke. Es gibt Millionen Menschen, die Pferde lieben, aber nicht reiten können. Was meinst du, wie die sich freuen, wenn die im Urlaub mit einem Pferd Gassi gehen können.« Günni und Tom strahlten sich begeistert an. Das Ei des Kolumbus schien ihnen zum Greifen nah. Günni beugte sich zu Tammo hinunter. »Tom und ich haben erst einmal eine Marktanalyse gemacht. Ruhrgebiet und so. Pferdefleisch ist out. Reiten – zu viele pubertierende Gören und Bekloppte. Aber mit einem Pferd spazieren gehen, das ist der Hit. Wir werden jetzt eine PR Strategie entwickeln.« Günni stellte sich aufrecht hin und malte ein Luftbild. »Unser Slogan: Durch Wald und Flur mit Pferd auf Tour! Ich schätze, in zwei bis drei Jahren werden wir so an die hundert Pferde im Stall stehen haben.«

»Viel Spaß!« Tammo trat aufs Gas. Es reichte ihm. Jetzt fehlte nur noch das »Siehste« von Swantje. Sie sagte nichts, aber kicherte unverschämt.

Tammo versuchte abzulenken. »Wir sollten uns vielleicht mal um den Gesundheitszustand von Sönke Bender kümmern. Immerhin erscheint es mir auffällig, dass er ausgerechnet sein Testament dann geschrieben hat, als es mit dem Schlachthof problematisch wurde. Das ist doch kein Zeitpunkt, um ein Testament zu schreiben. Vielleicht weiß Gudrun, wer sein Arzt war.«

»Hast du dich verfahren?« Swantje sah sich um.

»Wieso?«, fragte Tammo und dachte: peinlich!

»Wir wollten doch sowieso zu Gudrun. Wir sind aber in Moorhausen. Gudruns Schlachterei liegt in Langendamm.«

»Ich hatte da so eine Idee …«

»… eine Idee, soso.«

»Wer war der Hausarzt von Sönke?« Swantje und Tammo trafen Gudrun im Laden. Sie sah fertig aus. Es brauchte eine Weile, bis sie die Frage verstand.

»Frau Dr. Papst in Varel. War er etwa krank?«

»Das wissen wir nicht. Wie läuft es mit deiner Hilfstruppe?«

»Ganz gut, aber Mama und ich müssen immer hier sein, sonst bricht das Chaos aus. Noch so ein Tag und ich breche zusammen.«

Swantje sah auf ihre Uhr. »Noch drei Stunden, dann machst du den Laden dicht. Es ist besser, wenn ihr euch einmal richtig ausschlaft.«

»Geht nicht. Bis morgen früh um fünf Uhr müssen wir noch ran. Dann ist der größte Teil geliefert.«

»Kannst du dich dann wenigstens mit deiner Mutter mal abwechseln? Sie muss doch auch schlafen!«

Gudrun stützte sich müde auf die Theke. »Ich weiß nicht, wo Mama die Energie hernimmt. Sie arbeitet wie ein Roboter. Da kann ich nicht schlapp machen.«

»Wir kommen später wieder vorbei! Es kann sein, dass wir Gunnar diese Nacht abziehen müssen.«

»Was ist denn los?«

»Können wir dir nicht sagen. Ein Einsatz.«

Gudruns Mutter kam in den Laden. »Wird auch Zeit, dass ihr mal endlich was für euer Geld macht!«, grummelte die alte Frau Gross, als die beiden an ihr vorbeigingen.

»Das hätte sich der Mörder schenken können!« Frau Dr. Papst war eine kleine, zierliche Frau Mitte vierzig. Ihr Körper schien nur aus Sehnen und Muskeln zu bestehen. Tammo hatte gehört, dass sie Marathon lief und das erfolgreich. Jetzt saß sie hinter ihrem Schreibtisch in einem weißen T-Shirt und sah die beiden Kommissare an.

»Sönke Bender hatte vielleicht noch vier bis sechs Monate zu leben. Ganz schlimm. Pankreaskarzinom – Bauchspeicheldrüsenkrebs.«

»Seine Freundin wusste davon nichts«, sagte Swantje.

Frau Doktor Papst lehnte sich in ihrem Sessel zurück und sah aus dem Fenster. »Das kommt häufiger bei Krebspatienten vor. Sie versuchen solange es geht ihre Krankheit zu verheimlichen. Vor allem bei den Patienten, die wissen, dass es keine Heilung gibt.«

»Seit wann wusste Sönke Bender von seiner Krankheit?«, fragte Tammo.

»Zwei Monate vielleicht – länger auf keinen Fall. Er hat es erstaunlich ruhig aufgenommen.«

»Wie meinen Sie das?«

»Ich glaube, er hat es schon irgendwie gespürt. Bevor er damals ging, sagte er noch, dann habe er noch einiges zu regeln. Was er regeln wollte, hat er nicht gesagt.«

Tammo und Swantje fuhren zur Wache. Eine ganze Weile schwiegen sie. Swantje kramte ihren Laptop hervor, ohne ihn aber zu öffnen.

»Es ist doch immer wieder eigenartig, wie sich ein Fall plötzlich verändern kann. Bis vor ein paar Minuten war Sönke Bender der gerissene, skrupellose Geschäftsmann, und plötzlich steht er in einem ganz anderen Licht da.«

»Trotzdem begreife ich nicht, warum er umgeschwenkt ist. Er hätte doch trotzdem seinen Bioschlachthof bauen können und ihn Gudrun vererben.«

»Auch er brauchte Geld – und wie wir erfahren haben, hielten sich die Banken auch bei ihm extrem zurück.«

»Wir brauchen die Verträge zwischen Sönke Bender und Malte Jenning. Nur die können die Sache erhellen.«

»Es sollte mich mehr als wundern, wenn wir die Verträge bei einem Durchsuchungsbeschluss finden würden. Ich nehme an, dass er sie irgendwo unter sicherem Verschluss hält. Außerdem haben wir bis jetzt keine Handhabe für eine Durchsuchung.«

»Welche Möglichkeit haben wir denn noch, an die Geschäftsverbindungen zu kommen?«

»Vielleicht auch über Münk.«

Sie fuhren in die Oldenburger Straße. Münk erschrak, als er die beiden sah. »Was wollen Sie denn schon wieder? Ich habe alles gesagt.«

Swantje schob sich nach vorne. »Da sind wir gar nicht mehr so sicher. Sie haben uns ihre Verbindungen zur Bank der ›viandeurop‹ verschwiegen. Sie waren es doch, der Bender und Jenning mit dem Fleischkonzern zusammengebracht hat.«

Donnerwetter, besser hätte es Tammo auch nicht sagen können. Münk bekam schlagartig einen Schweißausbruch.

»Das sind Geschäftsgeheimnisse, die mit dem Fall nichts zu tun haben«, stotterte er.

»Wussten die beiden, dass hinter ihrem Investmentfond die ›viandeurop‹ steckt?« Swantje stand Münk jetzt gegenüber. Sie schien zu wachsen.

»Das kann ich Ihnen nicht sagen. Ich habe den Kontakt gemacht …«

»… und die Provision kassiert!«, ergänzte Tammo.

»Das ist üblich und durchaus nicht verwerflich. Ich halte mich strikt an die Regeln.«

»Und die Verträge?«, beharrte Swantje. »Können wir mal die Verträge sehen?«

»Die habe ich nicht. Ich war nur Vermittler.«

»Wir werden Sie im Auge behalten!« Swantje ging zum Ausgang. Tammo folgte ihr.

»Wann bekomme ich den Schlüssel zu meiner Wohnung in Oldenburg zurück?«, fragte Münk.

Die beiden gaben keine Antwort. Tammo spürte den Schlüssel in seiner Hosentasche.

Vor der Tür holte Swantje tief Luft. Tammo schwieg.

»Wo bleibt da die Politik?«, fauchte sie. »Diese Ganoven machen was sie wollen und fühlen sich auch noch im

Recht. Lass uns zu Gudrun fahren. Ich brauche normale Menschen um mich herum!«

Normale Menschen? Welch ein Sinneswandel bei Swantje!

»Hat dir Sönke etwas über seine Gesundheit gesagt?«, fragte Swantje.

Gudrun war am Ende ihrer Kräfte. Sie schrie auf und die Tränen liefen hemmungslos. »Ich kann nicht mehr! Ich will nicht mehr.« Sie fiel in Swantjes Arme.

»Komm, ich bring dich zu Onkel Heini. Es hat keinen Sinn mehr.«

»Doch, doch! Nur noch diese Nacht. Dann sind wir aus dem Gröbsten raus.«

»Was muss noch gemacht werden?« Tammo meldete sich – ganz Autoritätsperson – zu Wort.

»Bockwürste und Schinkenbraten.«

»Das erledige ich. Ihr fahrt jetzt zu Onkel Heini.« Tammo fuhr auf dem direkten Weg zu Franz Klötzer.

»Mach dich fertig, du hast Nachtschicht – und glotz mich nicht so blöde an.«

»Was soll das?« Franz Klötzer versuchte Haltung anzunehmen.

»Wir fahren jetzt zu Gudruns Schlachterei und du wirst die Nacht durcharbeiten, bis alle Bestellungen erledigt sind.«

»Ich habe gekündigt und bin krank.«

»Wenn du dich nicht beeilst, wirst du in ein paar Minuten richtig krank sein.«

»Und wenn ich mich weigere?«

Tammo ging bedrohlich auf Franz Klötzer zu. »Gudrun hat sich um deine Kinder gekümmert, du Arschloch. Wenn du sie jetzt hängen lässt, wirst du die nächsten Jahre mit mir laufend Ärger bekommen.«

Franz Klötzer knickte ein. »Malte Jenning darf aber davon nichts erfahren, sonst hab ich die Kündigung.«

»Pack deine Kinder ein. Wir fahren. Deine Kinder nehme ich dann mit zu Onkel Heini. Morgen früh kannst du sie dort abholen.«

»Erledigt!«, waren Tammos erste Worte, als er in Onkel Heinis Haus kam. Im Schlepptau Klötzers vier Kinder. Damit war die Frage, wer in der Schlachterei arbeitet, beantwortet. Onkel Heini kümmerte sich um die Kinder. Gudrun war immer noch wach, schien aber alles wie hinter einem Schleier wahrzunehmen. Swantje brachte sie auf ihr Zimmer. Tammo bediente sich an Onkel Heinis Kühlschrank und genoss den ersten Schluck des kühlen Bieres. War er nicht wirklich gut?

»Du trinkst Bier? Wir wollen doch die Pferdediebe fangen.«

Die hatte Tammo völlig vergessen. Er griff zu seinem Handy.

12. Tag

Samstag, 16. Juni

Um 3.17 Uhr weckte ihn Swantje. Er war neben ihr im Wagen eingeschlafen. Nach mehreren Telefonaten hatte er zwei weitere Beamte gefunden, die bereit waren sich an den Ausfallstraßen von Dangast zu postieren. Alle hatten eine Infrarotkamera bei sich.

»Da hinten kommt ein Lkw. Es ist der erste in dieser Nacht, der hier lang kommt.« Swantje nahm die Kamera auf und hielt sie vor ihr rechtes Auge. »Es sitzen zwei Männer darin.«

Tammo nahm die Kamera. »Die kenn ich. Einer davon hat auch Pferde. Es könnte spannend werden.« Tammo begann Bilder zu machen. Als der LKW an ihnen vorbeigefahren war, setzte Tammo die Kamera ab. »Fahr ihnen hinterher.«

»Ich dachte ...«

»Fahr los. Ich hab da so ein Gefühl.«

»Och nö!«

»Oh doch.«

Swantje startete den Wagen. Tammo sollte mit seinem Gefühl recht behalten. Kurz vor der Autobahn Varel Obenstrohe hielt der LKW. Tammo tastete nach seiner Pistole. Er hatte sie tatsächlich dabei. Keine zwei Minuten später tauchte ein schwarzer Audi auf und parkte hinter dem LKW. Malte Jenning stieg aus, sah sich um, warf einen Blick in den Laderaum und ging zum Führerhaus.

»Zugriff?«, fragte Swantje.

Tammo fotografierte. Er sah, wie Malte Jenning Geld in die Führerkabine reichte. »Wir warten«, beschloss Tammo, »sie werden irgendwo die Pferde umladen oder die Fahrer tauschen. Die schnappen wir uns. Wenn die gegen Malte Jenning aussagen, haben wir auch den Durchsuchungsbefehl.«

»Das hat ja richtig Logik. Dann los.«

Tammo und Swantje beobachteten, wie der LKW auf die Autobahn Richtung Oldenburg abbog. Malte Jenning fuhr geradeaus. Die beiden verfolgten den LKW. Vor dem Autobahndreieck Stuhr, kurz vor Bremen, fuhr der LKW auf eine Raststätte. Hier sollte wohl der Fahrerwechsel stattfinden. Richtig – Zugriff.

»Das war's dann!« Tammo ging auf die vier verdatterten Männer zu. Swantje hielt sich etwas zurück.

»Keine Sprüche, wir haben alles fotografiert. Auch die Geldübergabe mit Malte Jenning.«

Die vier Männer versuchten die Situation abzuschätzen. Swantje zog ihre Pistole. Das reichte.

»Und jetzt schön mit den Händen nach oben an den LKW lehnen.« Tammo rief Kollegen aus Bremen.

Das Sonnenlicht brannte in Tammos Augen. Er verdunkelte das Verhörzimmer. Es war 5.16 Uhr. Die Vernehmung war besser gelaufen, als er gedacht hatte. Vor allem Bauer Lürs zeigte sich geständig. Er belastete Malte Jenning als Drahtzieher der ganzen Sache. Nachdem die vier Verdächtigen in der Wache in Varel waren, schlug er Swantje vor, dass sie schlafen gegen sollte. Der nächste Tag würde anstrengend genug.

Es war ja schon der nächste Tag. Sie nahm dankend an.

»Abführen!« Tammo verließ den Raum und setzte in seinem Büro das Protokoll auf. Eine Stunde später fuhr er nach Hause. Er musste langsam fahren, weil er kaum noch etwas sah.

Als Swantje wach wurde, war Gudrun bereits mit den Kindern von Klötzer verschwunden. Das fand Swantje gar nicht gut. Onkel Heini war auch nicht da, was die Vermutung zuließ, dass er Gudrun begleitete. Swantje war etwas beruhigter. So schnell es ging, duschte sie und zog sich an.

»So weit kommt es noch, dass ich diesem Arsch dankbar sein muss.« Gudrun war wieder in Hochform. Die Plastikkisten mit dem Fleisch und den Würsten wurden gerade abgeholt.

»Hast du gestern mitbekommen, dass Sönke sehr krank war?« Swantje stand jetzt neben Gudrun. Erst jetzt fiel ihr Gudruns flackernder Blick auf. Sie war nicht in Form, sie war verstört. Sie kompensierte ihre Ratlosigkeit mit Hektik. »Hast du gehört, was ich dir gerade gesagt habe?«

»Es sind schon wieder Bestellungen eingegangen. Ich weiß gar nicht, wo mir der Kopf steht.«

Swantje nahm Gudrun in den Arm.

»Die Bestellungen. Ich habe neue Bestellungen. Nicht viele, aber neue Bestellungen.« Dann brach sie weinend an Swantjes Schulter zusammen. Sie streichelte Gudruns Haar und führte sie langsam in den Aufenthaltsraum. Gudruns Atem wurde allmählich regelmäßiger.

»Er hat mir nichts gesagt. Warum hat er mir nichts gesagt? Wir liebten uns doch.«

»Seine Ärztin hat gesagt, dass das bei Krebspatienten öfter vorkommt. Sie wollen kein Mitleid. Vielleicht – und das ist auch wahrscheinlich – kommen sie selber mit der Situation nicht zurecht.«

»Aber warum hat er sich mit dem blöden Malte zusammengetan?«

»Er hat die Finanzierung nicht zustande gebracht. Und ich denke, er wollte dir viel Geld hinterlassen.«

»So ein Blödmann«, sagte sie mit weicher Stimme, »als ob ich mich für viel Geld interessieren würde. Hätte ich dann diese Bruchbude hier übernommen?«

»Ich muss weg. Wir haben heute eine größere Aktion vor. Du kannst mich aber immer anrufen. Pass auf dich auf!«

In der Wache herrschte nervöse Spannung. Staatsanwalt Henning Papstein war auch da. Der Haftbefehl für Malte Jenning lag auf dem Tisch. Daneben der Lageplan und der Grundriss des Hauses. Tammo und Gunnar standen neben dem Staatsanwalt. Fünf Minuten später war der Einsatz besprochen. Mit vier Einsatzwagen ging es zum Büro von Malte Jenning. Vier Polizisten gingen in den Hinterhof. Die anderen stürmten den Haupteingang.

Die Bürotür war verschlossen.

»Herr Jenning! Öffnen Sie die Tür«, rief Henning Papstein. Keine Antwort. Er gab ein Zeichen. Ein Mann vom Schlüsseldienst öffnete die Tür. Ein kurzer Blick reichte, um zu sehen, dass das Büro durchwühlt worden war. Von Jenning gab es keine Spur. Der Computer, der noch vor einem Tag auf dem Schreibtisch stand, war verschwunden.

»Der Vogel ist ausgeflogen«, stellte Henning Papstein sachlich fest. »Es sieht allerdings nicht nach einem freiwilligen Abgang aus.«

Swantje war anderer Ansicht. »Er könnte auch – so sieht es auch aus – in einer gewissen Eile das Büro geräumt haben. Das Wichtigste hat er zusammengekramt und ist dann weg.«

»Wir geben eine Fahndung raus. Im Moment können wir nicht mehr machen. Ich schlage vor«, und damit sprach er Swantje und Tammo an, »schlafen Sie sich erst einmal aus.«

Tammo hatte die ganze Zeit geschwiegen und in den Raum gestarrt. »Es muss einen Maulwurf geben. Woher hat er die Information bekommen, dass wir ihn festnehmen sollen? Die Jungs, die wir letzte Nacht verhaftet haben, konnten ihn nicht informieren. Ergo muss es jemanden von außen geben. Es wussten aber nur Polizisten von der Aktion.«

Henning Papstein zögerte einen Moment. Ein Maulwurf in der Wache in Varel? Es gab Gedanken, die sich so absurd anhörten, dass man sich daran erst einmal gewöhnen musste.

»Eine interne Ermittlung möchte ich im Moment noch nicht machen. Wir werden sehen.«

Tammo und Swantje fuhren nach Dangast. Tammo schlief sofort ein. Swantje bat Onkel Heini, sie auf jeden Fall um 17 Uhr zu wecken. Sie wollte dann Gudrun abholen. Sie glaubte nicht, dass die Gefahr bereits vorbei war.

Kurz nach 17 Uhr wachte auch Tammo auf. Er stieg unter die Dusche und wunderte sich, dass er sich ausgesprochen fit fühlte. Er rief Swantje an. Sie war bereits bei Gudrun im Laden.

»Gudrun hat alle Hilfskräfte heute Abend in den Dorfkrug eingeladen. Ich habe ihr abgeraten, aber sie besteht darauf.«

»Ich denke, sie ist fix und fertig.«

»Die Frau hat unglaubliche Energie!«

»Hast du schon etwas von der Fahndung nach Malte Jenning gehört?«

»Ich habe in der Wache angerufen, aber der Kerl scheint sich abgesetzt zu haben.«

»Wir sehen uns dann im Dorfkrug.« Tammo entschloss sich, noch einmal zur Wache zu fahren. Auf dem Weg dorthin brachte er seine Uhr zur Reparatur.

Onno saß wieder vor den Monitoren der Straßenüberwachung. Wie immer, wenn er dort saß, hatte er schlechte Laune.

»Gibt es etwas Neues?«, fragte Tammo.

»Mir reicht das, was bisher los war.«

»Traust du jemandem von unseren Kollegen zu, ein Maulwurf zu sein?«

Onno lehnte sich in seinem Sessel zurück. »Nee. Ich könnte mir aber vorstellen, dass jemand aus Versehen etwas gesagt hat. Aber, frag ich mich, wie soll dann die Nachricht so schnell bei Jenning gelandet sein.«

»Wo steckt Gunnar?«

»Wo schon! Bei seinen Bienen.«

Tammo fuhr zu Gunnar. Er war nicht bei seinen Bienen, sondern in seinem Labor. »Gibt es etwas Neues?«

Gunnar sah noch immer in sein Mikroskop. »Die Salami ist mindestens ein Jahr alt. Was mich erstaunt – sie ist zwei Mal geräuchert worden. Das letzte Mal vor etwa drei bis vier Wochen.«

»Und was sagt uns das?«

Gunnar wischte über seine müden Augen. »Der Mörder hat die Salami nicht zu Mordzwecken hergestellt!«

»Wie kommst du denn darauf?«

»Als er vor einem Jahr die Salami machte, machte er sie als Salami – und nur als Salami. Erst mit dem zweiten Rauch wollte er sicher sein, dass das gute Stück so hart war, dass sie sich zum Schlagstock eignete.«

»Wie kommst du denn darauf? Er hätte den Mord doch auch vor einem Jahr bereits geplant haben können.«

Gunnar strich nachdenklich über das Mikroskop. Dabei schüttelte er bedächtig seinen Kopf. »Es ist der zweite Rauch, der mich stutzig gemacht hat. Der Täter war unsicher, als er die Salami prüfte. Deshalb räucherte er sie noch einmal. Hätte er die Würste von vorne herein als Mordinstrumente geplant, wäre er anders vorgegangen.«

»Verstehe ich nicht!«

»Die Salami sind mit viel Liebe gemacht worden. Der Täter hat experimentiert. Ich habe Spuren von Fenchel, Kümmel und Thymian gefunden. Der Täter wollte eine ganz besondere Salami herstellen. Wer mit einer Salami einen anderen erschlagen will, der achtet nur auf die Konsistenz, aber doch nicht auf den Geschmack!«

»Das hat was! Bringt uns aber im Moment nicht weiter.«

»Vielleicht doch. Wir sollten uns umhören, wer hier in der Gegend mit Salami experimentiert hat.«

»Haben wir doch schon!«

»Nicht ganz! Wir haben immer jemanden gesucht, der harte Salami verkauft. Wir haben nie gefragt, wer Salami herstellt und sie noch nicht zur Verkaufsreife gebracht hat.«

»Ich fahre gleich in den Dorfkrug. Gudrun will sich bei den Helfern bedanken.«

»Weiß ich. Sie hat mich auch angerufen und eingeladen. Ich komme etwas später.«

Tammo sah die jetzt zerstückelte Salami auf dem Edelstahltisch. Er dachte an Malte Jenning. »Und wenn der Salamimörder wieder zugeschlagen hat?«

»Bisher deuten keine Spuren darauf hin. Der Wagen von Jenning ist auch verschwunden. In seiner Wohnung fehlt Kleidung. Er scheint sich wirklich abgesetzt zu haben.«

»Dafür braucht man Geld.«

»Wenn er clever war – und alles deutet darauf hin – hat er irgendwo schwarze Konten.« Gunnar stand auf und reckte seinen müden Körper. »Wie ich gehört habe, soll man in Südafrika deutsche Wurst schätzen.«

Swantje blieb bei Gudrun. Die Hektik der letzten Tage war wie weggefegt.

»Ich habe die restliche Arbeit verteilt. Magst du mit in meine Wohnung kommen. Ich will mich etwas frisch machen.«

Swantje war neugierig. Bisher hatte sie sich keine Gedanken gemacht, wie Gudrun wohl privat leben würde. Sie gingen die Stufen in die erste Etage hinauf. Hinter der Haustür öffnete sich gleich ein großer Wohnraum.

»Ich habe erst einmal einige Wände herausreißen lassen. Ich kann enge Räume nicht ertragen. In meiner Kindheit haben wir immer in engen Räumen gelebt. Möchtest du ein Glas Wein?«

»Noch nicht!«

Swantje hatte mit diesem Anblick nicht gerechnet. Mit welchem Anblick hatte sie überhaupt gerechnet? In den wenigen Tagen, seit sie Gudrun kannte, hatte sich ihr Bild von dieser Frau völlig verändert. Die Wohnung war hell – lichtdurchflutet. Ein gut vier Meter langer, massiver Holztisch bildete mit hellen Lederstühlen das Zentrum des Raums. Links ging eine offene Küche ab. Auch sie war in hellem Holz gehalten. Das Bücherregal sah wie eine Auftragsarbeit aus. Ein Anbau schien notwendig. Viel Bücher stapelten sich übereinander. Gudrun sah, wie Swantje das Regal betrachtete. »Bücher sind eine Macke von mir. Wenn ich lese, entschwinde ich in andere Welten. Das hilft.« Gudrun ging in die Küche. »Möchtest du einen Espresso?«

»Gerne!«

Die Maschine rumorte. Wenige Minuten später war der Espresso fertig. Gudrun stellte ihn mit der Zuckerschale vor Swantje auf den langen Tisch.

»Ich verschwinde ins Bad. Bis gleich.«

Swantje setzte sich, gab etwas Zucker in den Kaffee und trank ihn. In dieser Wohnung könnte sie sich wohl fühlen. Allein der leichte Wurstgeruch störte etwas.

Als die beiden Frauen in den Dorfkrug kamen, waren die meisten bereits dort. Gudrun bedankte sich bei jedem noch einmal persönlich. Gisela und Ralf standen hinter der Theke und füllten Gläser. Das fröhliche Geplapper wandelte sich plötzlich in eisernes Schweigen. Swantje sah zum Eingang. Dat Schantall und dat Nicole standen dort. Diesmal allerdings nicht in ihrer Berufskleidung, sondern in Jeans mit glitzernden Pailletten und rosa T-Shirt. Einige Herren im Raum suchten Deckung. Die zweite Tür zum Flur und zu den Toiletten schien ein idealer Fluchtweg.

»Moin allerseits. Isch bin dat Nicole und dat is dat Schantall. Wir haben jehört, dat et hier in de Fleischerei Probleme jibt. Dat Schantall ist ne jelernte Fachfrau. Isch kann zupacken.«

Keiner verstand ein Wort, was nicht nur an dem rheinischen Zungenschlag lag. Dat Nicole ahnte es.

»Wer ist dann he de Chefin?«

Einer deutete zaghaft zu Gudrun. Nicole und Chantall gingen zu Gudrun und Swantje.

»Die da kennt us schon!« Womit dat Nicole Swantje meinte.

»Ich will et mal so sagen. Mir arbeiten im Puff. Puff is abba och nit mehr dat wat son Puff mal war. Mir sin ja och nit mehr de Jüngste und da hamma us jedacht, dat mer uns wat Solides suchen. Weil dat Schantall doch vom Fach is. Hamse ne Arbeit für us?«

In der Zwischenzeit hatten sich einige Männer wortlos verabschiedet. Dafür kam Tammo. Er brauchte etwas, bis er die Situation begriff. Dann lächelte er.

Dat Nicole war immer noch auf Überredungspfad bei Gudrun. »Man kann dat so saren: Früher hat dat Schantall in Wurst jemacht. Später dann in Würstsche. Kleine Spaß von mir am Rande.« Jetzt entdeckte dat Nicole Tammo. »Hab ich disch doch jefracht, obste nich en Job für uns kennst. Muss isch erst vonnem Kunden erfahren, dat hier Fachkräfte jesucht werden.«

Gudrun war so verdattert, dass sie nur fragen konnte, welche Gehaltsvorstellungen denn die beiden hätten.

»Dat mir rundkommen. Et kütt uns mehr ob die Herzensbildung an.« Was sie bei Fleisch- und Wurstwaren unter Herzensbildung verstand, verriet sie nicht. »Und falls se noch en kräftije Mann jebrauchen können, da is noch de Justaf. Rausschmeißer, eve mit nem Herz wie ne Scheunetor.«

»Ich bin da im Moment etwas ... wie soll ich sagen?«, stammelte Gudrun.

»Kinne Hektik. Kannste ja mal drüber nachdenken. Mir stehen jedenfalls zu Verfugung! Stört et, wemme ene drinke? Is nett he!«

Eine gewisse Peinlichkeit stand im Raum. Bis auf die beiden Damen aus dem Rheinland wusste sich keiner zu verhalten. Der Bierkonsum stieg schlagartig. Gudrun war es schließlich, die das Wort ergriff.

»Wir haben hier eine kleine Mitarbeiterfeier. Sie sind herzlich eingeladen.«

Jetzt kam auch Gunnar. »Für heute reicht's.« Seine Augen waren rot unterlaufen. Er bestellte ein Bier. Swantje kam mit einem Glas Vermentino dazu.

»Ich gehe immer noch davon aus, dass Malte Jenning nicht der Salamimörder ist. Bleibt die Frage, wer hat noch Verbindungen zu Jenning und Sönke Bender gehabt, um vom Schlachthofprojekt zu profitieren?«

»Münk, das wissen wir. Als Salamimörder scheidet er allerdings aus. Dass er jemanden beauftragt, halte ich auch für ausgeschlossen.«

»Warum?«, fragte Gunnar.

»Ein Auftragskiller zieht nicht mit einer Salami durchs Land.«

»Da ist was dran!«, bestätigte Tammo. Sie wechselten vor die Tür des Dorfkrugs. Eine erhoffte Abkühlung brachte es nicht. Eine halbe Stunde später tauchte Franz Klötzer auf. Nervös sah er sich um, bis er Gudrun entdeckte. Wie ein geschlagener Hund kam er auf die Gruppe zu. »Es tut mir leid. War doof von mir.« Er schien weder Swantje, noch Tammo, noch Gunnar wahrzunehmen. »Ich hab Mist gebaut. Du hast dich um meine Kinder gekümmert und ich war der Arsch. Ich will bei Malte kündigen. Mit dem Schreiben hab ich es ja nicht so …«

Swantje gab den anderen ein Zeichen. Es war Zeit sich zurückzuziehen.

13. Tag

Sonntag, 17. Juni

Die Hitze hatte sich die ganze Nacht gehalten. Tammo war froh, als er unter die kühlende Dusche stieg. Anschließend fuhr er zu Jochen Piepers Laden und kaufte etwas zum Frühstücken ein. Als er den Laden verließ, sah er zum Jadebusen. Es war Ebbe. Ähnlich sah er den Stand der Ermittlungen. Er war nicht sehr lange auf dem Fest von Gudrun geblieben. Swantje und er spürten die Müdigkeit der letzten Tage und wohl auch den Frust der Ermittlungen. Immerhin hatten sie es geschafft, mehrere Stunden nicht miteinander zu streiten. Wenigstens ein kleiner Erfolg. Er fuhr zu seinem Haus zurück und bereitete das Frühstück. Es war lange her, dass er ohne Zeitvorgabe frühstücken konnte. So was muss genossen werden, dachte er und legte eine CD von Eric Clapton auf. Als er den ersten Schluck Kaffee gerade im Mund hatte, klingelte es. Swantje stand vor der Tür. Sie hielt eine Tüte frische Brötchen und Aufschnitt in der Hand.

»Sollen wir mal ein privates Stündchen miteinander verbringen?«

»Der Kaffee ist fertig.« Tammo öffnete die Tür weiter und ließ Swantje eintreten. »Was hältst du von Franz Klötzers Auftritt gestern Abend?«

»Ich vermute, dass seine Kinder ihm irgendwie Druck gemacht haben. Sein schlechtes Gewissen sah echt aus.«

»Er schien nicht zu wissen, dass sich Malte Jenning abgesetzt hat. Sonst hätte er Gudrun doch nicht gebeten, für ihn die Kündigung zu schreiben.«

Swantje sah sich in der Wohnung um. »Hab ich dir schon gesagt, dass ich dein Häuschen ganz hübsch finde?«

War das der Auftakt zu einem Angriff? Oder hatte Swantje einen winzigen weichen Kern in ihrem Herzen entdeckt? Tammo hielt sich in Bereitschaft. Er goss Swantje eine Tasse Kaffee ein und gab ihr einen Teller und Besteck.

»Wo lebst du denn in Oldenburg?«, fragte er.

»Im Dobbenviertel. Ich habe eine Altbauwohnung unter dem Dach, aber mit einer schönen Terrasse. 60 qm, die reichen für mich.«

Ähnliches hatte Tammo sich gedacht. Die Dame wohnt natürlich im besten Viertel der Stadt. Sage mir, wo du wohnst, und ich sage dir …

»Ich habe mir den Dachboden gekauft und ihn dann selber ausgebaut. Hätte ich gewusst, worauf ich mich da einlasse … Nur die Elektriker und den Klempner musste ich holen. Insgesamt hat der Ausbau fast ein Jahr gedauert.« Sie beugte sich zu Tammo vor. »Das meiste, was ich wissen musste, hab ich aus dem Internet.«

»Du willst mir erzählen, dass du die Steine für den Ausbau selber unter das Dach geschleppt hast?«

»Was denn für Steine? Ich habe die Wände mit Rigipsplatten dicht gemacht. Dann die Fensterrahmen gestrichen, alles tapeziert und schließlich den Boden verlegt.«

»Und die Zimmerwände?«

»Was denn für Zimmerwände? Meine Wohnung besteht nur aus einem Zimmer. Bad und Klo ist nur abgetrennt. Und die Wände standen bereits.«

»Wenn deine Wohnung nur aus einem Raum besteht, warum hast du denn so lange dafür gebraucht?«

»Soll das eine Beleidigung sein?«

»Nein! Aber fast ein Jahr …«, wehrte Tammo ab.

»Du weißt doch wie es in unserem Job ist.«

Tammo wollte das Thema ändern, ihm fiel aber nichts ein.

Swantje übernahm es. »Deine Möbel sind wohl alles Erinnerungsstücke?«

»Ich denke schon seit einiger Zeit über eine grundlegende Veränderung nach. Bisher ist mir aber kein Konzept eingefallen. So was muss man ja von langer Hand strategisch vorbereiten.«

»Strategisch? Ich habe noch nie Möbel strategisch eingekauft. Ich wüsste gar nicht wie das gehen soll.«

»Naja, vielleicht will ich ja auch geringfügige Umbauten vornehmen. Die Zimmer sind ja an sich relativ klein.«

Swantje stand auf. Ihr Gesicht war voller Verzückung. Ihr Blick hatte etwas Großzügiges, Teures. »Die Wand muss weg!«, meinte sie und ließ schon jetzt keinen Konjunktiv mehr zu. »Eine Wohnküche, die gleich in den Wohnbereich übergeht. Wo sitzt du die meiste Zeit?«

»Hier am Tisch.« Tammo begann in Abwehrhaltung zu gehen.

»Siehst du. Die olle Couch und die albernen Sessel brauchst du gar nicht. Wenn die Wand weg ist, kommt hier ein langer, massiver Tisch hin, wo du deine Gäste bewirtest.«

Welche Gäste? Tammo konnte ihr so schnell nicht folgen. Manchmal kamen Gunnar und Schorsch mit einem

Sixpack Bier vorbei. Warum sollte er sich dafür einen riesigen Holztisch anschaffen? Tammo schwieg.

»Die Wand zu deinem Schlafzimmer kommt auch weg. Das ganze Haus strahlt nur noch Großzügigkeit aus. Nur einige Bücherregale sind eine Art optischer Trenner. Die dürfen auf keinen Fall zu hoch sein. 1.10 Meter, auf keinen Fall mehr, damit der Blick nicht verstellt wird.«

Wo sollte Tammo denn die vielen Bücher hernehmen? Wenn er lesen wollte, was durchaus vorkam, ging er in die Stadtbibliothek und lieh sich das jeweilige Buch aus. Außerdem sah er eine erhebliche Gefahr darin, dass er jedes Mal in sein Schlafzimmer rennen musste wenn es klingelte, um seine alten Socken, Unterhosen und andere Klamotten wegzuräumen. Damit würde er Stress geradezu provozieren. Das Schlafzimmer blieb schön da, wo es war.

»Wie viel Geld willst du denn für den Umbau investieren?«

Tammo war jetzt völlig verdattert. »Weiß nicht. Ich muss wohl erst einmal etwas sparen.«

»Das wird doch nichts. Du schiebst es damit nur wieder auf die lange Bank. Nimm einen Kredit auf.«

»Ich habe noch nie einen Kredit aufgenommen – meine Eltern auch nicht …«

»Wenn du nur noch einmal in der Woche in den Dorfkrug gehst, merkst du die Ratenzahlung praktisch gar nicht.«

Nur einmal pro Woche in den Dorfkrug? Wollte sie, dass er sozial verkümmert und zum Fernsehjunkie wird? Warum haben Frauen immer einen Hang zu völlig surrealen Geschichten? War ihre Lebensfremdheit genetisch geprägt? Tammos Gedanken wurden von seinem klingelnden Handy unterbrochen. Onno rief an. Auf die alte Frau Gross wurde ein Anschlag verübt. Zum Glück sei sie unverletzt.

Wenige Minuten später waren Swantje und Tammo bei dem Haus. Wie es aussah, wurden zwei Schüsse von außen auf Frau Gross abgefeuert. Sie hatten die Küchenscheibe durchschlagen und die Patronen steckten in der Anrichte. Die SpuSi war bereits da. Frau Gross schien nicht sehr beeindruckt von dem Attentat.

»Der Kerl ist selbst zum Schießen zu dämlich«, raunzte sie.

»Haben Sie den Täter gesehen?«

Sie sah Tammo an, als wäre er gerade komplett verblödet. »Ich habe mich geduckt. Einfach nur geduckt. Ich glaube kaum, dass sich jemand, wenn auf ihn geschossen wird, umschaut, wer denn der Täter sei.«

Ein Beamter der SpuSi kam zu Swantje und Tammo. »Der Schütze hat vermutlich dort hinter dem Gebüsch gestanden. Leider ist alles um die Pflanze herum gepflastert. Fußspuren gibt es keine.«

»Und sonst?«, fragte Swantje.

»Bisher nichts!«

Der Beamte ging wieder in den Garten. Swantje wandte sich zu Frau Gross. »Ihre Nachbarn. Wir werden sie befragen, ob sie etwas gesehen haben.«

»Das können Sie sich schenken. Morgens ist hier keiner. Die sind alle auf Arbeit. Ab 8 Uhr ist hier tote Hose.«

Die Küchentür wurde aufgerissen. Gudrun stürmte herein. »Ist dir etwas passiert?« Sie wollte ihre Mutter in den Arm nehmen, bremste sich aber in letzter Sekunde ab.

»Mir ist nichts passiert!«, war die barsche Antwort. »Ich bin in einer Stunde im Betrieb!«

»Heute ist Sonntag!«, warf Gudrun mit einer gewissen Verzweiflung ein.

»In den Bestellungen steht nichts von Sonntag«, und dann sah sie Swantje an. »Noch Fragen?«

Der Beamte der SpuSi kam wieder herein. »Der Schütze, und das lässt sich mit ziemlicher Sicherheit sagen, war etwa zwischen 1.60 Meter und 1.70 Meter groß. Also eher ein kleiner Mann.«

»Damit fällt Malte Jenning als möglicher Täter aus. Der ist mindestens 1.85 Meter groß«, stellte Tammo fest.

»Woher wollt ihr das denn wissen?«, keifte Frau Gross.

»Anhand des Einschusswinkels zwischen Scheibe und Anrichte kann man die Körpergröße des Schützen errechnen. Haben Sie Waffen im Haus?« Der blonde, hochgewachsene Beamte hatte etwas ungemein Sachliches. Sein Gesicht schien versteinert, aber die Augen waren hellwach.

»Waffen? Ich habe keine Waffen!«

»Aber Papa hatte doch seine Jagdgewehre!«, warf Gudrun ein.

»Die hat er schon lange nicht mehr. Seit er sich nur noch auf dem Wasser herumtrieb, ist er nicht mehr zur Jagd gegangen. Was mit den Gewehren passiert ist, weiß ich nicht. Sie sind jedenfalls nicht mehr im Haus.«

»Wie viele Gewehre hatte ihr Mann?«

»Was weiß ich. Zwei oder drei. Ich hab immer nur das Wild zerlegt.«

Swantje zupfte Gudrun am Ärmel und gab ihr ein Zeichen, ihr zu folgen. Sie gingen in den Vorgarten. »Deine Mutter, wie soll ich sagen …«

»Sie war immer so. Wo andere Menschen ihr Herz haben, hat Mutter eine Tiefkühlbox.« Gudrun sah Swantje eine Weile nachdenklich an. »Sie war es aber, die den Laden zusammengehalten hat. Papa, der war nur Show. Mama hat gerechnet und bis zum Umfallen gearbeitet. Ich glaube, sie hatte ihr Leben lang ein schlechtes Gewissen, weil sie nur eine Tochter bekommen hat. Papa hat es ihr auch immer vorgeworfen – mal leise, mal laut. Mama hat ihr eigenes Bild von Familie. Und dieses Bild heißt Erfolg. Wenn die Familie Erfolg hat, ist es eine gute Familie, weil alle an einem Strang ziehen.«

»Dein Vater hat sich ausgeklinkt.«

»Ich vermute, dass es ihr sogar recht war. Als ich mit der Bioschlachterei ankam, fand sie es nicht gut, war aber nicht grundsätzlich dagegen. Papa schon. Mit den ersten Erfolgen, die ich hatte, stieg auch ihre Bereitschaft mitzumachen. Nicht wegen Bio, sondern nur des Erfolges wegen.«

»Und du?«, wollte Swantje wissen.

Gudrun drehte sich zum Garten. »Der größte Teil meines Lebens – jedenfalls solange ich bei meinen Eltern lebte – war ein Dauerlauf. Ein Dauerlauf nach Liebe und Anerkennung. Egal was ich machte, es war verkehrt oder nie genug. Zu meinem Glück kam mein Vater dann irgendwann mit der blöden Idee, ich solle Franz Klötzer heiraten. Da war es genug. Von einem auf den anderen Tag war ich weg. In der folgenden Zeit habe ich nur noch sporadischen Kontakt zu meiner Mutter gehabt. Sie war es dann auch, die fragte, ob ich nicht zurückkommen wolle. Der schlechten Geschäfte wegen.«

Tammo und Frau Gross kamen aus dem Haus. »Es waren insgesamt drei Waffen«, sagte Tammo, »zwei hat er an einen anderen Jäger verkauft. Wo das dritte Gewehr abgeblieben ist, haben wir bisher noch nicht herausgefunden.«

»Ich gehe Wurst machen.« Frau Gross wollte zu ihrem Wagen gehen.

»Kommt nicht in Frage.« Swantje hatte ihre Stimme deutlich erhoben. »Sie bleiben hier und zwei Beamte werden für sie als Personenschutz bleiben.«

»Und wenn ich damit nicht einverstanden bin?« Frau Gross stemmte ihre Fäuste in die Hüften.

Swantje tat es ihr nach. »Es ist Gefahr im Verzug. Sie bleiben bis auf Weiteres im Haus.«

Wutschnaubend kehrte sie ins Haus zurück.

Swantje ging zu Gudrun. »Bitte bleibe heute bei Onkel Heini. Ich schaue, dass ich so schnell wie möglich wieder hier bin. Ein Streifenwagen wird dich zu Onkel Heini bringen. Die Situation ist wirklich gefährlich.«

Gudrun nickte nur.

Swantje und Tammo stiegen in den Wagen und fuhren Richtung Wache.

»Gudrun tut mir leid. Was muss das für eine Kindheit gewesen sein? Mich wundert nur, dass sie so unbeschadet da rausgekommen ist.« Swantje saß neben Tammo und starrte aus dem Seitenfenster.

»Sie hat kämpfen gelernt.«

»Was ist das für ein Leben? Immer nur kämpfen. Ich verstehe nicht, dass sie zurückgekommen ist. Ich hätte meine Eltern einfach weiter wurschteln lassen.«

»So einfach ist das nicht. Sie wollte ihren Eltern, aber vor allem sich selbst etwas beweisen. Es war oder ist wie ein Teufelskreis. Sie rennt der Liebe ihrer Eltern hinterher, kommt aber mit Sicherheit nie an.«

»Und Sönke Bender? Welche Rolle hatte er?«

»Mit Sönke hatte sie endlich jemanden gefunden, der ähnlich tickte wie sie.«

»Ich glaube, sie hat ihn wirklich geliebt!« Nach den Gesprächen, die Swantje mit Gudrun in der ersten Nacht, als Gudrun bei Onkel Heini schlief, geführt hatte, war sie davon überzeugt.

»Wir haben den Wagen von Malte Jenning gefunden«, empfing sie Onno, »der steht vor dem Oldenburger Bahnhof.«

»Damit scheint es ja relativ klar, dass sich unser Würstchenkönig vom Acker gemacht hat«, meinte Tammo lakonisch.

»Aber warum ist er nicht mit dem Auto geflüchtet?«

»Wahrscheinlich hatte er Angst, dass nach dem Wagen gefahndet wird. So gesehen gar nicht so blöde.«

»Wir sollten …«

»Hab ich schon veranlasst. Die Kollegen in Oldenburg sehen sich die Überwachungskameras des Bahnhofes an. Dann wissen wir wenigstens in welchen Zug der Herr gestiegen ist.«

»Gibt es irgendwelche verwendbaren Spuren in dem Wagen?«

»Bisher nichts. Die Kollegen sind aber noch dran.«

»Wir sollten nach Oldenburg fahren«, meinte Swantje.

Henning Papstein erwartete sie bereits bei der SpuSi im Präsidium. »Der Fall wird immer surrealer. Jetzt fängt der Salamimörder auch noch an zu schießen. Oder gibt es Erkenntnisse, dass der Schütze nicht der Salamimörder ist?«

»Bisher konnten wir überhaupt keine Verbindungen herstellen. Das Gewehr, mit dem geschossen wurde, ist noch nicht gefunden.« Swantje sah in den Wagen. »Und wie sieht es hier aus?«

»Bis auf einen intensiven Wurstgeruch haben wir bis jetzt noch nichts gefunden.« Henning Papstein war deprimiert.

»Und was sagen die Überwachungskameras vom Bahnhof?«

»Auch wie verhext. Ich habe mittlerweile Zweifel, ob er überhaupt den Bahnhof betreten hat.«

»Hat vielleicht einer der Taxifahrer vor dem Bahnhof beobachtet, wann der Wagen abgestellt wurde?« Auch Swantje schien der Verzweiflung nahe.

»Haben wir schon gefragt. Es scheint, dass der Wagen zwischen drei und vier Uhr nachts abgestellt wurde. Da stehen am Bahnhof keine Taxis. Allerdings fährt da auch kein Zug. Was wiederum die Frage zulässt: Was macht jemand am Bahnhof, wenn gar keine Züge fahren.«

»Vielleicht wurde er abgeholt!« Etwas Besseres fiel Tammo gerade auch nicht ein.

»Fahren Sie zurück nach Varel. Im Moment können Sie hier nichts mehr machen.« Henning Papstein ging zum Ausgang.

Kurz vor 15 Uhr waren sie wieder in Dangast. Sie fuhren gleich zum Hof von Onkel Heini. Gudrun und Onkel Heini tranken Tee in der Küche. Swantje und Tammo setzten sich dazu.

»Es ist zum Heulen. Der Salamimörder scheint ein Geist zu sein. Wo er auftaucht, hinterlässt er keine Spuren. So was gibt es normalerweise gar nicht.« Tammo goss sich eine Tasse Tee ein.

»An dem Fall war von Beginn an nichts normal. Hier in Dangast ist eigentlich nie etwas normal. Allmählich habe ich das Gefühl, in einem Irrenhaus zu stecken.« Swantje kam in Fahrt. Onkel Heini wurde prinzipiell.

»So kann man das nicht sagen. Wir haben hier vielleicht etwas andere Betrachtungsweisen, aber irre sind wir nicht. Nehmen wir mal als Beispiel den Salamimörder. Das ist doch ein kreativer Prozess. Wo gibt es im Rest der Welt jemanden, der auf die Idee kommt, Menschen mit einer Salami zu erschlagen? Nirgendwo – nur hier in Friesland.«

Gunnar stand in der Tür. »Ich gehe nach all meinen Experimenten davon aus, dass der Salamimörder mit einer Feinschmeckersalami auf höchstem Niveau zugeschlagen hat.«

»Sag ich doch!« Onkel Heini klopfte auf den Tisch. »Da steckt ein ganz kreativer Geist dahinter. Dangast ist und bleibt ein Künstlerort.«

»Onkel!«, protestierte Swantje. »Es sind Menschen umgebracht worden. Was hat das mit Kunst zu tun?«

»Du siehst das etwas eng. Du siehst nur das Ergebnis, aber nicht den Prozess, der zu dem Ergebnis geführt hat. Man muss ja erst einmal auf die Idee kommen, eine Salami so herzurichten, dass sie als Mordwaffe taugt. Ich schätze, dass da einige durchaus interessante Versuche vorher stattgefunden haben.«

Gunnar saß jetzt auch. »Kann nach meiner Ansicht auch eher Zufall gewesen sein. Der Mord an Sönke Bender war spontan und voller Wut. Die folgenden Morde wurden überlegt und systematisiert durchgeführt. Der Mörder hat – ich sag es mal so – Spaß an seinem Mordinstrument gefunden. Eine innige Beziehung sozusagen.«

Onkel Heini nickte vehement. »Genau das ist es. Die Salami wurde zum Markenzeichen. Sie erhebt den Mörder und macht ihn unvergleichbar.«

Damit mochte Onkel Heini recht haben, es brachte die Erkenntnisse aber nicht wesentlich weiter, fand Tammo.

Swantje sprang auf. »Der Gedanke ist genial!«, lachte sie. »Die Salami muss irgendwie eine Vorgeschichte haben, die uns zum Mörder führt. Vielleicht ist es eine friesische Vorgeschichte, aber die finde ich heraus.«

Der Rest der Runde hatte nichts verstanden.

Swantje war bereits auf dem Hof, als Tammo ihr folgte. »Wie wäre es, wenn du mich mal aufklären würdest?«, protestierte er, während Swantje in den Wagen stieg.

Swantje startete den Wagen. Tammo beeilte sich auf den Beifahrersitz zu kommen. Swantje fuhr Richtung Wache.

»Der Salamimörder hat mit Salami experimentiert. Das wissen wir von Gunnar. Seine Salami ist aber anscheinend nie verkauft worden. Als er hörte, dass Sönke anscheinend krumme Geschäfte machte, ist er ausgeflippt, hat sich eine Salami geschnappt und bumm!««

»Und wie stellst du dir die weitere Herangehensweise vor?«

»Wir wissen, dass für die Salami kein Biofleisch verwendet wurde. Wir können davon ausgehen, dass nur ein

Schlachter in der Lage ist, eine gute Salami zu machen. Wir können weiter davon ausgehen, dass der Schlachter mit der Salami einen neuen Markt erobern wollte.«

»Und jetzt?«

»Möchte ich wissen, ob Malte Jenning etwas mit Salami gemacht hat.«

»Seine Betriebe liegen im Südoldenburgischen.«

»Na und?«

14. Tag

Montag, 18. Juni

Bis um 21.30 Uhr waren Swantje und Tammo in den Schlachtereien von Malte Jenning unterwegs. Es gab spürbaren Widerstand. Von Salami wollte niemand etwas wissen. Jedenfalls nicht von denen, die deutsch sprachen oder verstanden. Und davon gab es mal gerade eine Handvoll. Tammo entdeckte in einem Nebenraum zwei Schweine, die nicht mehr auf die Beine kamen. Sie zuckten und hechelten. Herzinfarkt, vermutete Tammo. Als sie eine viertel Stunde später an dem Raum wieder vorbei kamen, waren die Schweine verschwunden. Tammo vermutete Übles.

Swantje träumte wild von Salamiwürsten. Sie schlugen wüst auf etwas ein, was nicht zu erkennen war. Es war eine unruhige Nacht. Um 6 Uhr stand sie auf, zog sich an und ging in den Stall. Was sie dort wollte, wusste sie nicht. Das Thermometer an der Stalltür zeigte bereits 24 Grad. Xanthippe, die Kampfsau, lag hechelnd in ihrer Bucht. Welch ein angenehmes Leben sie selbst bei Hitze führte. Die Hühner verweigerten den Auslauf und saßen mit geöffnetem Schnabel auf den Stangen. Swantje blieb eine Weile unentschlossen stehen. Was sollte sie zuerst machen?

»Hier steckst du!« Swantje fand Gudrun im Schweinestall hinter dem Schlachthaus.

»Ich bin ziemlich ratlos. In letzter Zeit hat sich bei mir

vieles geändert, obwohl ich noch nicht genau weiß, wo die Reise hin geht.«

»Wer stellt außer dir noch Salami hier in der Gegend her?«

»Die Frage hast du mir schon einmal gestellt. Ich weiß es nicht.«

»Könnte Franz Klötzer Salami gemacht haben?«

Gudrun lächelte. »Franz? Natürlich, aber warum sollte er?«

»Um dir zu zeigen, dass er auch etwas Besonderes kann.«

»Glaube ich nicht. Er ist konservativ bis in die Knochen. Salami hält er für südländisches Teufelszeug.«

»Gunnar meint, dass die Salami vor über zwei Jahren gemacht worden sind.«

»Da bin ich gerade aus Süddeutschland gekommen. Ich glaube nicht, dass die Salami mit mir direkt etwas zu tun hat.«

»Wann hast du mit deiner Salamiproduktion begonnen?«

»Vor etwa einem Jahr! Ich habe auch Mortadella gemacht. Du musst heute den Kunden Spezialitäten bieten.«

Franz Klötzer kam in den Stall. Misstrauisch schielte er zu Swantje, dann öffnete er eine Stalltür und trieb die Schweine ins Schlachthaus.

»Herr Klötzer«, rief Swantje, »hat Herr Gross mal versucht Salami zu machen?«

»Der Chef doch nicht.«

»Wissen Sie, ob Malte Jenning Salami gemacht hat?«

Franz Klötzer überlegte angestrengt. »Er ist mit uns vor drei Tagen in sein Fleischwerk nach Vechta gefahren.

Da sollten wir arbeiten, bis der Schlachthof hier in Varel aufmacht.« Mit flackernden Augen sah Franz Klötzer Gudrun an. Sein schlechtes Gewissen trieb ihm die Röte ins Gesicht. »Da habe ich aber nur Mettwürste gesehen.« Er ging zum Schlachthaus.

Tammo hatte die Nacht salamifrei verbracht. Kurz nach 7 Uhr schlug er die Augen auf, wischte sich den Schweiß von der Stirn und ging ins Bad. Swantjes Salami Theorie hielt er für ziemlich weit hergeholt. Es amüsierte ihn, dass Swantje plötzlich intuitiv zu recherchieren begann. Die kühle, immer berechnende Hauptkommissarin stieg in die Abgründe friesischer Salamigeschichten. Sollte sie mal machen! Nach dem Frühstück wollte er noch einmal alle Unterlagen, die es über Malte Jenning gab, in der Wache durchgehen. Irgendwo musste es einen Hinweis geben, wohin sich Jenning abgesetzt hatte. Da dessen Wagen am Bahnhof abgestellt wurde, aber zu dieser Zeit kein Zug fuhr, war anzunehmen, dass er einen Komplizen hatte – oder eine Komplizin. Daraus ergab sich die Frage, ob er zu ehemaligen Kollegen in Süddeutschland noch Kontakte hatte, ob er dort Freunde oder Freundinnen hatte. Tammo kam in Fahrt. Er suchte sein Notizbuch. Wo hatte es Gisela nur versteckt? Ohne Notizbuch wäre Swantje weniger beeindruckt von seiner stringenten Logik. Er würde, stellte er sich vor, im passenden Moment sein Notizbuch zücken und ihr mit klarer Stimme seine Erkenntnisse vorlesen. Wo war nur das verflixte Notizbuch? Sein Blick, obwohl es völlig unlogisch war, fiel aus dem Küchenfenster und fing sich dann an dem Alpenveilchen in der Fensterbank. Grundsätzlich fand er Alpenveilchen doof, hatte es aber bei einer Tombola der Freiwilligen Feuerwehr gewonnen und es nicht übers Herz gebracht, die Pflanze in der nächsten Mülltonne zu entsorgen. Seit einem Jahr überlebte das Alpenveilchen mit sporadischen Gaben an Kaffee, Cola oder auch mal Wasser, je nachdem, was Tammo gerade zur Hand hatte, wenn er zufällig auf die Anwesenheit des Veilchens stieß. Da war es, das Notizbuch. Er oder Gisela hatten es zwischen Alpenveilchen und Fenster geklemmt. Zu welchen beschränkten Handlungen war der Mensch nur fähig? Tammo stand auf und holte das Notizbuch. Wie war das doch gleich mit der Logik von vorhin gewesen?

Tammo fuhr zur Wache. Das Notizbuch hatte er in seiner Hemdtasche verstaut. Wo steckte eigentlich Swantje, fragte er sich kurz vor der Wache. Eine Antwort wollte er eigentlich nicht. Malte Jenning, der war sein Thema. Onno brachte ihm alle Unterlagen, die sie auf der Wache hatten. Tammo begann mit den wenigen privaten Aufzeichnungen von Malte Jenning. Der Kerl schien gar kein Privatleben zu haben. Kein Hinweis auf Frauengeschichten, keine Urlaubsreisen, nicht einmal eine Rechnung über ein Saufgelage. Tammo klopfte mit dem Stift nervös auf den Tisch. Was würde man über ihn finden, wenn er verschwinden würde? Ziemlich ausgebleichte Fotos seiner Exen, eine beschissene Wohnungseinrichtung und unregelmäßige Kontobewegungen, um die Zeche im Dorfkrug zu bezahlen. Mit etwas Abstand betrachtet war das ein ziemlich jämmerliches Bild. Oder um es genauer zu formulieren: Seine Vergangenheit und Gegenwart waren aus der Sicht Außenstehender Sperrmüll. Malte Jenning hinterließ immerhin marode Schlachthöfe und die Aura eines Kriminellen. Beides bot zumindest Raum für wüste Spekulationen und Verschwörungstheorien. Bei ihm gab es keine Verschwörungstheorien – nur ein Alpenveilchen in der Fensterbank. Tammo brauchte einen Kaffee. Er stand auf und ging zu Onno, der im Vorraum saß. Onno war der Herr über Kaffeemaschine und Kaffeekasse.

»Ist Kaffee da?«, fragte Tammo. Onno deutete mit dem Kopf zu einer Thermoskanne.

»Was ist mit den Fotos?«, wollte Onno wissen.

»Welche Fotos?« Tammo goss sich den Kaffee in seinen Becher.

»Die Fotos, die die Kollegen in der Nacht geschossen haben, als ihr hinter den Pferdedieben her wart.«

Der Kaffee war heiß. Tammo pustete in den Becher. »Welche Fotos haben die denn gemacht?«

»Von denen, die bei ihnen vorbeigefahren sind.«

Die Tür zur Wache ging auf. Der junge Mann war groß, schmächtig, mit gegeltem braunem Haar und eindeutig schwul.

»Grüß Gott! Ist hier wer Kompetentes?«, fragte er mit versucht weiblicher Stimme.

»Wir sind hier nur kompetent. Dauernd, sozusagen!«, gab Onno zurück.

»Es geht um Malte. Ich mach mir solche Sorgen.«

»Malte Jenning ist schwul?«, tönte es im Gleichklang von Tammo und Onno.

»Nicht dass Sie das an die Presse geben. Nicht auszudenken! Aber ich mache mir solche Sorgen.«

»Dann kommen Sie mal mit!« Tammo führte den jungen Mann in sein Büro.

»Malte ist so ein sensibles Wesen, der ganze Ärger … nicht dass er sich etwas … ich kann es gar nicht aussprechen …«

Von welchem Wesen und von welchem Malte sprach der junge Mann? Meinten sie dieselbe Person?

»Sie sprechen doch gerade von Malte Jenning – oder?«, vergewisserte sich Tammo.

»Natürlich! Von wem denn sonst?« Der junge Mann setzte sich, schlug die Beine übereinander und versuchte sich in Pose. Er musste wohl viele schlechte Filme in der Vergangenheit gesehen haben, schloss Tammo aus seinen Bewegungen.

»Wie heißen Sie?«

»Ich bin der Sepp. Sepp Zwirnnagel aus Ingolstadt. Furchtbar, sag ich Ihnen.«

Die geballte Wucht von einem karnevalistisch gekleideten Mann, bayrischen Tönen und einer ondulierten Stimme war für Tammo etwas viel. Er schluckte mehrere Male.

»Was ist furchtbar?«

»Ingolstadt … und das Bayrische an sich. Kleingeister ohne Poesie und Herzenswärme.«

»Und die hatte Malte Jenning?«

»Ausgesprochen! Er hat als Mann so was Ursprüngliches, Wildes … und dann immer der leichte Duft von Frischfleisch und Geräuchertem. Wahnsinn!«

Onno stand grinsend in der Tür.

»Setz dich, bitte«, forderte ihn Tammo auf. Er brauchte Hilfe, Beistand. Onno setzte sich neben Tammo.

»Hör auf so albern zu grinsen«, fauchte ihn Tammo gleich an. Dann wandte er sich wieder seinem Gegenüber zu.

»Wann haben Sie Malte Jenning das letzte Mal gesehen?«

»Das war vor vier Tagen in Cloppenburg. Ich hab uns da ein kleines Nest gemietet. Er kam gegen 23 Uhr nachts. Ich hatte Scampi mit Salat zubereitet. Völlig verkocht. Furchtbar. Und dann hat er noch nicht einmal richtig mit mir geredet. Sex wollte er auch nicht. So was kommt bei uns eigentlich nicht vor!«

»Das war die Nacht bevor er verschwand. Wann hat er am nächsten Tag Ihr Nest verlassen?«

»Ich lag noch im Bett. Es muss so gegen 9 Uhr gewesen sein. Das war das letzte Mal.«

»Hatte er erwähnt, dass er verreisen wollte?«

»Aber nein! Wir verreisen immer gemeinsam. Er liebt mich!«

Genau das konnte sich Tammo nur schwer vorstellen. Das Bild, das er von Malte Jenning hatte, passte so gar nicht zu einem liebenden Schwulen.

»Was machen Sie denn beruflich?«, fragte er, um seine Gedanken zu sortieren.

»Ich bin Mediendesigner.«

»Und wo haben Sie Malte Jenning kennengelernt?«

»In München. Wir haben uns gesehen und es hat gefunkt. Durch und durch!«

»Aber ihre Beziehung haben sie geheim gehalten?«

»In der Fleischbranche«, jetzt kicherte der junge Mann, »ist schwul noch nicht angekommen. Das sind noch alles solche Kerle.« Er deutete mit seinen Armen Größe an, die man durchaus als dick wie auch als schulterstark interpretieren konnte. Für die Ermittlungen war der Umfang von Fleischern unerheblich.

Tammo beugte sich etwas vor. »Hat Malte Jenning mit Ihnen über seine Geschäfte gesprochen?«

»Wissen Sie, wie sexy das ist?«

Tammo wich zurück. »Was?«

»Wenn er über Geschäfte spricht. Malte spricht absolut geil über Geschäfte. Es hat was Dimensionales.«

»Und was hat er über seine Geschäfte gesagt?«

»Was weiß ich!« Er verdrehte die Augen. »Kaufen, verkaufen, viel tote Tiere. So was eben.«

»Hat er über Varel gesprochen?«

»Wir sind quasi Eheleute. Ich will meinen Mann da nicht in …«

»Quasi, wie Sie selber sagen. Sie sind zur Aussage verpflichtet, solange Sie sich selber damit nicht belasten.«

»Das ist es ja!«, kreischte er. »Sie wissen gar nicht, wie belastend das alles für mich ist. Ich bin der gute Hausgeist, die Fee der Liebe. Was interessiert mich ein Schlachthof in Varel.«

»Sie haben aber doch gerade gesagt, dass Sie es sexy finden, wenn Herr Jenning über Geschäfte spricht.«

»Der Sound. Der Sound, wie er darüber spricht. Diese Stärke und Urgewalt in seiner Stimme.«

Tammo überlegte, ob es Sinn machte, ihn zu fragen, ob er sich an Details erinnerte.

Onno rutschte auf seinem Stuhl hin und her. »Tragen Sie auch Frauenkleider?«, wollte er wissen.

In diesem Moment läutete das Telefon. Gunnars Nummer leuchtete auf dem Display.

»Torf!«, sagte Gunnar.

»Was für Torf?«

»Ich habe an der Salami kleine Spuren von Torf gefunden. Ich nehme an, dass der Torf an den Buchenspänen, die zum Räuchern benutzt wurden, hing.«

»Und was sagt uns das?«

»Die Schlachterei, wo die Salami gemacht wurde, muss in einem Torfgebiet liegen. Und davon gibt es nicht so viele!«

Tammo verstand und sein erster Gedanke richtete sich auf Gudrun.

Swantje und Gudrun gingen in die Wurstküche. Gudruns Mutter stand an der Wurstmaschine.

»Mama, habt ihr irgendwann mal Salami gemacht?«, fragte Gudrun.

»Das ist ewig her. So was essen die Friesen nicht, da haben wir es wieder gelassen.« Frau Gross war wie immer schlecht gelaunt.

»Und wie lange ist das her?«, wollte Swantje wissen.

Frau Gross stellte die Wurstmaschine ab. »Da war Gudrun noch in Süddeutschland. Vielleicht fünf Jahre.«

Tammo kam. »Wo werden die Buchenspäne fürs Räuchern gelagert?«, fragte er ohne Vorankündigung.

Franz Klötzer schielte um die Ecke des Schlachthauses. Frau Gross schaltete die Wurstmaschine wieder an.

»Ich hab Sie was gefragt!«, rief Tammo. Gudrun und Swantje verstanden die Situation nicht.

»Hinter der Mauer im Garten. Da steht ein Schuppen.«

»Und warum sagt uns das niemand?« Tammo war zornig.

»Da hat ja keiner nach gefragt.«

Tammo ging zur Tür. Gudrun und Swantje folgten. In der Mauer neben der Wurstküche gab es ein Tor. Tammo fingerte am Schloss. Das Tor war abgeschlossen.

»Wer hat den Schlüssel?«

»Franz oder meine Mutter.«

Tammo war in Fahrt. Er lief zur Wurstküche. »Wer hat den Schlüssel zum Tor in der Mauer?«

Franz Klötzer stand bei Frau Gross. Er sah seine Chefin an, dann zog er den Schlüssel aus seiner Hosentasche und gab ihn Tammo.

Neben dem Tor stand der Schuppen mit den Spänen. Tammo bückte sich. Der Boden bestand tatsächlich aus Torf.

»Mit diesen Spänen sind aller Wahrscheinlichkeit nach die Salami geräuchert worden. Ich denke, das ist ein Fall für die SpuSi.«

Swantje und Gudrun hatten immer noch nicht verstanden, was Tammo eigentlich meinte. Er stand auf und sah sich in dem verwilderten Garten um. »Was ist das da hinten?«, fragte er Gudrun.

»Ein altes Gartenhaus. Mein Großvater hat es benutzt, als der den Garten noch bewirtschaftete.«

Tammo lief los, bremste aber nach einigen Schritten ab. Irgendjemand muss in letzter Zeit zu dem Gartenhaus gegangen sein. Das Gras war teilweise niedergetreten.

Swantje hatte die SpuSi benachrichtigt und steckte ihr Handy in die Tasche. »Was hältst du davon, wenn du mir mal sagst, was hier abgeht.«

Tammo berichtete von Gunnars Anruf und von dem Besuch des Freundes Malte Jennings.

»Der war schwul?«, schoss es Gudrun über die Lippen.

»Sieht ganz danach aus.«

Gudrun schüttelte den Kopf. »Der Kerl war der Macho an sich und dann ist er schwul.«

Tammo blieb etwa fünf Meter vor dem Schuppen stehen. »In letzter Zeit war jemand hier. Er hat sich sehr vorsichtig bewegt, aber einige Brennnesseln dort sind noch etwas abgeknickt.«

Nach gut 20 Minuten war die SpuSi da. Nach weiteren 20 Minuten durften Swantje, Tammo und Gudrun das Gartenhaus betreten. Zwei Beamte der Spurensicherung waren vor und zwei in dem Schuppen beschäftigt. Innen schien er größer als außen. An der rechten Wand gab es Kaninchenställe bis unter das Dach. Gegenüber standen eine Werkbank und ein Schrank. Gleich daneben war ein alter, zerbeulter Räucherofen. Die Natur hatte in den letzten Jahrzehnten ihre Spuren hinterlassen.

Frau Gross tauchte hinter Swantje und Gudrun auf. »Was wollen die denn alle hier?«

»Wer hat zuletzt diesen Räucherofen benutzt?«, fragte Tammo.

Gudruns Mutter verzog das Gesicht. »Mein Vater.«

Tammo öffnete den Räucherofen. Alle schoben neugierig die Köpfe zusammen. Es hingen vier Salami darin.

»Von wegen Ihr Vater! So alt sind die Salami auf keinen Fall! Und wie es aussieht, hingen hier noch mehr Würste.« Tammo sah sich die Metallstange, an der die Salami hingen, genauer an.

»In den Garten kann jeder. Da hinten ist noch eine alte Pforte.« Frau Gross deutete zum Ausgang.

»Immerhin wissen wir nun, wo die Tatwaffen gemacht worden sind!«, fiel Swantje ein. »Mit einer wurde Sönke Bender umgebracht und mit einer anderen Dölling. Und dann schließlich noch Ihr Mann.«

»Sehen wir uns die Pforte an.« Tammo verließ das Gartenhaus.

Auch an der Pforte hatte der Zahn der Zeit genagt.Das Holztor hing nur noch in einem Scharnier und das Holz selbst war von Wasser und Wetter zerfressen.

»Stop!«, rief einer der Beamten der SpuSi und schob sich an Swantje und den anderen vorbei. Er ging in die Hocke, sah sich vorsichtig das Tor und den Boden an.

»Hier ist jemand in letzter Zeit durchgegangen«, stellte er fest.

»Fußspuren?«, fragte Swantje.

Er sah sie irritiert an. »Wie soll es denn bei dem ausgedörrten Boden Fußspuren geben? Aber hier, abgeknickte Pflanzen, hier am Holz, das Moos ist angefasst worden. Ich werde es auf Fingerabdrücke untersuchen. Wahrscheinlich kommt da nichts bei raus. Im Gartenhaus haben wir auch keine gefunden. Der Täter hat Handschuhe getragen.«

»Es ist zum Kotzen! Jede Spur verläuft sich im Sand. Gibt es hier Nachbarn, die vielleicht etwas gesehen haben?«

»Das Haus gegenüber steht seit einem Jahr zum Verkauf. Die beiden anderen sind Ferienhäuser.« Gudrun sah Swantje entschuldigend an.

Tammo saß schon eine ganze Weile allein in seinem Büro und sah aus dem Fenster. Die Sonne brannte durch die Scheibe. Er hatte die Schlachterei verlassen, weil er seine Gedanken sortieren wollte.

Wer hat die Salami im Garten gemacht? Viele blieben nicht. Malte Jenning fiel auf jeden Fall aus. Oder doch nicht? Hatte er von Beginn an geplant, Gudrun als mögliche Täterin in den Focus der Ermittlungen zu rücken? Aber war das Risiko nicht zu hoch, sich laufend in den Garten zu schleichen, um Salami zu machen? Quatsch!, dachte Tammo. Die Salami waren mindestens ein Jahr alt. Kein normaler Mensch kommt auf die Idee – und schon gar nicht mit Fenchel – Mordsalami herzustellen. Wo war Malte Jenning? Bestand die Möglichkeit, dass Malte Jenning auch umgebracht worden war? Wer hatte ihn oder seinen Wagen zum Oldenburger Bahnhof gefahren? Wo war die Leiche? Wie und wo hat er den Täter getroffen? Kannte er den Täter?

Es war Zeit, dass er wieder zur Schlachterei fuhr. Swantje war noch immer dort. Sie war bei Gudrun geblieben und wollte weitere Ergebnisse der SpuSi abwarten. Onno saß wieder schlechtgelaunt vor den Überwachungskameras, als Tammo die Wache verlassen wollte.

»Und was ist mit den Fotos?«, fragte Onno.

»Welche Fotos?«

»Na die, die in der Nacht der Pferdediebe von den Kollegen geschossen wurden. Können die weg?«

»Leg sie auf meinen Schreibtisch.«

Auf dem Weg nach Langendamm traf er Schorsch. »Wenn du jemanden zwischen Varel und Oldenburg umbringen müsstest, wo würdest du die Leiche verschwinden lassen?«

Schorsch brauchte nicht lange zu überlegen. »Im Moor bei Westerstede. Da gibt es noch richtige Moortümpel.«

»Kommt man da mit dem Auto ran?«

»Wer sich auskennt.«

Als Tammo losfuhr, rief er die SpuSi an. Sie war noch

bei Gudrun. »Gab es Spuren von Moor bzw. Torf an den Reifen des Wagens von Malte Jenning?« Tammo hörte geradezu das nachdenkliche Schweigen auf der anderen Seite.

»Stimmt!«, war die Antwort. »Ganz frischer Torf, nicht abgelagerter. Bedeutet das was?«

»Ich bin gleich bei euch!«

Als Tammo die Schlachterei erreichte, sah er Franz Klötzer, der um das Tor in der Mauer zum Garten herumschlich.

»Wo sind die anderen?«, fragte er.

Franz Klötzer deutete nur eine Kopfbewegung Richtung Garten an, dann ging er in die Schlachterei. Swantje, Gudrun und Frau Gross standen noch an der Pforte.

»Ich habe da eine Mutmaßung«, und dabei wischte sich Tammo mit dem Zeigefinger über die Nase. »Es könnte noch einen Toten geben.«

»Würdest du vielleicht die Sprache mal so benutzen, dass man sie auch versteht?« Swantje merkelte mit ihren Mundwinkeln.

»In der Schulzeit hat man mich bereits wegen meiner klaren Sprache gelobt.«

»In Friesisch vielleicht. Auf Hochdeutsch bist du geradezu unverständlich.«

»Was soll daran unverständlich sein, wenn ich sage, dass es unter Umständen noch einen Toten gibt.«

»Man wirft nicht einfach Tote in die Runde, wenn es gerade um Salamispuren geht. So was nennt man Gedankensprünge, die, ganz nebenbei bemerkt, auf eine erhebliche, jawoll, erhebliche Konzentrationsschwierigkeit schließen lassen.«

»Ich hatte noch nie eine Konzentrationsschwierigkeit. Ich weiß gar nicht, was das ist. Mein Gehirn funktioniert wie eine Maschine.«

»Deine Maschine hat ein Rad ab …«

»Um welchen Toten soll es sich denn handeln?«, fragte Gudrun mit beruhigender Stimme.

»Malte Jenning«, sagte Tammo sichtlich verblüfft.

»Wie kommst du denn darauf?« Swantje war noch immer auf Krawall gebürstet.

»Es gibt Moor- also Torfspuren an den Rädern seines Wagens. Frische!«

Swantje sah die anderen beiden Frauen hilfesuchend an. »Versteht ihr sein Gerede?«

»Ist doch völlig klar«, meinte Gudrun voller Unschuld. »Malte und wahrscheinlich sein Mörder waren im Moor. Dort wurde Malte versenkt und der Mörder hat den Wagen am Bahnhof in Oldenburg abgestellt.«

»Stimmt! Sag ich doch!«, meinte Tammo dazu.

»Ihr Friesen könnt mit drei Worten die ganze Welt erklären – aber nur für euch!« Swantje stampfte Richtung Tor in der Mauer. Tammo folgte ihr.

»Das ist unter Umständen eine Spur!«, rief er ihr zu.

»Eine Spur, da lachen ja die friesischen Hühner! Die vielleicht nicht, aber der Rest der Hühnerwelt.«

Tammo ließ Swantje ziehen. Er wartete, bis er hörte, dass sie wegfuhr. Dann stieg er in seinen Wagen und fuhr zu Schorsch. »Wir müssen ins Moor!«, sagte er und Schorsch stieg ohne Fragen ein.

Wie würde jemand von Varel kommend ins Moor fahren, um eine Leiche zu beseitigen? Laut Plan gab es dafür nur zwei mögliche Wege. Tammo und Schorsch einigten sich so:

»Wie?«, fragte Tammo.

»Hier – oder hier!«

»Und woanders?«

»Riesen Umweg.«

»Also hier!«

Sie bogen in einen Feldweg, der nicht asphaltiert war. Tammo blieb nach wenigen Metern stehen.

»Müsste Spuren geben.«

Er suchte den Pfad ab.

»Ist ganz schön trocken!«, meinte Schorsch, der auch suchte.

»Maltes Kiste ist schwer.«

An einer ausgetrockneten Pfütze wurde Schorsch fündig. »Hier!«

Tammo grinste, als er an Swantje dachte. Er griff zu seinem Handy und rief die SpuSi an. Nachdem er das Gespräch beendet hatte, sagte er zu Schorsch. »Wir gehen zu Fuß weiter.«

Jeden Moortümpel untersuchten sie genau. Nach ihrer Theorie musste es ja Schleifspuren geben. Die Leiche, vermuteten sie, lag im Kofferraum, wahrscheinlich eingewickelt, weil es ja keine Blutspuren gab.

»Der taugt nicht!«, meinte Schorsch, nachdem er den ersten Tümpel mehrfach umrundet hatte.

»Warum?«

Schorsch hüpfte auf den schwankenden Boden. »Wie Pudding. Viel zu weiter Weg ins tiefe Wasser.«

»Stimmt!«

Sie gingen weiter. Knapp 100 Meter weiter bog ein

Moorpfad rechts ab. Auf dem noch immer etwas feuchten Untergrund waren die Reifenspuren eindeutig. Tammo und Schorsch folgten ihnen. Der Pfad führte zu einem Tümpel, der sich wahrscheinlich in den letzten Jahren erst gefüllt hatte. Die Abbaukante des Torfs war noch deutlich zu erkennen – die Leiche auch. Sie schwamm in Plastik gehüllt unter einer abgebrochenen Birke. Tammo rief Gunnar an.

Swantje fuhr mit ihrer Wut zur Wache, obwohl sie nicht wusste, was sie dort sollte. Sie setzte sich hinter ihren Schreibtisch und starrte auf den verschlossenen Laptop. Die Gesetze der Logik, ihrer Logik, steckten darin. Sie klappte den Laptop auf, gab die neusten Erkenntnisse hinein. Der Laptop wusste auch nicht mehr als sie. Das ärgerte. Vielleicht sollte sie sich umziehen. Umziehen hatte etwas Beruhigendes und Beruhigung konnte sie jetzt dringend gebrauchen. Sie stand auf. Ihr Handy klingelte.

Es war Henning Papstein. »Können Sie nach Oldenburg kommen? Es gibt Interessantes zu berichten – ob es uns hilft, weiß ich noch nicht.«

»Salami!«, stellte Gunnar sachlich fest. Der Tote war Malte Jenning und er wurde mit einer Salami erschlagen.

»Ich schätze, dass der erste Schlag bereits zur Ohnmacht geführt hat«, fuhr er fort. »Hier, genau auf die Stirn. Der Salamimörder wird immer mehr zum Profi. Dieses Mal gibt es auch weniger Platzwunden als bei den anderen Morden. Der Blutverlust ist dementsprechend gering. Der tödliche Schlag, wie bei den anderen auch, war der Genickschlag. Knack und tot!«

Tammo rief Swantje an.

Sie saß bereits Henning Papstein gegenüber, als sie Tammos Anruf erreichte.

»Malte Jenning ist auch tot!«, teilte sie Henning Papstein mit, als der Anruf beendet war.

»Der Salamimörder?«, vergewisserte er sich.

Swantje nickte.

»Das passt alles noch nicht zusammen. Ich war noch einmal in Münks Wohnung. Der Kollege Tammo Poppinga hat da etwas übersehen.«

»Aha!«, triumphierte Swantje.

»Keine falsche Begeisterung! Immerhin hat mir Tammo von den Porno DVDs ohne Etikett in einem Nebensatz erzählt. Ich habe mir die DVDs genauer angesehen.«

Jetzt war Swantje fast entsetzt. Henning Papstein guckt konzentriert Pornos?

Henning Papstein fuhr ruhig fort. »Auf den DVDs gab es jede Menge Dateien über die Geschäftsverbindungen des Herrn Münk. Ich habe mir Münks Geschäftsverbindungen genauer angesehen. Es ist ein erstaunliches Netzwerk, das er in den letzten Jahren aufgebaut hat. Der Herr Bankdirektor war an mindestens zwei Investmentfirmen beteiligt, saß im Aufsichtsrat einer niederländisch-deutschen Kreditgesellschaft, die mit ihren Geschäftspraktiken immer haarscharf am Legalen vorbei schrammte, und – das ist besonders bemerkenswert, er sitzt auch im Vorstand der ›viandeurop‹. Bis vor wenigen Minuten, um genau zu sein, bis zu Tammos Anruf, war ich der Meinung, dass Jenning und Münk gemeinsame Sache gemacht haben. Mit dem Tod von Jenning taugt meine Theorie nicht mehr. Wer steckt also dahinter?«

»Viele bleiben nicht mehr – es sei denn, dass jemand

von außen, beispielsweise von der ›viandeurop‹, seine Finger mit im Spiel hat. Schließlich agiert die Firma europaweit.«

Henning Papstein schüttelte nachdenklich den Kopf. »Es ergibt keinen Sinn. Mit dem Tod von Malte Jenning ist ihnen ein Geschäft geplatzt. Niemand in Varel ist jetzt bereit, ihnen die Baugenehmigung für den Schlachthof zu geben. Das ist verbrannte Erde.«

»Es gibt aber nach wie vor eine Baugenehmigung für den Bioschlachthof!« Swantje war wie elektrisiert.

»Gudrun Gross?«, fragte Henning Papstein.

»Wer denn sonst?«

»Sie hatten sie doch unter Personenschutz!«

»Hatte ich nicht. Als Malte Jenning ermordet wurde, war ich mit den Pferdedieben beschäftigt. Onkel Heini schläft wie ein Murmeltier. Da ist es ein Leichtes, nachts das Haus zu verlassen.«

»Warum sollte sie ihren Vater umbringen?«

»Haben Sie den alten Gross mal kennengelernt?«, fragte Swantje zurück.

»Nee!«

»Er hat einen Lederstring an!«, verkündete Gunnar neben der Leiche.

Tammo schüttelte den Kopf. Das auch noch, aber immerhin öffnete ihm der String ein Bild zur schwulen Vergangenheit Malte Jennings. Nicht der String oder das Schwulsein war Thema, sondern die Frage, wer Malte Jenning ermordet hatte. Tammo war unzufrieden. »Ist doof, dass der tot ist!«

»Wegen dem String?«, wunderte sich Gunnar.

»Quatsch! Der hätte gut als Mörder gepasst. Beschissener Charakter, geldgeil und arrogant. Dass der schwul war, tut mir nur für die Schwulen leid.«

»Warst du denn überzeugt, dass er der Salamimörder ist?«

Tammo musste eine Weile nachdenken. »Nee, eigentlich nicht. Passte eben nur gut.«

Einer der Männer der SpuSi kam. »Die Reifenspuren sind identisch mit den Reifen des Wagens von Herrn Jenning.«

»Hab ich mir gedacht. Jetzt sind so ziemlich alle tot, die etwas mit dem Schlachthof …«

»Bis auf …!«, sagte Schorsch kleinlaut.

»Wir fahren!«

Tammo ließ Schorsch vor seiner Haustür aussteigen. Schorsch wollte nicht mit zu Gudrun fahren. Es war ihm peinlich.

Als Tammo die Schlachterei erreichte, sah er Swantjes Wagen. Ob sie die gleiche Idee hatte?

»Wo warst du in der Nacht, als Malte Jenning ermordet wurde?«, hörte er Swantjes Stimme schon von außen. Sie war außer sich. Tammo ging in die Wurstküche. Überall betretene Gesichter.

»Spinnst du?«, rief er laut. »Du verhörst Gudrun vor der ganzen Belegschaft? Wo gibt es denn so was?«

Gudrun weinte. Ihre Mutter stand wie ein Fels neben ihr. Swantjes Augen blitzen. Sie wollte ausholen, besann sich aber. Sie zog die Handschellen aus dem Gürtel.

»Was soll das denn?«, protestierte Tammo weiter.

»Gudrun ist verhaftet!«, gab Swantje zurück.

»Aber doch nicht mit Handschellen!«

Tammo ging zu Gudrun, nahm ihren Arm und führte sie zu seinem Wagen.

»Wir sehen uns in der Wache.« Swantje blieb zurück.

Im Auto brachen Gudruns Tränen erst richtig heraus. Sie brauchte, um ihre Stimme wiederzufinden. »Du glaubst doch wohl nicht im Ernst, dass ich der Salamimörder bin?«

»Wer sollte es sonst sein?«

»Tammo!«, rief sie. »Das meinst du doch nicht wirklich. Ich wusste doch von dem ganzen Scheiß nichts.«

»Das werden wir sehen!« Tammo gab sich bewusst kühl, sonst wäre er zusammengebrochen. Er glaubte nicht an Gudruns Schuld. Er wollte auch nicht daran glauben. Schließlich hätte dann Swantje ja mit ihrer anfänglichen Theorie recht gehabt. Die Vorstellung fand er richtig widerlich.

Als sie in der Wache ankamen, war Swantje bereits da. Sie war, vermutete Tammo, über Rallenbüschen gefahren – geflogen! Tammo brachte Gudrun in das Verhörzimmer. Er brauchte dringend einen Kaffee.

An der Kaffeemaschine traf er Swantje. »War wohl vorhin etwas übertrieben von mir. Ich mag Gudrun, deshalb war ich auch so enttäuscht.«

Tammo holte tief Luft. »Und wie gehen wir jetzt vor?«

»Wir gehen Mord für Mord vor. Ich möchte wissen, ob sie irgendwo ein Alibi hat.«

»Wird schwierig. Sie lebt alleine und die Morde wurden nachts begangen.«

Beide tranken an ihrem Kaffee und gingen zum Verhörzimmer. Gudrun saß völlig apathisch auf ihrem Stuhl.

Ihre Lippen und ihre Augenlider flackerten. Tammo schaltete das Mikrofon ein.

»Verhör von Gudrun Gross. Montag, 18. Juni …« Er sah auf sein Handgelenk, wo die Uhr fehlte.

»18.47 Uhr«, ergänzte Swantje.

»Wo waren Sie in der Nacht, als Sönke Bender ermordet wurde?«, fragte Tammo, als er sich Gudrun gegenüber hinsetzte.

Gudrun starrte ihn mit hohlen Augen an. Ganz langsam löste sie sich aus ihrer Starre. »Warum sagst du Sie zu mir?«

Tammo stellte das Mikrofon ab. »Das macht man so bei einem Verhör!« Er stellte das Mikrofon wieder an. »Wo waren Sie in der Nacht, als Sönke Bender ermordet wurde?«

»Im Bett.«

»Gibt es dafür Zeugen?«

»Ich schlafe alleine!«

»Wo warst du in der Nacht, als Ulf Dölling ermordet wurde?«

»Im Bett! Duzen wir uns jetzt wieder?«

Tammo hatte keine Lust, weiter Nächte abzufragen.

»Du, äh, Sie haben ausgesagt, dass Sie sich mit Sönke Bender gestritten hatten.«

»Wenn ich jeden umbringen würde, mit dem ich mich streite, wäre Swantje schon einige Tode gestorben.«

»Worum ging es bei dem Streit?«

»Hab ich doch schon gesagt! Ich möchte jetzt alleine sein. Ich kann nicht mehr!« Das bewegungslose Gesicht von Gudrun entglitt, sie seufzte und die Tränen liefen hemmungslos. Ihr erster Atemzug war wie ein Schrei.

Swantje ging zu ihr, legte ihr ihre Hand auf die Schulter, ergriff mit der anderen den Arm und zog Gudrun langsam zu sich.

»Wir machen Schluss für heute«, sagte sie zu Tammo.

Im Dorfkrug wehte ihnen eine heftige Brise friesischer Kälte entgegen. Die anwesenden Herrschaften – Gisela, Schorsch, Gunnar und Ralf – hatten wohl bereits gemeinsam beschlossen, dass sie Gudruns Verhaftung für doof und überflüssig befanden.

»Na, mal action gemacht?«, fragte Ralf.

»Man kann ja auch 'ne Mücke mit 'ner Kanone erschießen!«, meinte Gisela.

»Wer soll's denn sonst gewesen sein?«, polterte Swantje los, aber sie dachte bereits anders. Gisela goss ihr ein Glas Vermentino ein. Tammo bekam ein Bier.

»Dass eine Frau ihren Liebhaber umbringt, kann ich ja verstehen. Dass sie dann noch ihren eigenen Vater umbringt, halte ich schon für ziemlich unwahrscheinlich. Dass Gudrun mit Salami durch die Lande zieht, halte ich für absurd.« Gunnar trank an seinem Bier.

Jetzt tauchte auch noch Onkel Heini auf. »Bier und Korn«, waren seine ersten Worte. Dann ging es weiter. »Spinnt ihr?«, und damit meinte er eindeutig Swantje und Tammo. »Warum werde ich nicht gefragt? In der Nacht als Malte Jenning zu Tode kam, war ich die halbe Nacht wach. Xanthippe hat nämlich geferkelt. Es wäre mir bestimmt aufgefallen, wenn Gudrun den Hof verlassen hätte.«

»Du warst im Stall?«, fragte Swantje.

»Natürlich. Xanthippe hat acht Ferkel bekommen. Um 2 Uhr morgens war sie damit durch.«

Auch wenn sie müde und lustlos war, wollte Swantje jetzt nicht einknicken. »Der Stall liegt gut 50 Meter vom Wohnhaus entfernt. Du willst doch nicht allen Ernstes behaupten, dass du jemanden hören würdest, der sich aus dem Haus schleicht. Das glaubt dir kein Gericht.«

»Vielleicht die Dölling?«, sinnierte Schorsch.

»Warum die?«, wollte Tammo wissen.

»Ich hab euch gleich gesagt, der Salamimörder ist eine Frau!«, gab Ralf zum Besten.

»Vielleicht hat die Dölling viel mehr über die Machenschaften ihres Mannes gewusst. Kann ja sein, dass sie mit Malte Jenning auch gemeinsame Sache gemacht hat.«

»Aber dann haut sie ihm doch keine Salami um die Ohren!«, warf Gisela ein.

Schorsch ließ nicht locker. »Und wenn die mit Münk …?«

15. Tag

Dienstag, 19. Juni

»Ich war's!« Frau Gross stand in der Wache, als Swantje und Tammo kamen. Die beiden sahen sich nur kurz an. Sie hätten der alten Gross gar nicht so viel Mitgefühl für ihre Tochter zugetraut.

»Kommen Sie mal mit!«, forderte sie Tammo auf. Sie gingen in das Verhörzimmer.

»Es ist sicherlich ehrenwert«, begann Swantje, »dass Sie sich so für Ihre Tochter einsetzen, aber es ist auch strafbar. Sie können nicht einfach behaupten, Sie hätten die Morde begangen, nur um Ihre Tochter zu entlasten.«

Frau Gross sah Tammo ratlos an. »Spinnt die? Ich war's. Ich will auf der Stelle verhaftet werden und Gudrun könnt ihr nach Hause schicken.«

Tammo legte seine Hand auf Frau Gross' Schulter. »Es ist vielleicht besser, wenn Sie erst einmal nach Hause gehen. Denken Sie in aller Ruhe noch einmal nach und dann unterhalten wir uns heute Nachmittag.«

»Ich will jetzt aber verhaftet werden!«

»Wann wir wen und warum verhaften, müssen Sie schon uns überlassen!« Swantjes Ton war plötzlich ausgesprochen barsch.

Unter lautstarkem Protest ging Frau Gross. Swantje und Tammo atmeten auf.

»Was hältst du von der Frau-Dölling–Theorie von Schorsch?«, fragte Tammo.

Swantje setzte sich. »Die Spur haben wir allerdings sträflich vernachlässigt. Es bestand ja immerhin die Möglichkeit, dass sie von den Geschäften und Verbindungen ihres Mannes wusste.«

»Was hätte sie vom Tod ihres Mannes gehabt?« Jetzt setzte sich Tammo auch.

»Genau das haben wir bisher nicht ermittelt. Hatte sie Verbindung zu Malte Jenning? Kannte sie Sönke Bender? Welche Rolle spielte der alte Gross in dem Spiel?«

»Und was machen wir mit Gudrun? Soll ich einen Haftbefehl beantragen?«

Swantje strich sich mit beiden Händen über das Gesicht. »Zum Kotzen. Sollen wir sie erst einmal laufen lassen?«

Tammo nickte.

Swantje stand müde auf, stützte sich kurz auf den Schreibtisch und streckte dann ihren Körper. »Du weißt, ich bin gegen Intuition. In unserem Job ist das wie Kaffeesatzleserei. Aber im Fall von Gudrun glaube ich einfach nicht an ihre Schuld.«

»Ich auch nicht, obwohl ich Intuition in unserem Job für wichtig halte. Mit Kaffeesatzleserei hat das gar nichts zu tun. Das ist Psychologie!«

Sie gingen Richtung Ausgang.

»Psychologie? Was soll das denn für eine Psychologie sein? Mutmaßungen und wüste Spekulationen haben nichts mit Psychologie zu tun.«

»Ich habe in meinem Leben noch nicht wüst spekuliert!«, verteidigte sich Tammo. »Ich bekomme, im Gegensatz zu dir, alle, auch die kleinsten Nuancen der Menschen in dieser Region mit. Als Friese hat man dafür ein Gespür!«

»Mettwurstpsychologie, sag ich nur!«

Franz Klötzer stand in der Wache bei Onno. Der Schlachter schwitzte und wankte nervös von einem Bein auf das andere. Onno sprach.

»Franz Klötzer behauptet der Salamimörder zu sein.«

Tammo war gerade richtig wütend. Swantje auch. Sie polterte los. »Und warum haben Sie die Menschen umgebracht?«

Franz Klötzer hob den Arm zu seinem Schutz. »Ich mochte die nicht!«

»Und der alte Gross?«, schoss Tammo weiter. »Der war doch dein großer Held!«

»Der hat Frau Gross betrogen. So was macht man nicht!«

Swantje ergriff den Arm von Franz Klötzer. »Ab ins Verhörzimmer! Das mach ich!«, sagte sie zu Tammo.

Tammo verließ die Wache.

Der Hof von Döllings schien wie verlassen. Tammo ging in den Stall. Er war leer. Er klingelte an der Haustür. Niemand öffnete. Tammo griff zu seinem Handy.

»Onno, ich brauche dringend die Adressen von den Dölling Töchtern.«

»Gunnar sucht dich!«

»Wo ist Gunnar?«

»In der Schlachterei von Gudrun.«

Im selben Moment fuhr Frau Dölling auf den Hof. Chic sah sie aus. Die Bäuerin schien Geschichte zu sein.

»Welch eine Veränderung«, bemerkte Tammo.

»Ich habe die Kühe verkauft – gut verkauft«, sagte sie mit einem wissenden Lächeln.

»Kannten Sie Herrn Gross und Herrn Münk?«

»Natürlich!«

»Und Sönke Bender?«

»Auch.«

Tammo griff in die Tasche zu seinem Notizbuch. Wo war das verdammte Ding nur? Er hatte es in der Wache vergessen.

»Wissen Sie zufällig, wann Bender ermordet wurde?«

»Nicht so richtig!«

»Und Herr Gross?«

»Schreiben Sie sich nie etwas auf?«

»Ich habe einen dringenden Termin. Ich möchte Sie in zwei Stunden in der Wache sehen.«

»Sie erzählen Müll!« Swantje stand über den Tisch gebeugt vor Franz Klötzer. »Ich habe mit Ihrer Schwester telefoniert. In der Nacht, als Herr Gross ermordet wurde, war Ihre Schwester wegen der Kinder bei Ihnen. Als Dölling ermordet wurde, lagen Sie völlig betrunken im Bett. Ich habe mit dem Wirt Ihrer Stammkneipe gesprochen. Was soll das?«

Franz Klötzer sank noch weiter in seinem Stuhl zusammen. »Ich habe nachgedacht. Gudrun ist verdammt fair. Eine gute Frau. So was gehört doch nicht in den Knast. Knast ist Männersache.« Jetzt wuchs er wieder. »Um die Kinder kümmert sich meine Schwester. Die macht das besser als ich. Sie brauchen doch nur zu schreiben, der Klötzer war's und peng, alles ist in Ordnung.«

»Da ist gar nichts in Ordnung. Sie haben eine Falschaussage gemacht.«

Franz Klötzer überlegte. »Sie sehen das aber ganz schön eng. Reicht doch ein Geständnis.«

»Es geht um die Wahrheit!«

»Was denn für eine Wahrheit? Meine Frau ist abgehauen, mein Haus sieht aus wie ein Mülleimer und ich weiß nicht wohin. Wahrheit ist verdammt unangenehm!«

Swantje setzte sich. Sie wurde ruhiger. »Das mit Ihrer Frau tut mir leid.«

»Mir nicht!«, polterte jetzt Franz Klötzer los. »Jahrelang hat sie mich wie den letzten Arsch behandelt. Die soll sehen wo sie bleibt. Gudrun, das ist ein feiner Mensch. Der alte Gross war auch ein feiner Mensch und jetzt tue ich der Gudrun was Gutes.«

»Gehen Sie! Tun Sie mir einen Gefallen und gehen Sie!«

Gunnar stand vor dem Räucherofen in dem Gartenhaus. Sein Gesicht spiegelte Erwartung und Trauer im gleichen Maße. Weder Gudrun noch ihre Mutter waren zu sehen.

»Ich bin die Nacht auf die Idee gekommen – und es ist sträflich, dass mir nicht schon vorher die Idee kam.« Gunnar war unsicher. Seine Bewegungen schlecht koordiniert. »Wenn ihr euch erinnert: Die Mordsalami bestand nicht aus Biofleisch. Eine Spur, die ich nicht verfolgt habe. Habe ich aber jetzt. Ich habe Antibiotika Rückstände und eine Konzentration von Pökelsalz gefunden, die bei Biowurst unzulässig sind.«

»Und?«

»Überlege doch mal: Die Salami wurden gemacht, als Gudrun gerade hier war. Da wollte jemand, das vermute ich jedenfalls, ihr einen Gefallen tun. Ihr zeigen, dass sie hier in der Schlachterei auch Spezialitäten herstellen können. Auch wenn es mit konventionellem Fleisch gemacht wurde. Die Salami ist dann nie zum Einsatz gekommen, weil Gudrun mit Biosalami begonnen hat.«

»Wo ist Gudrun?«, fragte Tammo.

»Die habt ihr doch eingesperrt!«, antwortete Gunnar.

Swantje hatte es anscheinend vergessen. Gudrun saß also noch ein. Sie fuhren zur Wache. Kaum waren sie angekommen, tauchte auch wieder Frau Gross auf.

»Was muss ich machen, dass ich verhaftet werde?«

Swantje ging wie eine Raubkatze auf Frau Gross zu. »Wir haben gerade andere Sachen zu tun. Ich wäre Ihnen äußerst dankbar, wenn Sie uns mit Ihren Geständnissen für eine gewisse Zeit verschonen könnten.«

»Dann bleib ich hier sitzen!«, sagte sie und setzte sich auf eine Holzbank.

Die Tür zur Wache flog auf. Oma Hedwig stand mit Filzhut und Gewehr in der Tür. »Was hat ein Gewehr in meinem Kompost zu suchen?«

»Mit dem Gewehr hab ich auf mich geschossen!«, tönte Frau Gross.

»Da sind noch Patronen drin. Ein Gewehr mit Patronen in meinem Kompost!« Oma Hedwig war außer sich. Tammo nahm ihr in aller Vorsicht das Gewehr ab.

»Du kannst doch das Gewehr nicht einfach anfassen! Wir müssen es auf Spuren untersuchen.«

»Könnt ihr vergessen. Ich hab das Gewehr nach den Schüssen mit Meister Proper geputzt. Da sind keine Spuren mehr drauf.« Frau Gross verschränkte ihre Arme vor der Brust.

Onno kam mit Gudrun. »Soll ich sie jetzt entlassen oder nicht?«

»Was ist hier los?«, brüllte Swantje. Das war falsch.

Oma Hedwig, Frau Gross und Gudrun plapperten zeitgleich los. Onno sah Tammo hilfesuchend an. Der zuckte nur mit den Achseln. In seinem Büro klingelte sein Telefon. Es war Henning Papstein.

»Hat Swantje Bilger Ihnen von meinen Erkenntnissen in Sachen Münk berichtet?«

»Hier ist im Moment der Bär los. Wir haben jede Menge Geständige.«

Tammo hatte die Fotos der Kollegen in der Hand, die sie in der Nacht der Pferdediebstähle geschossen hatten. Eines der Bilder zeigte Frau Gross. Es war eindeutig Frau Gross.

Tammo legte auf. Mit dem Foto kehrte er zu den Frauen und Onno zurück. Das Stimmgewirr hatte noch zugenommen. Swantje leistete dazu auch ihren Beitrag. Tammo holte tief Luft, dann brüllte er: »Ruhe!«

Stille! Tammo hielt das Foto hoch. Er wartete und fixierte Frau Gross. »Wie kommen Sie auf dieses Foto?«

Sie ging einen Schritt auf Tammo zu. »Ich nehme an, weil ich in dem Auto saß.«

»In der Nacht, als das Bild gemacht wurde, wurde Malte Jenning ermordet. Wo sind Sie in dieser Nacht hingefahren?«

»Zu Malte Jenning.«

»Mama!«, rief Gudrun. »Du brauchst dich nicht für mich zu opfern! Ich bin unschuldig!«

»Weiß ich. Ich war's!« Frau Gross stand da, als würde sie die Kandidatur für die nächste Bundestagswahl verkünden.

»Mama, was redest du da?«

»Es ist alles in die Grütze gegangen.«

»Was ist in die Grütze gegangen?«, wollte Gudrun wissen.

»Alles! Ich hab mir das ganz anders vorgestellt.«

»Ist das wieder diese friesische Geheimsprache?« Swantje verstand kein Wort.

Tammo ging wieder dazwischen. »Oma Hedwig, du gehst jetzt nach Hause …!«

»… und wenn da noch mehr Waffen in meinem Kompost liegen? Vielleicht sind das alte Waffenbestände der Bundeswehr. Man liest ja so einiges.«

»… dann werden wir die abholen!«

»Ihr könnt doch so ein Bombenkommando schicken!«

»Nachher kommt erst mal Onno vorbei!«

Oma Hedwig sah Onno misstrauisch an. »Der kann Bomben entschärfen?«

»Du gehst jetzt!«, beharrte Tammo. »Gudrun und Sie, Frau Gross, kommen bitte mit ins Verhörzimmer.«

Oma Hedwig zog unter unverständlichem Protest ab. Frau Gross, Gudrun, Swantje und Tammo gingen zum Verhörzimmer. Tammo versuchte seine Gedanken zu sortieren. So leicht war das nicht.

»Warum wollen Sie unbedingt ein Geständnis ablegen?«, fragte Swantje Frau Gross.

»Du machst mir Spaß! Sei doch froh, wenn ich gestehe!«

»Bin ich ja auch, aber ich verstehe es nicht.«

Die verschränkten Arme von Frau Gross lösten sich. Sie stemmte ihre Hände auf den Tisch. »Die ganze Sache ist einfach aus dem Ruder gelaufen.«

»Mama, das kann noch nicht sein?«, schrie Gudrun.

»Swantje, geh doch bitte mit Gudrun ins Nebenzimmer.«

Für einen Moment wollte Swantje protestieren. Sie überlegte es sich anders. Mit Gudrun verließ sie den Raum.

Tammo atmete durch. »So, jetzt Schritt für Schritt!«

»Wo fangen wir an?«

»Beim Tod von Sönke Bender!«

»Falsch! Viel zu spät!«

»Gut, dann fangen Sie einfach an, wo Sie meinen, dass es angefangen hat.«

»Als Gudrun andeutete, dass sie eventuell eine Hypothek auf die Schlachterei und das Haus aufnehmen wollte, ahnte ich, wofür sie das Geld brauchte. Ihr Verhältnis zu Sönke war ja klar. Im Stadtrat hab ich dann erfahren, dass er einen Bioschlachthof bauen wollte. Im Gegensatz zu meinem Mann fand ich die Idee nicht schlecht. An Gudruns Umsätzen konnte ich ja sehen, dass das Biozeug ganz gut läuft. Es war also wichtig, dass ich das Projekt unterstütze. Mit Dölling hatte ich im Rat den richtigen Partner – dachte ich jedenfalls. Der Sack hat von Anfang an geplant mich reinzulegen. Das habe ich dann auch von Sönke gedacht. Erst macht er meiner Gudrun schöne Augen und dann macht er mit Jenning gemeinsame Sache.«

»Sönke hatte Krebs!«

»Das wusste ich nicht.«

Es war das erste Mal, dass Tammo bei Frau Gross so etwas wie Reue sah.

»Wie sind Sie – finde ich jedenfalls – auf die absurde Idee gekommen, die Männer mit einer Salami zu erschlagen?«

»Das war Zufall. Jedenfalls am Anfang. Ich war zufällig im Gartenhaus, als mich Dölling anrief und sagte, dass Sönke mit Malte gemeinsame Sache machte. Die Mistkerle sollten wissen, dass man eine Schlachterin nicht hinters Licht führt.«

»Hatten Sie gar kein Mitleid?«

»Wieso, der wäre doch sowieso gestorben.«

Da musste Tammo erst einmal schlucken. Frau Gross war gerade in Fahrt.

»Dann wurde mir klar, dass Dölling mich ausboten wollte. Ich hatte den Plan für den Großschlachthof gesehen. Der lag bei Dölling auf dem Tisch. Dölling hatte sich verraten und daraus auch kein Hehl gemacht. Das hat er mir hemmungslos gesagt und dabei noch gelacht.«

»Hatten Sie auch Kontakt zu Malte Jenning?«

»Nein.«

»Warum haben Sie ihn ermordet?«

»Ist doch völlig eindeutig! Der Kerl war doch schlussendlich der Profiteur von der ganzen Geschichte. Da musste ich doch einen Riegel vorschieben. Jetzt wird gar kein Schlachthof gebaut!«

»Und Ihr Mann?«

»Hältst du mich für blöde? Natürlich wusste ich, dass er dauernd fremd ging. Dann hat mich in jener Nacht irgendeine Frau aus Spiekeroog angerufen. Ich hatte gerade wieder eine Salami im Rauch. Ich war so wütend!«

»Warum haben Sie die Salami nie Gudrun gezeigt?«

Frau Gross sah auf ihre gefalteten Hände. »Ich war so stolz. Die Salami, die ich entwickelt hatte, waren wirklich gut. Ich behaupte sogar, dass sie besser als unsere Biosalami waren. Aber Gudrun war so voller Begeisterung für ihre Biosalami, da hab ich die hängen lassen. Manchmal hab ich ein Stück probiert. Die wurden immer besser und knüppelhart.«

»Ich glaub es nicht!« Gudrun hielt ihren Kopf in die Hände gestützt. »Was hat meine Mutter nur zu diesem Irrsinn getrieben?«

»Das wüsste ich auch gerne!« Swantje fühlte sich leer. Was hatte das noch mit Logik zu tun? »Du kannst nach Hause gehen.«

Gudrun stand auf, zögerte, wollte noch etwas sagen, ging aber stattdessen. Swantje stand auch auf. Sie kramte ihr Handy hervor und rief Henning Papstein an. »Ich brauche Urlaub. Der Fall ist geklärt.«

Henning Papstein gratulierte. Swantje sah zu Onno. Dann fragte sie den Staatsanwalt, ob er einen Ort auf der Welt kennen würde, wo es nachweislich keine Friesen gab.

Epilog

Eine Woche später kam Onkel Heini in den Dorfkrug. Er hielt eine Postkarte hoch.

»Ein Bier und einen Schluck!« bestellte er noch im Gehen. Dann setzte er sich neben Tammo auf einen Barhocker.

»Swantje hat geschrieben!«

Gisela stellt ihm das Bier und den Korn auf die Theke.

»Und?«, fragte Tammo mit wenig Interesse.

»Sie schreibt, dass sie auf dem Flughafen von Ulan Bator einen gewissen Nils Augustat aus Büppel getroffen hat. Sie ist dann gleich weiter nach Papua Neuguinea.«

»Ist das kein Umweg?«, wollte Tammo wissen. Ralf meldete sich zu Wort.

»Erheblich! Selbst bei Berücksichtigung der Erdkrümmung hat das wenig mit Logik oder geostrategischer Planung zu tun.«

Alle nickten und tranken. Onkel Heini hatte eine Idee.

»Auf Papua Neuguinea leben ja Tante Elfriede und Onkel Lars als Entwicklungshelfer. Mit ein bisschen Glück trifft sie sie ja.«

Wieder war es an Ralf, das Gespräch voranzutreiben.

»Meine Cousine und ein Vetter leben da auch.«

Alle nickten und tranken. Onkel Heini hatte noch eine Idee.

»Ich finde es gut, wenn sich Swantje um Friesen im Ausland kümmert.«

Tammo hob sein Glas.

»Na dann, Prost!«

SWB Thriller

Edwin Klein

Das sechste Kreuz

1. Auflage 2013
Taschenbuch, 400 Seiten
ISBN: 978-3-944262-19-6

Während eines Attentates sterben Gregors Frau und sein Sohn. Die sechzehnjährige Tochter wird entführt und taucht nach einem halben Jahr hochschwanger wieder auf. Gregor selbst wird schwer verletzt, ist seitdem körperlich ein Wrack und sitzt im Rollstuhl. Fünf Jahre dauert es, bis er wieder einige Meter laufen kann. Aber sein Plan, von Rache genährt, wird im Augenblick der Tragödie geboren. Nach zehn Jahren macht sich Gregor auf die Suche nach den Attentätern aus dem Kosovo, die einen jugoslawischen Diplomaten überfallen haben. Er wollte dem Europäischen Gerichtshof entlastende Beweise für den Völkermord unterbreiten und dadurch den Kosovo belasten. Für Politik und Diplomatie hat Gregor nichts übrig. Ihn interessiert nur, wenn er hinter einem Namen ein Kreuz machen kann. Dann gibt es einen Attentäter weniger. Aber außer Gregor gibt es noch jemanden, der Kreuze macht, um alle Spuren der Vergangenheit zu verwischen. Und Gregor steht auch auf der Liste des Unbekannten.

Ralph Westerhoff

Die Werkzeuge des Teufels

Im Handel erhältlich ab 13.03.2014
Taschenbuch, 350 Seiten
ISBN: 978-3-944262-19-6

Ein junger Arzt tötet seine Geliebte im Streit und versucht anschließend, sich selbst zu töten. So jedenfalls sieht es aus, als Kommissar Ewald Drygalsky zum Tatort kommt. Doch als der bewusstlose Patient aus dem Krankenhaus verschwindet, keimen die ersten Zweifel auf. Yvonne, die taffe Frau des verschwundenen Arztes, ermittelt gegen alle Widerstände und überzeugt schließlich den Polizisten, weiter zu fahnden. Der Sumpf aus Erpressung, Intrigen und illegalem Organhandel beschert mehr Verdächtige, als dem Drygalsky lieb sein kann. Dann verhärtet sich auch noch der Verdacht, dass Yvonne selbst die Nebenbuhlerin und ihren Mann getötet hat. Gleichzeitig organisiert eine islamistische Terrorzelle den ultimativen Anschlag auf deutschem Boden. Zigtausende Menschen sind in akuter Gefahr. Ein atemloser Wettlauf gegen die Zeit beginnt, in dem der Kommissar mehr als einmal an seine Grenzen geht.